BERGISCHER KRIMI CLASSIC

2

Christiane Gibiec, Jahrgang 1949. Freie Journalistin, Autorin und Filmemacherin in Wuppertal. Im Emons Verlag bereits erschienen: *Eine Kugel für Mata Hari*, Bergischer Krimi 3.

Dieses Buch ist ein Roman. Die Hauptfiguren und die Geschichte sind frei erfunden. Der geschichtliche Hintergrund und der sozialpolitische Rahmen sowie einige der Figuren stimmen mit der historischen Wirklichkeit überein. Erläuternde Anmerkungen finden sich im Text; im Anhang finden sich ein Personenverzeichnis und ein Abdruck der »Briefe aus dem Wuppertal« von Friedrich Engels, kommentiert und mit Fußnoten versehen von Michael Knieriem.

Christiane Gibiec

Türkischrot

Emons Verlag Köln

Umschlaggestaltung: Atelier Schaller, Köln
Umschlagzeichnung: Heribert Stragholz
Umschlaglithografie: Media Cologne GmbH, Köln
Satzbelichtung: StadtRevue Verlag GmbH, Köln
Druck und Bindung: Clausen & Bosse GmbH, Leck
Printed in Germany 1999

ISBN 3-89705-147-8

»Und überhaupt so seltsame Dinge gingen in der Stadt vor; – immer träumte ich davon auf dem Schulweg über die Au. Manchmal lief ich durch graue, lose Schleier, Nebel war überall; hinter mir kamen schauerliche Männer mit einem Auge oder loser Nacktheit; auch an Ziethens Häuschen mußte ich vorbei, der seine Frau erschlagen haben sollte »ewwer en doller Gesell wors gewäsen«. Oft ließ ich vor Angst die Bücher fallen oder der Ranzen hing mir nur noch halb auf der Schulter.«

Else Lasker-Schüler

Prolog

Barmen, im Oktober 1844

Lieber Marx,
auch in Elberfeld haben die Herren Pastores, wenigstens der Krummacher, gegen uns gepredigt; vorläufig bloß gegen den Atheismus der jungen Leute, indes hoffe ich, daß bald auch eine Philippika gegen den Kommunismus folgen werde. Vorigen Sommer sprach ganz Elberfeld bloß von diesen gottlosen Kerls. Überhaupt ist hier eine merkwürdige Bewegung. Seit ich fort war, hat das Wuppertal einen größeren Fortschritt in jeder Beziehung gemacht als in den letzten fünfzig Jahren. Der soziale Ton ist zivilisierter geworden, die Teilnahme an der Politik, die Oppositionsmacherei ist allgemein, die Industrie hat rasende Fortschritte gemacht, neue Stadtviertel sind gebaut, ganze Wälder ausgerottet worden, und das ganze Ding steht jetzt doch eher über als unter dem Niveau der deutschen Zivilisation, während es noch vor vier Jahren tief darunter stand – kurz, hier bereitet sich ein prächtiger Boden für unser Prinzip vor, und wenn wir erst unsere wilden, heißblütigen Färber und Bleicher in Bewegung setzen können, so sollst Du Dich über das Wuppertal noch wundern. Die Arbeiter sind schon seit ein paar Jahren auf der letzten Stufe der Zivilisation angekommen, sie protestieren durch eine reißende Zunahme von Verbrechen, Räubereien und Morden gegen die alte soziale Organisation. Die Straßen sind bei Abend sehr unsicher, die Bourgeoisie wird geprügelt und mit Messern gestochen und beraubt; und wenn die hiesigen Proletarier sich nach denselben Gesetzen entwickeln wie die englischen, so werden sie bald einsehen, daß diese Ma-

nier, als *Individuen* und gewaltsam gegen die soziale Ordnung zu protestieren, nutzlos ist, und als *Menschen* in ihrer allgemeinen Kapazität durch den Kommunismus protestieren. Wenn man den Kerls nur den Weg zeigen könnte! Aber das ist unmöglich.
Nun lebe wohl, lieber Kerl, und schreibe recht bald. Ich bin seitdem doch nicht wieder so heiter und menschlich gestimmt gewesen, als ich die zehn Tage war, die ich bei Dir zubrachte.
Dein F.E. [1]

1 Marx-Engels-Gesamtausgabe III, 1, Berlin 1975, S. 243-246 (gekürzt)

1. Kapitel

in dem Rieke eine Stelle antritt, gegen einen jungen Mann stößt und einen Brief überbringt

Der Himmel war nah und hing in nachtgrauen Wolken über Barmen. Das letzte Hochwasser hatte Treibgut am Ufer der Wupper hinterlassen, über dem kleine Flammen irrlichterten. Der Fluß schwappte träge, dunkel und stinkend in seinem Bett.

Den Berg hinunter vom Böckmannsbusch war Rieke gelaufen, jetzt fuhr ihr ein Windstoß unter die Jacke bis auf den schweißnassen Rücken. Sie preßte ihr Bündel mit Nachtzeug und Unterwäsche vor den Leib, aber davon wurde ihr auch nicht wärmer.

Sie schauderte, und ihre Augen brannten vor Müdigkeit. In der Nacht hatte Vaters Würgen sie geweckt, gefolgt vom monotonen Gemurmel ihrer Mutter, dem schabenden Geräusch des Aufnehmers und dem säuerlichen, alkoholgeschwängerten Geruch, der nach einer Weile in ihre Ecke des Raumes drang. Ihren eigenen Brechreiz hatte sie unterdrückt, indem sie sich an August schmiegte, der warm und zart neben ihr lag und leise aus dem Mund pfiff.

Irgendwann war sie eingeschlafen, jedoch immer wieder aus Angstträumen hochgeschreckt. Einmal hatte sich das Gesicht Henriette vom Bruchs über sie gebeugt, und die glänzenden braunen Augen, eingebettet in weiße Fettpolster, hatten sie gemustert, undurchdringlich, ohne die leiseste Regung. Dann sah sie ihren Vater ängstlich unter der Haustür stehen und die Hände nach ihr ausstrecken, daneben August mit seinem altklugen Gesicht. »Sie muß gehen«, sagte der kleine Bruder mit heller Stimme, »sie muß ihre Chance nützen.«

Rieke hatte ein schlechtes Gewissen, daß sie die Stelle als Dienstmädchen bei vom Bruch, dem Besitzer einer Türkischrotfärberei in Barmen, angenommen hatte. Sie wußte, daß ihr Vater und ihr Bruder sie vermissen würden, denn Mutter, die den ganzen Tag im Webstuhl saß, hatte selten ein gutes Wort für die beiden. Sie trieb August an, wenn er nicht schnell genug das Spulgarn wickelte, schimpfte mit Vater und gab ihm erst von seinem Schnaps, wenn er sich kaum noch aufrecht halten konnte und vor Schmerzen stöhnte.

Rieke nahm einen Brotkanten aus der Jackentasche und biß kleine Stücke ab. Obwohl ihr schon seit geraumer Zeit übel war, hatte sie mit dem Frühstück bis jetzt gewartet, um ihre Stelle nicht heißhungrig antreten zu müssen.

Zur persönlichen Verfügung der Hausfrau, Aufwarten, Hilfe beim Ankleiden, hatte es geheißen. Was das bedeuten mochte? Die Corsage schnüren, den üppigen Leib berühren?

Bei Riekes Vorstellung vor einer Woche hatte Henriette vom Bruch sie in einem wallenden Morgenmantel empfangen, den sie so nachlässig zusammengehalten hatte, daß ihr weißes Fleisch zu sehen gewesen war. Mutter hätte diesen Aufzug als schamlos bezeichnet, deshalb erzählte Rieke ihr nichts davon. Sonst hätte sie die Stelle womöglich nicht antreten dürfen.

Als sie in die Carlstraße[2] einbog, stieß sie mit einem jungen Mann zusammen. Erschrocken sah er sie an und legte seine Hand auf ihren Arm.

»Oh, Verzeihung, ich hab nicht achtgegeben. Tut mir leid.« Seine Sprache hatte eine eigenartige Färbung, als stamme er aus dem Hessischen.

Einer von den Fremden. Keine Moral, Gesindel. Den Mädchen was anhängen, dann auf und davon.

»Ich hab's nicht gewollt«, sagte er noch einmal beschwörend, »hab so vor mich hingeträumt.«

»Ja, ich auch.« Rieke lächelte verlegen, hauchte in ihre eisigen Hände und schickte sich an weiterzugehen. »Schon gut. Guten Tag.«

»Guten Tag, auch Ihnen, Fräulein. Bruno Laponte heiß ich, bin gerade hier in Barmen angekommen.« Die Worte rollten weich von seiner Zunge, und unter ihrem Lächeln leuchteten seine Augen auf.

2 Heute Höhne/St. Etienne-Ufer

»Rieke, Rieke Blum.«

Sie knickste und entfernte sich eilig, sah aber noch aus dem Augenwinkel, wie der junge Mann im Licht der Gaslaterne stand und ihr nachschaute.

Wenn du mit einem Bankert kommst. Schläge, Branntwein, Würgen in der Nacht. Die Schreie der Frauen, wenn sie die kleinen, blassen Würmer gebaren.

Von der Gemarker Kirche schlug es sechs Uhr, als sie vor der Tür der vom Bruch'schen Villa angekommen war. Das geräumige, mit Bergischem Schiefer verkleidete Haus schloß das Gelände der Türkischrotfärberei, das an die Wupper grenzte, zur Straße hin ab. Ein Löwenkopf aus Messing mit einem kalten Ring in der Nase, der mit zurückgezogenen Lefzen eine Reihe spitzer Zähne entblößte, bewachte die Haustür. Die Köchin Margret, die Rieke ebenso wie den Kutscher Hermann schon bei ihrem Vorstellungsgespräch kennengelernt hatte, öffnete und bugsierte sie gleich zum Küchentisch, wo es heißen, süßen Kaffee und weißes Brot mit Butter gab.

»Bißchen Speck muß schon noch auf die Hüften.« Margret, die klein und rund war, kniff in Riekes Kleiderfalten. »Ganz schön spillerig, aber Augen wie Himmelsblumen.«

Rieke aß mit Appetit, während Margret ihr ihre Aufgaben erklärte. Gegen halb sieben müsse sie auf dem Herd Wasser erhitzen, es in das Ankleidezimmer der Gnädigen tragen und in die dort befindliche Waschschüssel gießen. Seit einiger Zeit lege die Gnädige nämlich Wert darauf, sich morgens zu waschen, und verbrauche außerdem jede Menge Eau de Cologne.

Margret schnaufte und senkte die Stimme. »Seit vier Wochen geht das schon so, sie ist wie verhext. Zweimal in der Woche macht sie sich zurecht, als wollte sie auf einen Ball, und geht nachmittags fort, niemand weiß, wohin. Außerdem sollen wir sie plötzlich ›Madame‹ nennen, das ist mehr als albern. Der gnädige Herr darf nichts erfahren, sonst will sie uns entlassen, hat sie gesagt. Gegen vier verschwindet sie und ist gegen acht zurück, kurz bevor er kommt.«

Während das Wasser sich erhitze, fuhr Margret in normalem Tonfall fort, müsse Rieke den Ofen im Ankleidezimmer beheizen und den Raum herrichten. Gegen halb acht müsse sie Frau vom Bruch wecken.

Von der Gemarker Kirche schlug es Viertel nach sechs. »Herrje, da vergeß ich über dem Schwadronieren noch das Frühstück vom Gnädigen.« Margret goß eilig eine große Tasse voll Kaffee, tat drei Löffel Zucker hinein, bestrich eine Scheibe Weißbrot dick mit Butter und Marmelade und schickte Rieke damit ins Eßzimmer, das gegenüber der Küche im Erdgeschoß lag.

Vor Angst bebend balancierte Rieke das Tablett über den Flur und öffnete mit dem Ellenbogen eine mit Schnitzereien versehene hohe Holztür. Am runden Eßtisch saß Caspar vom Bruch, groß, breit, rotgesichtig und säuerlich riechend, mit groben Gesichtszügen und tiefen Falten an beiden Seiten des Mundes, und blätterte in einem Stapel Papiere. Rieke knickste und stellte das Frühstück auf den Tisch. Er sah kurz hoch, vertiefte sich aber gleich wieder in seine Unterlagen.

Als das Wasser heiß war, schleppte Rieke es über die breite Holztreppe zwei Stockwerke hoch in das Ankleidezimmer, das neben dem Schlafraum Frau vom Bruchs lag. Sie schürte das Feuer, nahm nach Margrets Anweisung frische Leibwäsche und Handtücher aus dem Schrank und legte sie bereit.

Schlag halb acht klopfte sie an die Tür zum Schlafgemach und wartete angespannt. Kurz darauf stand Henriette vom Bruch mit wirrem Haar, fast zugeschwollenen Augen und leidendem Gesichtsausdruck im Türrahmen.

»Kind, Kind, ich höre jeden Schritt von dir. Meine Migräne ist wieder grauenhaft. Bring das Wasser den Mädchen und sag Margret, sie soll mir ein Frühstück für das Bett zurechtmachen.«

Rieke starrte zuerst ihre leidende Herrin und dann das Waschwasser an. Schließlich machte sie kehrt, bestellte unten das Frühstück und verteilte dann das warme Wasser auf die Schüsseln in den Zimmern der vom Bruch'schen Töchter Regine und Alma, die am anderen Ende des oberen Flurs lagen. Die jungen Damen knurrten unwillig über die Störung unter ihren Kissenbergen hervor.

Rieke servierte der Hausherrin ein üppiges Frühstück mit gebratenen Eiern und kaltem Huhn, rieb ihr anschließend mit einem in Eau de Cologne getränkten Tuch Gesicht, Hals und Arme ab und bürstete die dunklen Locken, unter die sich einige graue Strähnen mischten. Mit einem Seufzer sank Henriette vom Bruch zurück und befahl Rieke, ihr den Kopf zu massieren. Rieke fürchtete, ihre Hände könnten zu rauh sein, aber sie tat ihr Bestes, strich sanft über die talgigen Fettpolster um die Augen und ließ ihre Fingerspitzen auf den Schläfen kreisen, so, wie sie es manchmal bei August tat, wenn er nicht einschlafen konnte.

Henriette vom Bruch schloß wohlig grunzend die Augen. »Ich wußte, daß du für so etwas Talent hast, mein Kind, du hast sanfte Hände und eine feine Art. Die meisten Dienstmädchen sind Trampel. Die Feinen, Hübschen werden immer gleich weggeheiratet. Wie sieht es aus, hast du schon einen Liebsten? Wenn nicht, wird es sicher nicht mehr lange dauern.«

Rieke errötete bis unter ihre rotblonden Haarwurzeln, schüttelte den Kopf und hoffte, Frau vom Bruch werde auf ein anderes Thema kommen.

Draußen polterte es die Holztreppe hinunter, und laute Stimmen waren zu hören. »Die Mädchen«, seufzte Henriette vom Bruch. »Wenn sie so viel Fleiß auf ihre Französisch-Vokabeln verwenden würden wie aufs Streiten, wäre uns allen geholfen. Wie alt bist du, und wie sieht es mit deiner Schulbildung aus, mein Kind?«

»Jetzt bin ich siebzehn, bis vierzehn bin ich in die Haspeler Schulstraße gegangen, gnädige Frau.« Rieke knickste. »Ich kann alles schreiben. Französisch hatten wir nicht, aber im Lesen war ich die Beste«, setzte sie leise hinzu.

»Ich beherrsche Französisch fließend, in Wort und Schrift. Überhaupt bin ich ein sehr künstlerischer Mensch, aber da ist man in diesem Hause auf verlorenem Posten. Mein Mann, *mon dieu* ... und die Mädchen, *les oies, tu comprends*?« Sie gackerte und machte eine wegwerfende Handbewegung. Rieke verstand gar nichts und setzte die Massage fort, bis Frau vom Bruch gebieterisch die Hand hob. »*Fin*, ich meine, Schluß jetzt. Bring mir den roten Morgenmantel und sieh nach, ob der Salon gut geheizt ist, damit ich mich nicht erkälte.«

Rieke reichte ihr den mit Stickereien und Volants verzierten Mantel, sauste in die erste Etage hinunter und legte Holz in dem bullernden Ofen im Salon nach. Aus einem Nebenraum hörte sie die Stimmen des Hauslehrers und der beiden Mädchen, die lustlos deklamierten.

Am Küchentisch saß blaugefroren und in eine grobe Decke gehüllt Ida Krottki, das zweite Dienstmädchen im Haus, mit dem Rieke die Kammer teilen sollte. Sie war fast noch ein Kind, klein und schmal, mit strähnigen, schwarzen Haaren und dunklen Augen. Vor ihr stand eine Tasse Kaffee, in die Margret einen kräftigen Schuß aus der Branntweinflasche gab.

»In die Wupper ist sie gefallen, stell dir das vor!« Margret goß noch einen Schuß hinterher. »Bei der Wäsche, ausgerutscht und patsch. Passiert ständig. Hat noch Glück gehabt, jedes Jahr ertrinken ein paar.«

Rieke nickte. Im Herbst hatte das Hochwasser in Unterbarmen ihre Schulkameradin Lene mitgerissen, als sie für ihre Herrschaft an der Wupper wusch. Zwei Tage später hatte man flußabwärts hinter Elberfeld ihre Leiche gefunden.

Idas Zähne schlugen aufeinander. »Kann man sich das vorstellen«, flüsterte sie, »klatsch ich in die Brühe, bei dem Wetter.«

Sie setzte die dampfende Tasse an den Mund und verzog vor Schmerz das Gesicht. Trotzdem schlürfte sie gierig. Ihr Blick verschleierte sich, sie umschloß mit den Händen die Tasse, trank sie in einem Zuge aus und nahm schnell noch einen Schluck aus der Flasche hinterher. Da wußte Rieke, daß Ida die gleiche Krankheit hatte wie Vater.

»Nächste Wäsche machst du!« Idas Sanftheit verschwand abrupt. »Ich mach die Schufterei nicht mehr mit. Die können mich mal. Sollen jemand anders ausbeuten, diese … diese dreckigen Kapitalistenschweine.« Sie sprach wütend, mit rotem Kopf, Tränen stiegen ihr in die Augen.

»Pscht, du redest dich um Kopf und Kragen!« Margret stellte die Flasche in das oberste Fach des Küchenschrankes. Ida lachte schrill, sprang auf und drehte sich mit der rauhen Decke im Kreis. Margret schob sie zur Tür hinaus und schickte sie ins Bett.

»Sie ist ein armes Weberkind, aus Schlesien ist sie gekommen, mit einer Flüchtlingsgruppe, nach den Aufständen vor zwei Jahren. Vater gibt es nicht, Mutter tot, unterwegs verhungert. Ein Kerl hat sie mitgebracht, ein ganz fieser. Hat sie angepackt, der Drecksack, gerade zwölf war sie.«

Rieke dachte über Ida nach, als sie die Böden wischte und Wäsche bügelte. Sie kannte viele Trinker, das harte, schwere Leben im Tal der Wupper brachte sie hervor. Sie torkelten über die Straße, machten unter sich, und in den Ecken um die Kneipen herum lag Erbrochenes.

Ida gehörte offenbar zu denen, die laut und wütend wurden, ganz anders als Vater, der stumm und mit gläsernem Blick auf seinem Stuhl saß. Am schlimmsten waren die Gewalttätigen. Sie wankten mit Gebrüll und drohenden Gebärden aus den Branntweinstuben, und man vermied tunlichst, ihnen in die Quere zu kommen.

Das Mittagessen der vom Bruchs verlief schweigsam und wurde nur durch erstickte Laute von Regine und Alma unterbrochen, die sich unter dem Tisch gegen die Schienbeine traten und in Kicheranfälle ausbrachen. Von Zeit zu Zeit traf sie ein vernichtender Blick ihres Vaters. Henriette vom Bruch beklagte seufzend ihren Migräneanfall, aß aber trotzdem mit gutem Appetit.

Als Rieke das Eßzimmer zum Abräumen betrat, waren die Mädchen verschwunden. Von oben aus dem Salon ertönte das Harmonium mit einer geleierten Melodie, die von Regines spitzen Schreien unterbrochen wurde.

»Falsch, falsch«, kreischte sie, »ihhh, du beleidigst meine Ohren!« Mit einem dumpfen Mißton brach die Musik ab.

»Dumme Kuh!« hörte man Alma schimpfen, »wenn du auf deiner Geige kratzt, laufen sogar die Hühner weg.« Die Tür schlug, und jemand lief die obere Treppe hinauf.

Caspar vom Bruch legte die Hand auf den Arm seiner Frau.

»Ich habe den Auftrag aus Sizilien bekommen, eine Order über zwanzigtausend Taler. Wir haben die Konkurrenz aus dem Feld geschlagen, jetzt müssen wir Tag und Nacht färben.« Vorsichtig schob er seine große rote Hand über ihre. »Vielleicht möchtest du wieder nach Düsseldorf zu diesem guten Schneider? Und die Mädchen auch?«

Henriette vom Bruch entzog ihm abrupt die Hand und stand auf. »Düsseldorf ist völlig aus der Mode. Wenn schon, dann Paris.«

»Wie du möchtest. Wir könnten im Mai mit den Mädchen dorthin reisen, was meinst du?«

»Ich glaube nicht, daß ich es zwei Tage in der Eisenbahn aushalte, und die Mädchen streiten sich sowieso nur.« Ihr Ton war schnippisch, und sie machte ein gelangweiltes Gesicht. Vom Bruch lief dunkelrot an, ging grußlos hinaus und ließ die Tür so laut ins Schloß fallen wie zuvor Alma.

»Männer!« Henriette vom Bruch verdrehte die Augen und befahl Rieke, ihr Kaffee und Gebäck in den Salon zu bringen.

Um neun Uhr abends waren alle Öfen für die Nacht gerichtet, das Geschirr gewaschen, die Küche ausgekehrt und aufgewischt. Todmüde kletterte Rieke die Stiege zu der Dachkammer hinauf, die sie mit Ida teilte. Sie bot gerade Platz für zwei Lagerstätten, zwischen denen ein Hocker stand. Er war mit Idas feuchten, zerknüllten Kleidungsstücken bedeckt, sie selbst lag unter einer Wolldecke vergraben bäuchlings auf ihrem Bett.

»Ich bin wach«, flüsterte sie, als Rieke versuchte, möglichst geräuschlos ihr Bündel unter dem Bett zu verstauen. »Muß sowieso noch mal los.«

»Jetzt? Wohin denn?«

Ida drehte sich um und zischte: »Das geht dich gar nichts an. Das geht nur mich was an und noch ein paar andere Leute.«

»Wen meinst du?«

»Die Revolution meine ich, die geht uns was an. ›Im düstern Auge keine Träne – Sie sitzen am Webstuhl und fletschen die Zähne – Deutschland, wir weben Dein Leichentuch, – Wir weben hinein den dreifachen Fluch!‹[3] Schon mal gehört?« Ida wurde zornig. »Das geht gegen die Blutsauger, wir werden sie alle im Leichentuch ersticken. Erdrosseln werden wir sie mit eigenen Händen. Und die Alte ist als erste dran.« Sie verzog das Gesicht zu einer Grimasse und äffte: »Liebes Kind, eine Massage für meinen kranken Kopf, verwöhne mich ein bißchen mit deinen schlanken Fingern.«

Sie krallte ihre Hände in die Luft und preßte sie fest zusammen. »Zerquetschen werden wir sie, oder aufhängen, noch besser. Erst sie, dann die beiden Gänse, dann ihn. Kannst du dir vorstellen, wie die baumeln? Der schwabbelige Sack, die Gänse, der Koloß? Gibt keinen Galgen, der die alle zusammen aushält.«

»Pscht, wenn dich jemand hört.« Rieke war fassungslos. Weshalb war Ida so haßerfüllt? Sie brachte sich in Gefahr, wenn sie so daherredete. Rieke hatte solche Reden höchstens mal in einer Schankstube von betrunkenen Arbeitern gehört, wenn sie Vater abholen mußte, aber noch nie von einem so jungen Ding. »Wen meinst du mit ›wir‹?«

Ida antwortete nicht, sondern streckte Rieke die Zunge heraus. Sie zog eine Schnapsflasche unter der Matratze hervor, nahm einen großen Schluck, sprang auf, zog das feuchte Kleid über den nackten Körper und schlüpfte ohne Strümpfe in ihre derben Schuhe.

Als sie verschwunden war, ging Rieke an das kleine Dachfenster. Von hier aus konnte sie den Hof überblicken, der direkt an den Gemüsegarten grenzte. Der Rückseite der Villa gegenüber lag die große, aus roten Backsteinen gebaute Färbehalle mit dem hoch aufragenden Schornstein, deren blinde Fenster von innen durch die Feuer unter den Kesseln beleuchtet wurden. Vor dem flackernden Schein gingen Männersilhouetten auf und ab. Auf der rechten Seite schloß der Hof mit zwei flachen, dicht nebeneinanderliegenden und nur durch eine schmale Löf[4] getrennten Holzgebäuden ab. Das linke grenzte unmittelbar an die Färbehalle, das rechte beherbergte das

3 Aus dem Gedicht »Die schlesischen Weber«, das Heinrich Heine im Juni 1844 als Reaktion auf die Weberaufstände schrieb.

4 Schmaler Durchgang zwischen zwei Häusern, Mundart

Kontor. Der große, rechteckige Platz war von Pfützen bedeckt und wurde von zwei Gaslaternen beleuchtet, von denen eine an der Tür zur Halle stand, die zweite am Eingang zum Kontor.

Eine breitschultrige Gestalt, von der in dem diffusen Licht nur die Umrisse zu erkennen waren, schob sich aus einer Seitentür der Halle. Im gleichen Augenblick huschte ein schmaler Schatten in den Lichtkegel und verschmolz mit der Gestalt. Sie schob sich seitwärts und verschwand im Dunkeln.

Riekes erste Arbeitswoche verging wie im Flug. Sie freundete sich mit dem Kutscher Hermann an, der nach Kräften bemüht war, ihr und Ida bei den schweren Arbeiten zu helfen, und gewöhnte sich an die Launen Henriette vom Bruchs, den herablassenden Ton von Alma und Regine und das unentwegte Läuten, mit dem die drei sie durch das Haus scheuchten.

Am Dienstag- und Donnerstagnachmittag mußte sie Henriette vom Bruch bei einer aufwendigen Ankleidezeremonie helfen, bevor diese, wie Margret es vorausgesagt hatte, gegen vier Uhr verschwand. Die Hausherrin wusch sich gründlich, kleidete sich in eines ihrer prächtigen Seidenkleider und verbreitete Puderwolken um sich herum. Ihr Gesicht war rosig überhaucht, sie flatterte vor Aufregung und murmelte etwas von »höheren, heiligen Diensten«, denen sie sich verpflichtet habe. Der gnädige Herr, schärfte sie Rieke ein, dürfe auf keinen Fall erfahren, daß sie ausgehe, er mache sich nur unnötige Sorgen.

Am Sonntag hatte Rieke ihre zwanzig Stüber[5] Wochenlohn in Empfang genommen und sie in ihrem Bett versteckt, um sie in der nächsten Woche, wenn sie ihren freien Sonntag hatte, der Mutter zum Böckmannsbusch zu bringen.

Am folgenden Dienstag erschien gegen neun Uhr vormittags ein junger Mann aus dem Kontor Caspar vom Bruchs und kündigte an, der gnädige Herr werde einen wichtigen Geschäftspartner zum Mittagessen mitbringen. Anschließend wolle man gemeinsam Kaffee trinken. Der Gast sei eigens aus Köln nach Barmen gekommen und

5 Bergische Währung waren Taler und Stüber. 60 Stüber entsprachen einem Taler.

sei in Begleitung seiner Gemahlin. Deshalb bitte der gnädige Herr die gnädige Frau, den ganzen Nachmittag zugegen zu sein.

Die Nachricht versetzte Henriette vom Bruch in helle Aufregung. Sie bekam einen Migräneanfall und ließ sich von Rieke massieren, setzte dann ein Schreiben auf und versiegelte es in einem Umschlag.

Flüsternd beauftragte sie Rieke, den Brief in die Untere Dörnerstraße zu tragen, in die Weißnäherei Chamier. »Aber du darfst ihn nur Frau Chamier persönlich aushändigen, hast du das verstanden? Das alles ist sehr geheim, es gehört zu einer großen Mission. Kann ich mich auf dich verlassen?« Rieke beteuerte, daß sie das Geheimnis gut bewahren, niemandem den Brief zeigen und alles zur Zufriedenheit erledigen werde.

Margret schimpfte in der Küche, daß der Himmel wisse, wie sie in der Kürze der Zeit ein anständiges Mittagessen zubereiten solle. Sie schickte Hermann in den Keller, um Töpfe mit eingelegtem Kappes[6] und gepökeltem Schweinefleisch heraufzuholen, und beauftragte Rieke, frisches Brot und Kuchen beim Bäcker zu bestellen und auf dem Rückweg mitzubringen. Ida sollte Kartoffeln schälen und das Tafelsilber und die Kristallgläser polieren.

Rieke eilte zum Alten Markt, gab beim Bäcker ihre Bestellung auf und lief zur Unteren Dörnerstraße. Dort entdeckte sie nach einigem Suchen an einem zurückliegenden Haus ein Messingschild mit der schnörkeligen Aufschrift »Chamier«. Rieke trat durch die polierte Holztür.

Der Holzboden der Stube war blank gescheuert, es duftete nach frischer Wäsche und Lavendel. Auf einem Tisch lag ein akkurat gefalteter Stapel weißer Hemden, darüber in einem Regal die dazugehörigen gestärkten Kragen in mehreren Halsweiten. An der Wand hing ein weißer Unterrock aus feinstem Baumwollbatist, dessen Saum mit Spitzen und glänzenden Litzen verziert war. Rieke hielt vor Entzücken die Luft an und überlegte, ob ihr Geschick für eine solche Handarbeit ausreichen würde. Aber selbst wenn, hatte

6 Weißkohl

sie weder die Zeit, noch konnte sie sich einen so kostbaren Stoff leisten.

Sie fuhr zusammen und errötete, als dicht hinter ihr eine volle, warme Stimme mit französischem Akzent fragte: »Nun, wen haben wir denn da?«

Obgleich sie die Vierzig sicher überschritten hatte, war die Besitzerin der Weißnäherei, Celeste Chamier, ungewöhnlich schön. Unter ihrer weißen, gestärkten, ebenfalls zart bestickten Haube quoll rotes, lockiges Haar hervor und umschmeichelte ein feines, fast faltenloses Gesicht. Ihre dunkelbraunen Augen blickten spöttisch, ein frischer Duft nach Wiesenkräutern ging von ihr aus. Sie verzog ihren roten Mund zu einem Lächeln. »Hat es dir die Sprache verschlagen, Kind?«

Rieke besann sich ihres Auftrages und knickste. »Ich habe etwas, das ich nur Frau Chamier persönlich aushändigen darf, mit einem Gruß von Frau vom Bruch.«

Celeste Chamier strich Rieke über die Wange und sah ihr in die Augen. »So jung, so zart und schön, und schon in geheimer Mission unterwegs.« Sie senkte die Stimme und kam mit ihrem betörenden Mund näher. »Ich bin Celeste Chamier, mein Kind. Du kannst mir alles anvertrauen.«

Rieke streckte ihr den Brief hin. Ihr war merkwürdig zumute. Einerseits wünschte sie sich schnell weg von diesem Ort, andererseits war sie fasziniert von dieser Frau, ihrem Mund und ihrem Duft.

Celeste Chamier steckte den Brief in die Tasche ihrer weißen Schürze und strich Rieke abermals über die Wange. »Wie geht es unserer guten Henriette? Bist du das neue Dienstmädchen? Was ist mit Ida?«

»Ich bin seit einer guten Woche da«, sagte Rieke und knickste. »Frau vom Bruch ist sehr in Aufregung wegen eines wichtigen Besuches, und Ida muß in der Küche helfen.«

Sie konnte dem leuchtenden Blick nicht ausweichen. Celeste Chamier strich ihr mit dem Daumen über die Nasenwurzel. »Eine Erwählte bist du, mein Kind, eine Sehende, keine von den Gewöhnlichen, nicht wahr?«

Rieke wurde heiß und kalt. Was meinte sie damit? »Ich weiß nicht«, sagte sie knicksend, »ich heiße Rieke Blum.«

»So, so, Rieke, gesegnet seist du, mein Kind. Und einen Gruß an meine Henriette.« Celeste Chamier nahm Riekes kalte Hände. »Komm wieder«, sagte sie, »du bist immer herzlich willkommen, *petite somnambule*. Du bist doch mondsüchtig, habe ich recht?«

Rieke nickte verwirrt und stürzte nach draußen. Wie konnte die Frau das wissen? Tatsächlich stand sie manchmal in Vollmondnächten auf, wanderte umher und redete unzusammenhängendes Zeug. Zuweilen lachte oder weinte sie in diesen Zuständen und wütete gegen ihre Mutter, wenn die sie wieder ins Bett bringen wollte. Als sie klein war, hatte ihr Vater sie einmal mitten in der Nacht im Kothener Busch suchen müssen, weil sie aus der Tür gelaufen war. Mutter faltete die Hände und murmelte Gebete, wenn von Riekes Mondsüchtigkeit die Rede war, denn solches Gebaren erschien ihr heidnisch und ohne göttliche Zucht.

Draußen hatte es zu schneien begonnen, und Rieke lief im Eilschritt und in Gedanken versunken über den Alten Markt zur Bäckerei, um die bestellten Waren abzuholen.

Als sie an der Redaktion der »Barmer Zeitung« vorbeikam, lief sie fast in einen jungen Mann hinein, der aus der Tür trat. Er lachte sie mit bernsteinfarbenen Augen an, und sie erkannte ihn sofort. Bruno Laponte war es, der, mit dem sie am Morgen ihres ersten Arbeitstages schon einmal zusammengestoßen war. Sie knickste und wollte schnell weitergehen, aber er blieb stehen.

»So ein Zufall«, sagte er, »ich glaube, Sie sind mein Glücksbringer. Als wir neulich zusammengestoßen sind, habe ich gleich hinterher eine gute Unterkunft am Neuen Weg[7] gefunden. Und gerade bekam ich die Zusage für eine Arbeitsstelle.«

»Da gratuliere ich.« Rieke zögerte, eigentlich durfte sie keine Sekunde Zeit an diesen Fremden verschwenden, aber sein Blick war so warm und freundlich, daß es ihr schwerfiel, ihn einfach stehenzulassen. »Ich hoffe, Barmen gefällt Ihnen?«

7 Heute Friedrich-Engels-Allee

»Die Menschen sind verschlossen hier, jeder hat mit sich selbst zu tun. Bei uns im Hessischen sind sie etwas offener.«

»Das stimmt, alle haben so viel Arbeit. Ich auch, ich muß schnell zurück zu meiner Herrschaft.«

»Und wo ist die?«

»Vom Bruch, Carlstraße, die große Färberei.« Rieke errötete, weil sie nun endgültig dabei war, die Grenzen des Schicklichen zu überschreiten. Schnell knickste sie und lief weiter, drehte sich aber noch einmal um und hob die Hand. Bruno Laponte schaute ihr nach, lachte und winkte zurück. Ein Hesse also. Wie sie es sich gedacht hatte.

Von der Gemarker Kirche schlug es elf, als sie die vom Bruch'sche Villa wieder erreichte. Bruno, Bruno.

2. Kapitel

in dem Friedrich Engels einen Brief bekommt, Samuel und Max über den Sozialismus reden und Rieke am Bett ihres Bruders singt

Barmen, 24. Januar 1845

Lieber Friedrich,
ich hoffe, ich darf Sie so anreden, sind Sie mir doch zum größten Vorbild, ja fast zu einem Freunde geworden, seitdem ich vor fast sechs Jahren – damals befand ich mich im fünfzehnten Jahr – Ihre »Briefe aus dem Wuppertal« zufällig in die Hand bekam und beschloß, alle Schriften von Ihnen und anderen Kommunisten zu studieren. Das hat meinem Leben einen entscheidenden Impuls und eine Richtung gegeben, für die ich nun gern meine Kraft und meine Arbeit einsetzen will. Außerdem haben Ihre bildreichen, treffenden Abhandlungen voll Ironie und Sprachkraft, Witz, Scharfsinn und gleichzeitig zart einfühlender Anteilnahme am Schicksal der leidenden Massen in mir den Wunsch begründet, in die Journalistik zu gehen und Ihnen, was Parteinahme für die gerechte Sache und Herzensmut anbelangt, nachzueifern, ohne allerdings jemals die Hoffnung zu hegen, Ihre literarische Brillanz auch nur annähernd erreichen zu können.
Ich schreibe Ihnen heute, weil ich kürzlich aus Frankfurt nach Barmen gekommen bin. Dort hatte ich, nachdem ich eine Druckerlehre beendet hatte, meine erste Stelle als Korrespondent der ›Leipziger Allgemeinen Zeitung‹. Hier angekommen, fragte ich bei der ›Barmer Zeitung‹ nach und hatte das große Glück, daß dort just eine Hilfs-

Redakteursstelle zu besetzen war. So bin ich nun in Lohn und Brot.

Von Frankfurt ging ich wegen eines Streites mit dem Verleger fort. Er warf mir vor, daß meine Berichte allzusehr Partei für die arbeitenden Klassen nahmen, deren Lage, wie Sie sicherlich wissen, im Hessischen auch nicht eben rosig ist. Nun will ich mein Glück hier in diesem dunklen Tal versuchen, das dank Ihrer Briefe schon vorher so lebhaft in meiner Vorstellung entstanden war.

Die Not der Kinder, die in den Fabriken ihr junges Leben verschleudern, der übermäßige Branntweingenuß der Arbeiter, die durch den Schlamm der düsteren Gassen wankenden Gestalten mit den Pietistenscheiteln – all dies sehe ich nun Tag für Tag mit eigenen Augen, wenn ich in Barmen unterwegs bin. Leider kann ich über dieses Elend nicht schreiben. Mein Vorgesetzter, der Herr Staats, ist zwar ein trefflicher, liberal gesinnter Verleger, aber er würde niemals so weit gehen, daß der Zensor sich provoziert fühlen könnte.

Mir scheint fast, daß, seitdem Sie Ihre Briefe vor sechs Jahren verfaßten, die Härte und die Grausamkeit der Lebensbedingungen noch zugenommen haben. Ich hörte, daß die Zeiten im Wuppertal selten so schlimm gewesen seien wie gerade jetzt und die Anzahl der Leidenden und Hungernden noch nie so groß. Um so notwendiger ist es geworden, den Menschen bessere Aussichten zu verschaffen und endlich das große Ziel, die Übelstände aus der Welt und an ihrer Stelle soziale Gerechtigkeit zu schaffen, in Angriff zu nehmen. Ich will gern das meine dazu beitragen, die Lage der arbeitenden Klasse zu verbessern und ihre Not zu lindern.

Ich hörte, daß Sie und Herr Dr. Hess mit einem Kreis Gleichgesinnter beabsichtigen, eine Zeitung herauszugeben. Dieses Projekt würde mich über alle Maßen interessieren, und ich möchte Ihnen, falls Sie Unterstüt-

zung benötigen, gern in aller Bescheidenheit die meinige anbieten.
Lieber Friedrich, es würde mich sehr freuen, von Ihnen eine Nachricht zu erhalten. Bis dahin verbleibe ich
Ihr ergebenster Bruno Laponte, Barmen

***

Samuel Kienholz' nackte Oberarme spannten sich zu dicken, von Adern durchzogenen Kugeln, und sein Gesicht war voll konzentrierter Anspannung, als er einen Strang dunkelroter Baumwolle kräftig, aber zugleich mit äußerster Vorsicht auswrang. Es war eine Kunst, die größtmögliche Menge roter Brühe aus den mürben Fäden zu pressen, ohne sie zu zerreißen. Braunrote Färberlauge lief an seiner Lederschürze herunter und tropfte über die dicken Holzschuhe in eine Rinne. Von dort lief sie durch einen Abzugsgraben zur Wupper, die all die verbrauchten Beizen, Laugen und Öle, Lösungen aus Pottasche, Galläpfeln und Alaun, Schwefelsäure, Glaubersalz, Rinderblut, Soda, Krapp und Marseiller Seife aus der Türkischrotfärberei vom Bruch und den vielen anderen Färbereien im Wuppertal aufnahm.

Samuel warf den Strang in einen dampfenden Bottich mit Pottaschelösung, in dem sein dunkelbärtiger Kollege Max Ketterer mit einer langen Stange herumrührte.

Ein schmerzhafter Stich durchfuhr seine Schulter, und er griff fluchend unter die Schürze, um einen kräftigen Schluck aus der Branntweinflasche zu nehmen. Für drei Taler und fünfundzwanzig Stüber in der Woche die ganze Plackerei, fünfzehn Stunden am Tag. Manchmal waren die Schmerzen so schlimm, daß er nicht wußte, wie er sich bewegen sollte. Er war jetzt neunzehn und konnte sich ausrechnen, daß er mit dreißig ein gichtgeplagter Bettler sein würde, der seine Hände zitternd und greinend nach Almosen ausstreckte. Besser war es, sich vorher totzusaufen. Denn daran, daß vom Bruch, so wie es in einigen Färbereien schon üblich war, Arbeitserleichterungen für die Färber einführte, etwa Zentrifugen, um ihnen das Wringen zu ersparen, war nicht zu denken. Außerdem wären er und Max dann sicher die ersten, die er vor die Tür setzen würde.

Samuel bewegte jetzt ebenfalls die Garnstränge in der kochenden, beißend riechenden Flüssigkeit. Rasselnd zog er die Nase hoch und rotzte in den Dampf.

»Und, wie war's am Samstag?« Max sah Samuel mit seinen braunen, von schwarzen Brauen überschatteten Augen gespannt an.

»Um die fünfzig Leute waren da, immerhin. Viele Unternehmer, auch der Oberprokurator und der Heini vom Theater in Elberfeld. Aber fast alles Pinkel, haben meistens dummes Zeug geredet, hochgestochenen Kram. Ich glaube, ich war der einzige Arbeiter.«

»Und wie ist unser Herr Sozialist mit dem dicken Kapital?«

»Auch 'n Pinkel. Kann noch nicht mal richtig reden. Hätt'ste das gedacht? Ma-ma-meine Herren, ma-ma-meine Herren! Sin' wir Herren? Max, bist du 'n Herr?«

Max Ketterer lehnte seine Stange an den Bottich, schob die Lederschürze zur Seite und fingerte an der Hose. Grunzend schoß er seinen Strahl in die dampfende Brühe. Samuel tat es ihm nach, und sie brüllten vor Lachen.

»'n Herr bestimmt nicht, aber 'n Kerl. Das reicht doch wohl. Meinst du, daß er und die anderen Schwätzer, daß die auch richtig zupacken können?«

»Woher denn. Der Herr Vater hat doch die Taschen voll, da brauchste nicht zupacken. Aber er hat tatsächlich was im Dachstübchen, im Ernst, Max, auch wenn er der verdammte Hurensohn eines Kapitalisten ist. Was er sagt, stimmt. Bloß funktioniert es nicht. Freiwillig würden die nie was hergeben. Stell dir vor, ich geh zum Alten und sag: Euer Exzellenz, es ist in unser beider Interesse, wenn Sie mir ein Stückchen von Ihrem Kuchen abgeben. Und all den anderen hier ebenfalls, bitte schön. Die schuften auch wie verrückt und haben nix zu fressen dafür.«

Er machte einen Kratzfuß in Richtung der Inseln aus Dampfschwaden, in denen sich Gestalten bewegten, und breitete seine Arme aus.

»Ihre vielen Dienstmädchen und das ganze Zeug brauchen Sie

doch eigentlich gar nicht, bestellen Sie das Ihrer gnädigen Gemahlin. Die platzt vor Fett sowieso aus allen Nähten, bißchen Bewegung würde nicht schaden, vielleicht auch 'n bißchen weniger Likör. Ida sagt, sie säuft 'ne Flasche am Tag. Aber sich über die Branntweintrinker erheben. Und als erstes sollten Sie diesen Ziegen Dampf machen, die sind noch jung und elastisch. Die soll'n ihren Dreck selber wegmachen, das ist gut für die Entwicklung unserer Gesellschaft. Pah, das glaubt der doch selbst nicht, daß die Bonzen auf so was hören. Einen Dreck werden die tun.«

Samuel wischte mit einem groben Lappen sein Gesicht trocken, warf sich in die Brust und deklamierte:

»›Da-da-daß aber das kommunistische Prinzip das der Zukunft sein wird, dafür spricht der Entwicklungsgang aller zivilisierten Nationen, dafür spricht die rasch fortschreitende Auflösung aller bisherigen sozialen Institutionen, dafür spricht die gesunde menschliche Vernunft und vor allem das menschliche Herz‹, das waren seine Worte. – Das Herz, hast du gehört, Max? Dieser Engels glaubt doch tatsächlich, daß die Herren Kapitalistenschweine ein Herz haben. Dann hat er noch was von Amerika erzählt. Da sollen schon ein paar Leute glücklich im Kommunismus zusammenleben. Aber das hat ihm keiner so recht geglaubt. Nächste Woche will er weitererzählen, wieder im ›Zweibrücker Hof‹.«

Aus den Dampfschwaden am Anfang der Halle tönten gebrüllte Kommandos und klatschende Geräusche.

»Ruhig, der Alte scheint wieder Streit zu suchen«, zischte Max und bückte sich tief über seinen Bottich.

Gemeint war der Färbermeister Alfred Bremkamp, die rechte Hand Caspar vom Bruchs und außer ihm als einziger im Besitz der Rezeptur eines Pulvers, das dem Farbbad aus Wupperwasser, Rinderblut und Krappwurzel beigegeben wurde und dem Türkischrot seine Haltbarkeit und Leuchtkraft gab. Er war ein Leuteschinder und hatte vor allem Samuel und Max im Visier, die widerborstig und nicht so fügsam wie die meisten anderen Färber waren.

»Kann er haben, schneller, als ihm lieb ist!« Samuel stieß wütend mit seiner Stange in die brodelnde Lauge.

Der massige Färbermeister tauchte im Dunst auf und bellte: »Kienholz und Ketterer zum Wringen!«

»Wringen kannst du auch haben«, knurrte Samuel, »das haben wir schließlich gelernt. Den Saft aus den Knochen wringen wir dir und die Augen aus dem Kopf. Richtig schönes rotes Blut wringen wir aus dir raus, aus dir und den anderen Schindern, nicht die stinkende Farbbrühe. Da stecken wir euch anschließend rein und warten, bis ihr gar seid!«

***

Rieke war morgens um acht in der Carlstraße losgelaufen, um rechtzeitig zum Kirchgang zusammen mit August und den Eltern am Böckmannsbusch zu sein. Sie hatte an jedem zweiten Sonntag frei, ein Privileg, das längst nicht alle Dienstmädchen genossen. Bedingung war allerdings, daß sie am Samstag zusammen mit Ida das Haus von oben bis unten scheuerte und abseifte, ein Geschäft, das vierzehn Stunden in Anspruch nahm und von dem Rieke rote, aufgesprungene Knie und Hände hatte.

Ida hatte sich ausgiebig damit beschäftigt, mit dem Staubwedel die Kirschholzmöbel und die prächtige, mit einer Landschaft bemalte Öltapete im Salon zu bearbeiten, und Rieke die schwere Arbeit überlassen. Gegen Mittag bekam sie dann auch noch Magenkrämpfe und verschwand, nachdem Margret ihr nach inständigem Betteln und Flehen eine Kaffeetasse voll Branntwein gegeben hatte, in der Kammer.

Am meisten freute Rieke sich auf August, den sie sehr vermißt hatte. Margret hatte ihr eine Kanne mit Fleischbrühe für ihn mitgegeben.

Zu Hause in der vollgestopften Stube war Riekes Mutter Berta Blum dabei, den großen Seidenwebstuhl, der die Hälfte des Raumes einnahm, vorzurichten. Seit morgens um fünf zog sie die seidenen Kettfäden auf, und Rieke wußte, daß diese Arbeit noch eine Woche in Anspruch nehmen würde. Erst dann konnte sie anfangen, den edlen Seidenjacquard zu weben, mit dem sich die Fabrikantengattinnen schmückten.

Unter den Webern gärte es, weil das aufwendige Vorrichten nicht mehr, wie früher, bezahlt wurde. Die Fabrikherren begründeten das mit der wachsenden Konkurrenz aus England, die man sonst nicht mehr unterbieten könne. Außerdem waren viele dazu übergegangen, die Heimweber zu nötigen, ihre Lebensmittel in den fabrikeigenen Geschäften zu überteuerten Preisen einzukaufen. Auch Mutter tat das, wenn sie am Liefertag den Stoff zu ihrem Auftraggeber brachte, denn sie befürchtete, sonst keine Arbeit mehr zu bekommen. Meistens kam sie mit nichts weiter zurück als den notwendigsten Lebensmitteln, die den ganzen Lohn gekostet hatten. Sie klagte zwar darüber, betonte jedoch immer wieder, man könne von Glück sagen, daß hier im Wuppertal nicht Zustände herrschten wie in Solingen, Cronenberg oder Velbert, wo nicht mit Geld, sondern mit Waren bezahlt wurde, die kein Mensch brauchen konnte. Viele Weber dort wußten nicht, wie sie an Lebensmittel kommen sollten, und litten bittere Not.

Rieke gab ihrer Mutter ihre zwanzig Stüber Verdienst, die diese wortlos entgegennahm und in der Schublade verstaute. Die Kanne mit der Suppe stellte sie auf den bullernden Ofen.

Aus der Ecke, in der Augusts Bett stand, kam ein Stöhnen. »Er fiebert seit gestern«, sagte Berta Blum mit ihrer tonlosen Stimme, die immer gleich klang, egal, ob sie ein Gebet aufsagte, August eine Anweisung gab oder ihrem Mann Vorhaltungen machte, daß er zu viel trank.

August warf sich hochrot und fast ohne Besinnung auf der Strohmatratze hin und her. Rieke lief zu ihm, legte ihre kühle Hand auf seine Stirn und flüsterte beruhigend. Ein Lächeln überzog sein gequältes Gesicht, und er entspannte sich, als er sie erkannte.

Riekes Mutter legte das Garn zur Seite und rüstete sich für den Kirchgang. Sie drückte eine schwarze Haube auf ihren dünnen Haarknoten, hüllte sich in ein dunkelgraues Tuch und nahm einen Stapel christlicher Traktate, die sie nach der Kirche unter den Arbeitern, die am Sonntag über den Neuen Weg liefen, verteilen wollte. Rieke grauste es, weil Mutter erwartete, sie werde ihr bei dieser schrecklichen Aufgabe, die außer unflätigem Spott nichts einbrachte, helfen.

Erwin Blum saß stumm in der Ecke und setzte immer, wenn keiner hinsah, die Schnapsflasche an den Mund. Riekes Mutter nahm sie ihm fort, griff den Kamm vom Regalbrett und zog ihm in der Mitte des Kopfes einen schnurgeraden Scheitel durch das schüttere Haar, so daß es zu beiden Seiten glatt über den Ohren herunterhing. Sie setzte ihm einen flachen Hut auf, zog ihn hoch und bedeutete Rieke, sie möge sich ebenfalls bereit machen.

»Ich bleibe bei August«, sagte Rieke entschlossen, »ich lasse ihn nicht allein.«

Ihre Mutter kniff den Mund zusammen. »Er kann ein Gebet brauchen, das ist das beste, was du für ihn tun kannst.«

»Ich bete hier bei ihm.« Rieke sah ihrer Mutter fest in die Augen und setzte sich auf Augusts Bett.

Berta Blum gab auf und schob unwillig murmelnd ihren schwankenden Mann zur Tür hinaus. Rieke hoffte, daß er heute den Gottesdienst durchhalten würde. Schon einige Male hatte sie erlebt, daß er während der Predigt kopfüber auf die vor ihm sitzenden Gemeindemitglieder gestürzt war.

Sie kehrte zu Augusts Lager zurück. Seine Augen waren halb geschlossen, das Gesicht rot und von einem Schweißfilm überzogen. Rieke zog das zerknüllte Bettlaken glatt, schüttelte die löchrige Wolldecke und breitete sie über das Kind. Sie setzte sich aufs Bett, nahm den dünnen Körper in die Arme und wiegte ihn hin und her. Zusehends wurde er ruhiger.

Sie dachte daran, wie August in ihr Leben gekommen war, plötzlich und unvorhergesehen wie eine Sternschnuppe.

Berta Blum war seit Riekes Geburt, die schwer verlaufen war und sie fast das Leben gekostet hätte, nicht mehr schwanger geworden. Das hatte den Blums das Schicksal der meisten Arbeiterfamilien im Wuppertal erspart, die jedes Jahr einen neuen Esser am Tisch sitzen hatten und fast ebenso häufig einen kleinen Sarg zum Friedhof tragen mußten.

Eines Tages jedoch, Rieke war gerade zehn, stand ihre Mutter breitbeinig in der Stube und rief um Hilfe. Unter ihrem Rock lief

Wasser hervor, und um ihre Füße bildete sich ein kleiner See, in den Blut hineintropfte. Als Rieke mit der Nachbarin zurückkam, lag Mutter jammernd auf dem Bett, beugte sich schmerzverzerrt nach vorne über ihren Leib und schob den Rock in die Höhe. Zwischen ihren Beinen schaute ein kleiner Kopf hervor. Die Nachbarin zog den Jungen an den Schultern heraus und durchschnitt die Nabelschnur, dann wusch sie den kleinen, käsigen Leib mit warmem Wasser, und Rieke wickelte ihn in Tuchfetzen, die sie in aller Eile unter dem Bett hervorgekramt hatte. Er hatte große blaue und ganz wache Augen, und es kam Rieke vor, als schaue die Ewigkeit sie an. Ihr war, als habe sie ihn schon immer gekannt und etwas Kostbares wiedergefunden.

August schlief in ihrem Bett, sie schaukelte ihn in den Schlaf, und wenn er Hunger und Mutter keine Milch mehr in ihrer mageren Brust hatte, gab sie ihm Stoffetzen mit Zuckerwasser zum Nuckeln. Nachts schmiegten sie sich aneinander, und jeden Morgen, wenn Rieke neben dem Kleinen aufwachte und er sie anstrahlte, war sie dankbar, daß er zu ihr gekommen war.

Als August geboren war, sah Rieke zum ersten Mal die Flammen. Sie umtanzten seinen Kopf, der auf einem dünnen Hälschen hin- und herpendelte. Zuerst war ihr das unheimlich gewesen, aber bald merkte sie, daß sich Ruhe und Geborgenheit ausbreiteten, wenn August von den Lichtern umgeben war. Später sah sie die Flammen auch an anderen Stellen, sie züngelten am Wupperufer und über manchen Häusern. Einmal fragte sie Mutter, ob sie das auch sehen würde, aber die stimmte eine lange Litanei an, drohte mit dem Feuer der Hölle und der Verdammnis und verbot ihr solche heidnischen Visionen aufs strengste.

Obwohl August von Anfang an älter wirkte als er war, blieb er klein und kränklich, und es war zu befürchten, daß er zu den vielen Kindern im Tal der Wupper gehören würde, die das erste Jahr nicht überlebten. Aber trotz seiner Schmächtigkeit und seiner bleichen Gesichtsfarbe überstand er mit großer Zähigkeit alle Kinderkrankheiten. Er war ein verständiges Kind, schon als er zwei Jahre alt war, konnte Rieke sich mit ihm unterhalten. Ihre Mutter beachtete ihn kaum und entwickelte erst einiges Interesse an ihm, als sie ihn zum Ende seines vierten Lebensjahres als Spuljungen einsetzen konnte. Mit geschickten Fingern spulte er von großen Garnrollen auf die kleinen Spulen das Schußgarn, das Mutter am Webstuhl verarbeitete. Früher hatte ihr Vater diese Arbeit verrichtet, aber seitdem er vor zwei Jahren begonnen hatte, schon morgens zu trinken und Blut zu spucken, war er nur noch dazu zu gebrauchen, Holz zu suchen, das Feuer im Ofen in Gang zu halten und Kartoffeln zu schälen. Die schwere Arbeit im Webstuhl mußte Mutter allein bewerkstelligen. Rieke brachte manchmal nach dem Schulunterricht das fertige Tuch zum Fabrikanten und ging anschließend der Bäckersfrau auf dem Neuen Weg beim Waschen und Putzen zur Hand. Wenn sie abends um acht todmüde nach Hause kam, saß August noch neben Mutter und spulte. Obwohl sie hart zu ihm war und kaum mit ihm sprach, schaute er sie unverwandt an und sang mit seiner dünnen, hellen Stimme alle Kirchenlieder mit, die sie anstimmte.

August war nicht bei Bewußtsein. Rieke ließ ihn vorsichtig auf sein Lager gleiten, holte einen Becher Wasser von der Pumpe vor dem Haus und benetzte seine aufgesprungenen Lippen. Er öffnete die Augen, erkannte sie aber nicht, sein Blick verlor sich in fernen Welten.

Tränen stiegen in ihr hoch. »Nein, nicht, Augustchen, das darfst du nicht tun, deine Rieke allein lassen«, flüsterte sie. »Und Mutter erst, wie würdest du ihr fehlen. Ich gebe dir jetzt die Fleischbrühe, das macht dich ganz schnell gesund, wirst sehen. Und in zwei Wochen bringe ich dir wieder was Gutes von den Herrschaften mit. Margret, das ist die dicke Köchin, weißt du, von der ich dir schon einmal erzählt habe, die wird mir ein Stück Fleisch und weißes Brot für dich geben, ganz viel für dich allein, nur für mein Augustchen. Und ein Püppchen mach ich dir mit einem weiten Rock mit Blumen drauf und Litzen dran, so ein Mamsellchen, weißt du noch, wie das, was wir am Bach verloren haben.«

Rieke flößte August einige Löffel Brühe ein und plapperte, als könne sie ihn damit gesund machen. Er atmete in tiefen Zügen, auf seinen Wangen glühten kreisrote Flecken. Weiß und durchsichtig zitterten die Flammen über seinem Bett.

Rieke nahm das Garn und die Spulen und begann zu wickeln. Dabei sang sie:

»Fliege, Schifflein, fliege!
Du flogst jahrein, du flogst jahraus
Und brachtest selten Gold nach Haus;
Und flögest du auch noch so schnell,
Du brächtest mich nicht von der Stell.

Fliege, Schifflein, fliege!
Nun sind es wohl an die sechzig Jahr,
Daß ich ein armer Weber war;
Vorbei ist bald die Lebenszeit,
Doch nimmer die Mühseligkeit!

Fliege, Schifflein, fliege!
Hier sitz' ich aller Freude bar,
So arm als ich geboren war,
Und webe hin und webe her,
und Herz und Sinn bleibt sorgenschwer.

Das hat ein Dichter für die schlesischen Weber geschrieben, Hermann Püttmann heißt er. Denen in Schlesien geht es noch schlechter als uns, auch wenn man sich das kaum vorstellen kann. Das weiß ich von Ida, die ist auch Dienstmädchen bei meiner Herrschaft, sie kommt von dort«, schwatzte Rieke und ließ die Spule fliegen.

»Ich habe vom Herrn Bruno ein Buch mit Gedichten über die Weber bekommen. Den Herrn Bruno kennst du noch nicht, Augustchen, ich habe ihn neulich kennengelernt, am Alten Markt beim Einkaufen.«

August lag jetzt in tiefem Schlaf, und Rieke erzählte ihm leise, wie sie Bruno wieder begegnet war.

»Ich habe ihm gesagt, daß ich bei vom Bruch in Stellung bin, und da hat er am Freitagabend auf mich gewartet. Ich kam um neun aus dem Haus, um noch ein bißchen Luft zu schnappen, und da stand er. Du darfst es nicht weitersagen, August, aber ich habe mich gefreut, ihn zu sehen. Er hat gefragt, ob ich Lust hätte, ihm manchmal etwas Gesellschaft zu leisten und ihm zu helfen, die Stadt etwas besser kennenzulernen, er kennt ja noch niemanden hier. Wir sind bis zum Alten Markt gegangen und haben miteinander gesprochen. Und plötzlich dachte ich, ich kenne ihn schon mein ganzes Leben, es war wirklich eigenartig. Dann hat er mich wieder nach Hause gebracht. Zum Abschied wurde ich ganz verlegen, weil er mich so anguckte, ich weiß gar nicht, wie. Tief im Bauch hatte ich ein Gefühl, so wie im Frühling, wenn zum ersten Mal die warme Sonne rauskommt. Oh, Augustchen, das war so schön. Er fragte, wann wir uns wieder treffen könnten, aber ich habe ihm geantwortet, ich wüßte nicht, was meine Herrschaft dazu sagt. Ich sei ja nicht deren Sklavin, hat er gemeint, ich sei ein freier Mensch und dürfe tun, was ich wolle. Heute abend will er wieder auf mich warten, wenn ich zurückkomme. Ich freu mich schon, es ist schön und überhaupt nicht langweilig mit ihm. Er hat Drucker gelernt und ist Redakteur bei der ›Barmer Zeitung‹, weißt du, die habe ich doch immer von der Bäckersfrau mitgebracht und dir daraus vorgelesen. Er schreibt dort Berichte und sagt, er will nur die Wahrheit schreiben, zum Beispiel, wie wenig die armen Leute zu essen haben. Ich glaube nur nicht, daß sie ihn lassen werden. Und ich bin ganz sicher, daß er kein Halunke ist, obwohl Mutter mir das nicht glauben würde. Er ist freundlich und lacht sehr viel. Dabei hat er gelbe Sterne in den Augen. Aber du darfst es Mutter nicht sagen, auf keinen Fall. Er ist ein Hesse, weißt du? Da sagt sie sowieso Tagedieb und Branntweinsäufer und daß ich in Sünde falle. Also, reden wir nicht drüber, wenn sie dabei ist. Ich erzähl dir aber immer von ihm, ja? Eigentlich ist er fast ein feiner Herr, ich weiß nicht, wie viele Taler er die Woche verdient, aber bestimmt mehr als ein Weber. Also, er ist wirklich sehr nett, und er will gar nichts Sündiges.«

August tat einen tiefen Atemzug. Draußen donnerte es, und Rieke ging ans Fenster. Der Himmel hatte sich zugezogen und hing gelbgrau über den Bäumen, hinter der Wolkendecke wetterleuchtete und grollte es. Rieke starrte gebannt in das seltsame Licht, in dem der Weg, der auf das Haus zuführte, ganz fremd aussah. Die Luft stand still, für einen Augenblick hörte die Welt auf, sich zu drehen. Weiße Schneeflocken taumelten vor dem graugelben Vorhang herunter, am Horizont wurden die Wolken dünner und ließen diffuses, orangenes Licht durch.

Bruno. Gelbe Sternchen in braunen Augen, sein Lachen.

Der Donner krachte ohrenbetäubend, gleichzeitig fuhr ein grellweißer Blitz durch die Schneeflocken. Rieke zuckte zusammen und schaute nach August, der wieder begonnen hatte, sich unruhig hin und her zu wälzen.

3. Kapitel

in dem Rieke einen seltsamen Tanz beobachtet, Engels einen Brief schreibt, der Regierungspräsident sich über die Kommunisten ausläßt und Rieke und Bruno zum ersten Mal an der Wupper sitzen

»Ich krieg's zuerst, ich krieg's zuerst!« In den Armen Regine vom Bruchs bauschte sich gelber Seidenstoff, und sie tanzte schreiend durch den Flur. Ihre Schwester Alma rannte mit einem blauen Stoffballen und wutverzerrtem Gesicht hinter ihr her. Sie stritten darum, wem die Schneiderin, die am nächsten Tag ins Haus kommen sollte, zuerst ein neues Kleid nähen sollte. Regine ging davon aus, daß sie als Ältere das Vorrecht hatte, und Alma befürchtete, daß ihres zum Karnevalsball in der »Union«, zu dem sie am übernächsten Samstag die Eltern begleiten durften, nicht mehr rechtzeitig fertig würde. Regine hielt dagegen, daß das alte Kleid vom letzten Jahr für Alma ausreichen würde. Ohnehin werde sich kein Kavalier für die pickelige Schwester interessieren.

»Immer du, immer du, alte Hexe, alte Hexe!« Almas Stimme überschlug sich. »Ich sag's dem Herrn Pfarrer, daß du hoffärtig bist und nicht an deinen Nächsten denkst. Sünderin, böse, böse Sünderin!«

»Selber Sünderin, selber hoffärtig, und auch noch falsch reden, das ist die größte Sünde!«

»Au, auuu! Sie hat mich getreten, Mutter, sie hat mich gegen das Schienbein getreten!« Alma jaulte auf. Sie knallte ihren Stoffballen auf den Boden und hielt sich stöhnend am Treppengeländer fest.

Das Gepolter war bis in die Küche zu hören. Der große Tisch, an dem Margret und Rieke standen und Hühner ausnahmen, bebte, so heftig warf Regine die Tür ins Schloß.

»Bevor sie sich gegenseitig totschlagen, geh und serviere den Tee«, sagte Margret zu Rieke. »Neulich hatte das Fräulein Alma die

Zahnabdrücke vom Fräulein Regine im Arm, dafür hat sie ihr ein Büschel Haare rausgerissen. Schön christlich, unsere beiden Mamsellen.«

Sie schnitt einen Hühnermagen auf und spülte den körnigen Inhalt in einer Schüssel mit Wasser aus. Rieke, die froh war, der ekligen Beschäftigung entrinnen zu können, wusch sich die Hände und setzte Wasser auf den Herd. Sie arrangierte Gebäck in einer feinen Porzellanschale und brachte Frau vom Bruch, die im Salon an ihrem Sekretär saß und Modejournale durchsah, Tee und Kuchen.

»Ruf mir Fräulein Regine, ich möchte sie sprechen!«

Rieke sprang die Treppe hoch und klopfte an Regines Tür. Alma stand immer noch schluchzend auf dem Flur und hielt ihren blauen Stoffballen umklammert, der von Tränen getränkt war. Sie war ebenso aschblond, grobschlächtig und ungelenk wie ihr Vater, und ihr breites Kinn und ihre große Nase waren von Pickeln bedeckt.

Regine dagegen glich mit dunklen Locken und braunen Augen ihrer Mutter, neigte jedoch noch nicht zu deren Fülligkeit. Rieke bat sie, in den Salon zu gehen, und machte sich daran, im angrenzenden Herrenzimmer den Boden aufzuwischen. Die Tür zum Salon war nur angelehnt.

Zuerst hörte sie nur ein unverständliches, jedoch erregtes Gemurmel von Mutter und Tochter, schließlich schnappte sie einige Wortfetzen auf. »Ich schwöre dir, daß ich ihn nicht habe«, beteuerte Regine, »wirklich Mutter, nie und nimmer würde ich einen Brief von dir an mich nehmen. Sie, bestimmt hat sie ihn.«

Rieke hörte Henriette etwas zischen, dann wieder Regines lautere Stimme: »Ich schwör's dir, niemandem hab ich's gesagt. Unser liebes, liebes Geheimnis, niemals würde ich es preisgeben. Bitte, bitte Mutter, wann nimmst du mich endlich mit? Du hast es schon so lange versprochen.«

Henriette zischte wieder.

»Ich bin sechzehn und kein Kind mehr. Der Herr Pfarrer hat auch gesagt, daß man die Gnade immer empfangen kann, egal wie alt man ist. Manchmal denke ich, du willst gar nicht, daß ich ihn kennenlerne.«

Henriettes unverständliche Antwort fiel länger aus und wurde von unwilligen Ausrufen Regines unterbrochen. Schließlich sagte Henriette laut: »Ich möchte, daß du auf dein Zimmer gehst, und zwar sofort.«

»Du gönnst mir keine Freude! Immer nur soll ich in diesem schrecklichen, langweiligen Haus sitzen.«

Rieke hörte, wie Regine mit dem Fuß aufstampfte und türenschlagend den Salon verließ. Während sie die Treppe hochlief, rief sie in keifendem Tonfall, Almas Nase stünde in Flammen, ob sie löschen solle. Almas Antwort war nicht zu verstehen, aber aus dem nachfolgenden Poltern schloß Rieke, daß auf dem oberen Flur eine handgreifliche Auseinandersetzung stattfand.

Henriette vom Bruch rief nach Rieke, damit sie ihr beim Ankleiden helfe. Es war Dienstag und damit Ausgehtag. Sie war seltsam nervös, nicht so euphorisch wie sonst an diesen Tagen, goß sich Mengen Eau de Cologne über den Busen und zupfte sich die Locken verwegen ins Gesicht. Nach langen Überlegungen wählte sie ein elegantes Seidenkleid und feine Lederstiefel, puderte sich sorgfältig und legte einen Hauch Rouge auf. Sie war wie im Fieber, ließ den Puder und das Rougedöschen fallen, und als sie versuchte, sich den Haarknoten neu zu richten, zitterten ihre Hände so, daß Rieke einspringen mußte. Schlag vier war sie fertig und rauschte davon. Rieke wischte den gepuderten Boden sauber und räumte die herumliegenden Kleider in den Schrank.

Sie wollte das Zimmer verlassen, wurde aber, als sie die Tür öffnete, durch ein Schauspiel von äußerster Seltsamkeit daran gehindert.

Regine und Alma standen am Treppengeländer. Alma hatte einen Fuß fest auf ein Stück Papier gesetzt und hielt sich mit aller Kraft am Geländer fest. Regine umfaßte von hinten ihre Taille und versuchte, sie wegzuziehen. Alma trat mit ihrem freien Fuß nach hinten gegen Regines Schienbein, diese griff in Almas aschfarbene Zöpfe und zog mit aller Kraft daran. Beiden schossen vor Schmerzen die Tränen in die Augen, aber sie wankten nicht. Ihre Gesichter waren zu Grimassen verzerrt, aber aus ihren geöffneten Mündern kam außer leisem Keuchen und Stöhnen kein Ton.

Rieke überlegte, ob sie sich bemerkbar machen sollte, als Margret von unten rief. Die Mädchen fuhren zusammen, und Alma nutzte die Schrecksekunde, um unter ihrem Fuß das Papier hervorzuziehen, in ihr Zimmer zu laufen und die Tür hinter sich zuzuziehen. Regine setzte ihr nach und versuchte wie von Sinnen, die Türklinke herunterzudrücken, die jedoch von innen festgehalten wurde. Rieke räusperte sich kräftig, und Regine ließ von der Tür ab. Mit wutverzerrtem Gesicht lief sie ebenfalls in ihr Zimmer und knallte die Tür zu.

***

Barmen, 22. Februar 1845

Lieber Marx,
hier in Elberfeld geschehen Wunderdinge. Wir haben gestern im größten Saale und ersten Gasthof der Stadt unsere dritte kommunistische Versammlung abgehalten. Die erste 40, die zweite 130, die dritte wenigstens 200 Menschen stark. Ganz Elberfeld und Barmen, von der Geldaristokratie bis zur épicerie, nur das Proletariat ausgeschlossen, war vertreten. Hess hielt einen Vortrag. Gedichte von Müller, Püttmann und Stücke aus Shelley wurden gelesen, ebenso die Artikel über die bestehenden Kommunistenkolonien im Bürgerbuch. Nachher diskutiert bis ein Uhr, das Ding zieht ungeheuer. Man spricht von nichts als vom Kommunismus, und jeden Tag fallen uns neue Anhänger zu. Der Wuppertaler Kommunismus ist une vérité, ja beinahe schon eine Macht. Was das für ein günstiger Boden hier ist, davon hast du keine Vorstellung. Das dümmste, indolenteste, philisterhafteste Volk, das sich für nichts in der Welt interessiert hat, fängt an, beinahe zu schwärmen für den Kommunismus. Wie lang man dem Ding noch so zusehen wird, weiß ich nicht, aber die Polizei ist jedenfalls in der höchsten Ver-

legenheit, sie weiß selbst nicht, woran sie ist, und der Hauptschweinehund, der Landrat, ist gerade in Berlin. Aber wenn man's auch verbietet, so umgehen wir das, und geht das auch nicht, so haben wir jedenfalls so ungeheuer angeregt, daß alles, was in unserem Interesse erscheint, hier furchtbar gelesen wird.
Dein E.[8]

***

Rieke und Bruno saßen hinter dem Kuhstall am Wupperufer bei den Gestellen, an denen die gefärbten Baumwollstränge zum Trocknen aufgehängt wurden. Das Ufer war mit Büscheln aus trockenem Gras bewachsen und schimmerte grau in der kalten Februarsonne, die im Begriff war unterzugehen. Ein Schwall rötlichbrauner Brühe brodelte vorüber.

Rieke starrte dem Unrat nach, der auf dem Wasser tanzte. Sie hatte den ganzen Sonntag bei den Eltern am Böckmannsbusch verbracht und machte sich große Sorgen um August, der nach wie vor fieberte und immer magerer wurde. Sie befürchtete zuerst, er habe die Pocken, weil Bürgermeister Wilkhaus in der »Barmer Zeitung« täglich dazu aufrief, alle Kinder impfen zu lassen, eine Person war bereits gestorben. Aber bei August zeigten sich die typischen Symptome nicht, er war nur zutiefst erschöpft und ausgezehrt. Die Flammen tanzten zart und durchsichtig über ihm, der leiseste Hauch konnte sie ausblasen. Trotzdem bemühte er sich, der Mutter so wenig Arbeit wie möglich zu machen. Im Gegenteil, er sorgte sich um sie, weil sie niemanden zum Spulen hatte und nicht wußte, wie die ganze Arbeit zu schaffen sein sollte. August hatte es versucht, war aber vor Schwäche vom Schemel gefallen. Er war Rieke unendlich dankbar, daß sie den ganzen Vormittag wickelte und Mutter einen kleinen Vorrat bekam.

Margret hatte wieder Fleischbrühe mitgegeben, aber das war

8 Marx-Engels-Gesamtausgabe III, 1, S. 266-269 (gekürzt)

auch das einzige, was Rieke für den Bruder tun konnte. Ihre Mutter war nicht in der Lage, Geld für einen Arzt auszugeben. Im Gegenteil, sie jammerte, daß sie bei den immer weiter steigenden Preisen bald nicht mehr das Nötigste zum Essen besorgen konnte.

Rieke sah Bruno an. »Ida sagt, sie haben unser Leben auf dem Gewissen. In dem Fluß schwimmt unser Blut, sagt sie.«

»Und weißt du, was sie aus dem türkischroten Stoff machen? Soldatenhosen für die Franzosen. Dafür quälen und schinden sich die Färber«, warf Bruno ein. »Rot ist die Farbe der Mächtigen, die Könige und Kaiser tragen rote Gewänder. Aber es ist auch die Farbe des Sozialismus. Wenn erst die Revolution ausbricht, werden überall rote Fahnen hängen als Zeichen für die Macht des Volkes. Mit der Krapp-Pflanze ist das Rot auch zum Volk gekommen. Früher gab es nur das Purpurrot von den Purpurschnecken, um ein Königsgewand rot färben zu können, mußten Tausende sterben.«

Rieke dachte an die Geschichte von dem Handwerksburschen, der das Türkischrotrezept vor über hundert Jahren aus Frankreich ins Wuppertal gebracht hatte, so hatte sie es in der Schule gelernt. »Die Färbereien machen so gute Geschäfte, weil nur ganz wenige Leute wissen, wie die Farbe angesetzt wird«, sagte sie. »Aber den Färbern nützt es gar nichts, sie schinden sich und können sich die Kleider nicht kaufen, für die sie das Garn färben.« Rieke redete sich in Rage. »Man kann es drehen, wie man will, es ist überall das Gleiche. Mutter, und früher auch Vater, haben hart gearbeitet, und ich auch, solange ich denken kann. Und was bleibt davon übrig? Wir haben knapp zu essen, können keinen Arzt bezahlen und sterben elend. Und die, für die wir die Arbeit machen, wissen nicht, wohin mit dem Geld. Der Arzt kommt einmal die Woche zu vom Bruchs, nur um sich das Gejammer der gnädigen Frau und der Mädchen anzuhören. Keiner von denen ist wirklich krank. Überhaupt schwelgen sie den ganzen Tag. Hühnchen, Fisch, Fleisch, Kuchen, Likör, Konfekt, alles reichlich und teuer. Deshalb geht sie auch auseinander wie ein Rosinenplatz[9]. Und jeden Morgen ein Geschrei, was sie

9 Platz: weißes Hefebrot, Mundart

anziehen sollen, weil sie Stapel von Seidenkleidern und anderem Zeug haben und sich nicht entscheiden können. Jeden Tag räume ich einen ganzen Berg weg, manchmal ist gar kein Platz mehr da. Aber dann wird eben noch ein Schrank gekauft, darauf kommt's überhaupt nicht an.«

»Das ist ja genau das, was Karl Marx sagt!« Brunos Augen blitzten. »Die Arbeiter arbeiten, und die Kapitalisten haben den Nutzen davon. Das ist die große Ungerechtigkeit. Alles, was die Arbeiter mehr erarbeiten, als Essen, Trinken und Wohnen kostet, wird ihnen von den Kapitalisten entzogen, sie werden um den Mehrwert betrogen. Den behalten die Fabrikbesitzer für sich und häufen dadurch immer mehr Überfluß an.« Bruno runzelte die Stirn und sah Rieke eindringlich an. »Die Lohnabhängigen arbeiten hauptsächlich für die Unternehmer, für sich selbst nur so weit, daß sie gerade am Leben bleiben. Sie arbeiten nicht zu ihrem eigenen Nutzen, sondern nur zu dem der Unternehmer.«

»Warum tun wir das? Warum lassen wir uns das gefallen? Warum haben die einen so viel, daß sie fast dran ersticken, und die anderen nicht das nötigste?« Rieke wunderte sich, wie laut ihre Stimme war und daß es ihr gefiel, so zu sprechen.

»Sie können die Menschen dazu zwingen, weil das Gesetz dieser Gesellschaft das Privateigentum ist. Alles, was du bist, hängt davon ab, ob du welches hast oder nicht. Wenn du es hast, kannst du es durch die Arbeit von anderen beliebig vermehren, wenn nicht, bleibst du ein armer Schlucker, für immer und ewig. Deshalb sollen im Kommunismus die Produktionsmittel, also die Fabriken und Maschinen, allen gehören. Dann arbeiten alle auf Rechnung von allen und können den Mehrwert untereinander aufteilen. Sie haben selbst den Nutzen von dem, was sie erarbeiten.« Bruno war aufgestanden und lief vor Rieke auf und ab.

»Aber woher kriegt man Privateigentum? So viel, daß man immer größere Fabriken bauen kann?«

»Weil zu viele Menschen Arbeit und Nahrung suchen. Deshalb kann man sie erpressen und gegeneinander ausspielen und für so wenig Arbeitslohn einkaufen, daß es gerade ausreicht, um nicht zu verhungern. Wenn einer sagt, das reicht mir nicht, kann er wieder gehen, es steht ja schon der nächste da. Marx sagt, daß für den Arbeiter die Produktion eines Gegenstandes gleichzeitig der Verlust des Gegenstandes an eine fremde Macht bedeutet.«

»Es kann doch nicht wahr sein, daß mein Bruder sterben muß, damit Regine und Alma vom Bruch das fünfte Ballkleid kriegen und den ganzen Nachmittag Kuchen essen können.« Rieke schluchzte und verbarg ihr Gesicht in den Armen.

»Gar nicht zu reden von den silbernen Talern, die Caspar vom Bruch auf der Bank liegen hat«, sagte Bruno. »Ich schätze, mindestens hunderttausend. Dazu gehören ihm einige Häuser hier in der Gegend und Grundstücke.«

Rieke sah ihn mit tränennassem Gesicht an. »Davon könnte man hundert Ärzte bezahlen, die besten«, klagte sie.

»Friedrich Engels hat neulich auf der sozialistischen Versammlung gesagt, daß unsere Gesellschaft einen Krieg aller gegen alle hervorbringt. Für viele, vor allem die Ungebildeten, werde dieser Krieg ganz schrecklich. Allein die kommunistische Gesellschaft, sagt er, kann das verhindern und dafür sorgen, daß die Menschen in Frieden miteinander leben können.«

»Warum machen wir nicht eine solche Gesellschaft? Dagegen kann doch kein vernünftiger Mensch sein. Die Reichen brauchen ja nicht alles abzugeben, nur etwas von ihrem Überfluß.«

»Ich glaube, daß es nicht mehr lange dauert. Zu den sozialistischen Versammlungen kommen immer mehr Leute, bei der letzten waren es fast zweihundert.«

»Aber nun sind sie doch verboten, hast du gesagt.«

»Ja, die Obrigkeit ist natürlich mit den Kapitalisten im Bunde. Aber ich glaube, lange können sie diese Ideen nicht mehr unterdrücken. Sie können den Arbeitern nicht länger alle Rechte nehmen, dazu sind es viel zu viele. Die Menschen werden sich wehren und protestieren. Ich bin sicher, daß alle den Sozialismus wollen, wenn sie erst begriffen haben, wie sehr er der Menschheit nützt.«

»Aber wie sollen sie davon erfahren, wenn keine Versammlungen mehr abgehalten werden dürfen?«

»Es soll jetzt eine neue Zeitung herauskommen, der ›Gesellschaftsspiegel‹. Sie soll über die Lage der arbeitenden Klasse berichten und über das Verhalten der Kapitalisten aufklären. Ich habe gestern Moses Hess darauf angesprochen, er hat zusammen mit Friedrich Engels und Adolph Koettgen die sozialistischen Versammlungen organisiert und will mit Engels die Zeitung herausgeben. Ich werde ihm Beiträge einreichen. Hess sagt allerdings, es gebe Angebote *en masse*, er wisse gar nicht, ob er alles berücksichtigen könne.«

Bruno sprach voller Feuer. »In Trier gibt es schon eine solche Zeitung, die ›Trier'sche Zeitung‹, und in Wesel heißt sie der ›Sprecher‹. In Paris soll auch eine erscheinen, dort hält Karl Marx sich oft auf. Der Dichter Heinrich Heine lebt auch da, er stammt aus Düsseldorf und schreibt Gedichte über die Revolution. Hier in Deutschland durfte er nicht mehr arbeiten. Sicher wird er auch Beiträge liefern.«

Rieke bewunderte Brunos Wissen und seinen Mut, an die studierten Leute heranzutreten. Er hatte einfach an Friedrich Engels geschrieben und daraufhin eine freundliche Einladung zu den sozialistischen Versammlungen bekommen.

Seitdem sie Bruno kannte, sah sie die Kommunisten in neuem Licht. Zuvor hatte sie immer nur den Pfarrer von der Kanzel gegen das »gottlose Gesindel« wettern hören, und Mutter fing an zu beten, sobald die Rede auf sie kam. Alles, was Bruno bisher erzählt hatte, schien Rieke jedoch einleuchtend und gar nicht gottlos, sondern im Gegenteil gerecht und eigentlich christlich.

»Meinst du denn, der Zensor läßt diesen Gesellschaftsspiegel durchgehen?«

»Vor zwei Jahren haben sie die ›Rheinische Zeitung‹ verboten, Karl Marx war ihr Chefredakteur. Aber ich denke, die Zeiten haben sich geändert. Auf die Dauer können sie uns einfach nicht mundtot machen, dazu ist die Bewegung schon zu groß. In England, sagt Engels, wollen sie demnächst die ersten kommunistischen Kolonien errichten, und bei uns sollte man auch damit anfangen, damit die Armen zu ihrem eigenen Nutzen arbeiten können und ihr Elend ein Ende hat.«

»Und Ärzte für alle!« Von Riekes Tränen waren nur noch Spuren zurückgeblieben, und ihre Augen blitzten kämpferisch. »Es kann nicht sein, daß nur die gesund sein dürfen, die Geld haben.«

Sie zog ihren Rock über den Knien glatt und sah Bruno an. Konnte sie ihn in das einweihen, was sie schon seit einigen Tagen quälte? Sie kannte ihn erst so kurze Zeit, und doch sprach sie so offen mit ihm wie mit sonst keinem Menschen, außer August.

Überhaupt tat sie Dinge, die sie sich noch vor einem Monat nicht hätte träumen lassen. Bruno hatte in der vorhergehenden Woche abends auf sie gewartet und gefragt, ob sie sich am Sonntagnachmittag, an dem sie wieder frei hatte, mit ihm treffen wolle. Spontan hatte Rieke zugesagt, dann aber voller Schrecken überlegt, wie sie ihrer Mutter gegenüber begründen konnte, daß sie den Besuch zu Hause früher als sonst beenden wollte. Alles, was nicht der Wahrheit entsprach, war eine Lüge und damit eine große Sünde. Aber wenn sie die Wahrheit sagte, würde Mutter zetern und lamentieren, ein großes Geschrei über Hölle und Verdammnis beginnen und ihr das Treffen verbieten. Als am Sonntagmittag die Sonne herauskam, hatte Rieke August in eine Decke gewickelt und sich mit ihm auf die Bank vor das Haus gesetzt. Er hielt sein bleiches Gesicht mit geschlossenen Augen ins Licht. Rieke flüsterte ihm ihre Absicht ins Ohr, wegen eines Treffens mit Bruno Mutter zu belügen, und fragte, ob er das für eine große Sünde halte. »Eine Sünde ist, wenn du es nicht tust«, hatte August mit heller Stimme gewispert. »Es kommt vom lieben Gott, wenn man einen Menschen gern hat und mit ihm zusammensein will. Er möchte, daß man beieinander ist, sonst würde er einem die Sehnsucht nicht ins Herz geben.« Rieke hatte in diesem Augenblick nicht daran gezweifelt, daß er recht hatte. Daraufhin war ihr die Lüge leicht über die Lippen gegangen. Später, als sie im Laufschritt zum Alten Markt eilte, wo Bruno auf sie wartete, klopfte ihr Herz heftig. Sie hatte Angst, in den Bann des Bösen zu geraten, den der Pfarrer jeden Sonntag von der Kanzel herunter beschwor. Man bemerke ihn erst, donnerte er, wenn man tief drinstecke. Am Anfang blende Satan und gaukele einem das Glück vor.

In Brunos Gegenwart fühlte sie sich sicher. Ich kann es ihm anvertrauen, dachte Rieke.

»Ich glaube, dieser Herr Engels hat mehr recht, als er selber weiß«, sagte sie zögernd, »ich glaube, daß es hier in Barmen schon bald einen Krieg geben wird.«

Bruno sah sie erstaunt an. »Wie kommst du darauf?«

»Ida, du weißt, das Mädchen aus Schlesien, mit dem ich die Kammer teile, trifft sich mit einem Färbergesellen, der auch bei vom Bruch arbeitet. Er heißt Samuel und scheint mit anderen Färbern zusammenzustecken und etwas zu planen. Ida spricht davon, daß sie alle vom Bruchs an den Galgen hängen wollen, auch die Töchter. Ich glaube, sie wollen die Färberei mit Gewalt stürmen und jeden, der sich ihnen entgegenstellt, umbringen. Als erstes sei der Färbermeister dran, sagt Ida, den wollen sie im Türkischrotfaß gar kochen. Bis ihm das Fleisch von den Knochen fällt, hat sie gesagt. Und dann der gnädige Herr und die gnädige Frau, und die beiden Mädchen. Eigentlich glaube ich nicht, daß sie zu so etwas fähig ist, sie redet viel daher, wenn sie getrunken hat. Was hältst du davon? Glaubst du, die Färber würden so etwas tatsächlich tun?«

»Man könnte es ihnen nicht verdenken. Sie werden so geschunden, und eigentlich haben sie nichts zu verlieren. Nur würden sie es nicht schaffen, sie würden alle sterben. Die Polizei würde sie zusammenschießen, oder sie kämen unters Fallbeil. Ist es nicht schrecklich, auf welche Gedanken die Menschen aus lauter Not kommen? Sich gegenseitig verstümmeln und zerfleischen!«

»Glaubst du eigentlich an Gott?« fragte Rieke.

»Irgendwie ja und irgendwie nein. Auf der einen Seite denke ich, wir Menschen leben nicht zufällig auf dieser Welt, und es liegt ein Sinn darin. Andererseits kann ich nicht glauben, daß all das, was hier geschieht, von Gott gelenkt sein soll. Und wenn es ihn gibt, ist er grausam, nicht gütig und gerecht, wie die Pietisten immer schreien.«

»Mutter sagt, wir müssen unser Schicksal in Demut ertragen, damit wir in den Himmel kommen.«

»Sollten wir uns nicht lieber für mehr Gerechtigkeit hier auf der Erde einsetzen? Glaubst du nicht, daß Gott das gefälliger wäre, als in der Ecke zu hocken und Gebete herunterzuleiern? Friedrich Engels sagt, die Pietisten seien am grausamsten zu ihren Arbeitern.«

Rieke dachte daran, wie lieblos ihre Mutter August behandelte, egal, ob er sich den ganzen Tag die Finger wund spulte oder, wie jetzt, todkrank darniederlag.

Die Sonne war fast verschwunden, am Horizont standen bizarr geformte, schieferfarbene Wolken. Dazwischen stießen die letzten Sonnenstrahlen hervor und brachten ihre Gesichter zum Leuchten.

Als die Dunkelheit hereinbrach, fuhr ein Windstoß durch das Tal. Er wehte den ersten Frühlingsduft herbei und Fetzen einer fernen Musik.

»Am Loh ist Jahrmarkt, hast du Lust?« Bruno sah Rieke erwartungsvoll an. Sie zögerte, weil ihr Gewissen jetzt schon schlecht genug war. Zum Schluß auch noch ein Vergnügen, das nach Mutters Auffassung den direkten Weg in die Hölle bedeutete? Aber heute war ihr sowieso alles egal. Morgen früh um fünf würde sie wieder ihrer Pflicht nachgehen.

»Komm, wir laufen, es wird kalt!« Sie sprang auf und zog Bruno mit sich. »Heute bin ich, glaube ich, ein ziemlich schlechter Mensch.«

***

Düsseldorf, 1. März 1845

An den Herrn Minister des Inneren zu Berlin
Kommunistische Versammlungen in Elberfeld betreffend
Nachdem es zu meiner Kenntnis gekommen, daß zu Elberfeld Versammlungen zur Besprechung des Kommunismus stattgefunden hatten, veranlaßte ich ungesäumt eine Ermittlung.
Die in Elberfeld bestehende Gewohnheit, daß viele Eingesessene des Samstagabends in einem Wirtshause zu Nacht essen und ein Glas Wein trinken, ist von den Rädelsführern geschickt zu dem Zwecke benutzt worden, um vor einer größeren Versammlung ihre Vorträge zu

halten. Es haben bisher drei solcher Versammlungen stattgefunden; zu der ersten ist eine förmliche Einladung erfolgt, und es sind derartige Einladungen selbst an königliche Beamte gegangen, worauf denn einige Mitglieder des königlichen Landgerichts sich auch eingefunden und namentlich der Oberprokurator von Kösteritz an den Debatten teilgenommen haben sollen. Die zweite Versammlung war bereits zahlreicher als jene erste, und so auch die dritte.

Die vierte, welche am heutigen Tag statthaben sollte, wird, gemäß der von der Königlichen Regierung getroffenen Verfügung, polizeilich verhindert werden.

An der Spitze des Treibens steht ein Maler, Koettgen, und ein Dr. Hess, der seit einiger Zeit nach Elberfeld verzogen ist und früher Mitarbeiter der ›Rheinischen Zeitung‹ war. Einige junge Leute, die früher im Ausland gereist sind und deren Eltern zu der wohlhabenden Einwohnerklasse gehören, haben sich ihnen angeschlossen. Von Düsseldorf aus hat der Advokat Wesendonk, der schon früher wegen seiner leidenschaftlichen Reden über gesetzliche und gesellschaftliche Einrichtungen bemerkbar geworden, in den Versammlungen das Wort genommen.

Keine von diesen Personen genießt weder im allgemeinen noch in der Stadt Elberfeld insbesondere irgendeine Popularität, dagegen fehlt es mehreren von ihnen nicht an einer großen Dreistigkeit und an der Gabe, durch ausführliche Reden und freche Gebärden auf einer größeren Versammlung sich geltend zu machen.

Welches Unheil unvermeidlich aus einer gesteigerten Aufregung besonders in den übervölkerten Fabrikstädten Elberfeld und Barmen hervorgehen mag, läßt sich schwer absehen.

Von seiten der königlichen Regierung wird der Sache die größte Aufmerksamkeit gewidmet, und Eurer Excellenz

nähere Anzeige sofort zu erstatten, falls ernstere Maßregeln erforderlich erscheinen möchten, werde ich nicht ermangeln.
Besonders aber glaube ich, Eure Excellenz schließlich noch auf die in dem abschriftlich anliegenden Bericht des Oberbürgermeisters von Carnap zur Anzeige gebrachten Absicht des Dr. Hess, in Elberfeld ein neues Blatt gründen zu wollen, aufmerksam machen zu müssen, und bin der unmaßgeblichen Meinung, daß bei der nach den Probedruckbogen nebst Einladungsschreiben zur Subskription offen vorliegenden Tendenz des Blattes und noch mehr bei der Persönlichkeit des Dr. Hess demselben die Konzession zur Herausgabe solcher Schrift nicht zu erteilen sein wird.

Freiherr Spiegel von Börlinghausen
Regierungspräsident in Düsseldorf[10]

10 zitiert nach: Michael Knieriem, in Mitteilungen des Stadtarchivs: »Zwei unbekannte Aktenstücke über die Elberfelder Versammlungen im Jahre 1845«, redigiert, Schreibweise angeglichen.

4. Kapitel

in dem eine schwarze Frau in Unterbarmen friert, Samuel und Ida Grund zur Flucht haben und Rieke in Ohnmacht fällt

Der Frühlingsduft, der während des ganzen Weges zum Loh in der Luft lag, mischte sich, je näher Rieke und Bruno dem Kirmesplatz kamen, mit dem Geruch von Bratfett und Zuckerstangen. Bald gingen sie in einem Strom von Menschen, und es schien, als sei ganz Barmen auf den Beinen. Die Männer stolzierten gemessen, in dunklem Tuch und mit wasserglatten Haaren, neben ihren Frauen her, die üppig geschmückte Hauben auf den Köpfen balancierten und ihre ausladenden Kleidersäume rafften, damit sie nicht schmutzig wurden. Die Dienstmädchen hatten kecke Häubchen auf ihre Haarknoten gesteckt und zeigten sich an der Seite ihrer Verehrer oder spazierten zu mehreren kichernd an den jungen Arbeitern und Handwerksgesellen vorbei, die, ebenfalls nach Kräften gebürstet und geputzt, in Gruppen herumstanden und die Mädchen pfeifend und schnalzend in Augenschein nahmen. Dazwischen wimmelten Scharen von Kindern, die meisten schlecht gekleidet, schmutzig und blaß.

Männer mit Drehorgeln, deren jaulende Melodien ohrenbetäubende Dissonanzen bildeten, standen am Eingang des Rummelplatzes, ließen ihre angeketteten Affen turnen und klapperten mit Geldbüchsen. Um sie herum balgten sich die Kinder um die Plätze, von denen aus die Affen am besten zu sehen waren.

Rieke und Bruno blieben bei einem Leierkastenmann stehen, auf dessen Holzkasten ein weißes Kaninchen mit flauschigem Fell und zitternder rosa Schnauze saß. In einer Kiste auf der Erde wuselten drei kleine weiße Knäule. »So eins würde August freuen«, sagte Rieke traurig, »er wünscht sich so sehr was Lebendiges.«

»Dann kaufen wir es. Wieviel kostet ein kleines?« Bruno griff in seine Hosentasche und holte eine Handvoll Stüber heraus. »Es ist wirklich kein Problem, ich habe gestern einen Vorschuß bekommen, der Herr Staats bezahlt mich anständig«, flüsterte er Rieke zu, die mit hochrotem Kopf neben ihm stand. »Fünf Stüber«, sagte der Orgeldreher und griff hinter sich in die Kiste.

»Es geht nicht, er könnte es nicht behalten. Mutter will kein Tier füttern.«

»Dann kaufen wir ihm einen bunten Kreisel mit einer langen Peitsche, was meinst du?« Bruno steckte das Geld in die Hosentasche zurück. Rieke nickte mit einem Kloß im Hals, denn sie bezweifelte, daß August je wieder kräftig genug sein würde, einen Kreisel zu drehen.

Sie gingen durch das Gewühl, und in Riekes Kopf drehten sich die Menschen und Gerüche, das Jammern der Drehorgeln, der Lärm der Kinder, das Geklingel der Karussells, das Gebrüll der Marktschreier, der dumpfe Knall vom »Hau den Lukas«. Wie in Watte folgte sie Bruno, der ihr einen Weg durch die Menge bahnte.

An einer Bude kaufte er eine große Tüte mit heißen, duftenden Krapfen und hielt sie ihr hin. Ohne nachzudenken nahm Rieke einen und biß heißhungrig hinein. Mittags bei Mutter hatte es nur eine dünne Kartoffelsuppe gegeben. Sie nahm einen zweiten und verschlang ihn ebenfalls, dann sah sie Bruno erschrocken an und wurde rot. »Ich kann mir doch nicht von dir alles kaufen lassen, das schickt sich überhaupt nicht.«

Bruno hatte ihr mit Vergnügen beim Essen zugesehen. »Noch weniger schickt es sich, wenn du vor Hunger umfällst. Ich glaube, es war fast so weit.« Er grinste. »Außerdem wird man unter Freunden doch sein Essen teilen können, oder?« Er griff auch einen Krapfen, steckte ihn auf einmal in den Mund und kaute mit dicken Backen.

Unter Freunden. Rieke hatte noch nie einen Mann wie Bruno kennengelernt. Es hatten schon etliche junge Burschen versucht, sie zu einem Spaziergang oder auch zur Kirmes einzuladen, aber das war immer mit Untertönen und Blicken verbunden gewesen, die Rieke unangenehm waren, so, als würden sie etwas von ihr erwarten. Bruno war anders, er sprach nie anzüglich mit ihr oder kam ihr zu nahe.

In einer Ecke des Kirmesplatzes stand eine kleine, roh gezimmerte Tribüne, um die sich ein dichter Pulk scharte. Sie blieben am Rand der Menge stehen, denn auf den Brettern hatte sich ein hünenhafter Mann in Pose gestellt und brüllte: »Molli, das blutrünstige Kaffernweib, die Sensation von Unterbarmen! Molli kommt von den Fidschi-Inseln und kann nicht sprechen, meine Damen und Herren, nur grunzen! Wie schrecklich, das werden Sie gleich hören. Molli wird auch die Tigerin genannt. Heute ist sie besonders wild: Molli, das Negerweib, das in Blut badet!«

Von hinten stieg eine dunkelhäutige, mit einem Bastrock und einem ärmellosen Überwurf bekleidete Frau auf die Bühne. Sie war klein und dick und mochte um die dreißig sein. Krause, schmutzigschwarze Haare standen von ihrem Kopf ab und umrahmten ein rundes Gesicht mit kleiner Nase und einem ebenmäßig geschnittenen Mund. Sie zitterte vor Kälte, zog die Augen zu Schlitzen zusammen und begann zu grimassieren, sobald sie die Bühne betrat. Der Hüne zerrte sie auf einen Stuhl und kündigte wortreich die »Sensation aller Zeiten« an. Die Schwarze, brüllte er, werde einem Huhn den Hals durchbeißen, anschließend in seinem Blut baden und dieses dann trinken. Der Schausteller versetzte ihr Klapse auf den Hinterkopf und befahl ihr zu grunzen. Unter Qualen preßte sie Geräusche hervor.

»Aufhören, das ist Menschenschinderei. Aufhören, oder wir holen sie runter!«

Schon als die schwarze Frau erschien, war es unmittelbar vor der Bühne unruhig geworden. Jetzt ertönten laute Buh-Rufe, und es entstand Tumult. Einige Männer versuchten, das Gerüst zu erklimmen. Rieke zog Bruno aufgeregt durch das Gewühl. »Samuel und noch ein paar von den Färbern«, keuchte sie, »ich glaube, Ida ist auch dabei.«

Einige Handwerksburschen versuchten, die Färber wieder von der Bühne zu ziehen.

»Polizei, das Färbergesindel ist wieder auf Ärger aus, kriminelles Pack!« schallte es über die Köpfe.

»Schinderei, das ist gegen die Menschenwürde, die Frau muß befreit werden!« riefen andere. Die Menge war auf der Stelle in zwei Lager geteilt.

In Sekundenschnelle erklomm eine schmale Gestalt die Bühne von der Seite, huschte hinter die schwarze Frau und legte ihr die Hände auf die Schulter.

»Wir werden diese Frau befreien! Wir fordern Gerechtigkeit! Sie ist keine Sklavin, sondern ein Mensch wie wir alle! Ein Herz schlägt in ihrer Brust, und man behandelt sie wie Vieh! Sie wird unter unmenschlichen Bedingungen gefangengehalten!«

Rieke blieb der Mund offen stehen. Ida war es mit gellender, sich überschlagender Stimme.

Bevor der verdutzte Hüne sich auf sie stürzen konnte, war Samuel ebenfalls oben, riß Ida mit sich und sprang mit ihr in die Menge. Der Schausteller ließ das Huhn los, das aufgeregt über die Holzplanken der Tribüne lief.

Von der anderen Seite kamen im Laufschritt vier Polizisten, die sich mit gezogenen Säbeln Durchlaß verschafften.

Bruno zog Rieke in die Richtung, in die Samuel und Ida verschwunden waren. »Fort mit euch, schnell«, rief er den anderen Färbern zu, die noch unschlüssig vor der Bühne standen.

Die schwarze Frau zitterte immer noch, der Schausteller sah fassungslos auf die wogende Menge, die nur noch Augen für die Polizisten hatte. Sie hatten zwei Färber gestellt und prügelten auf sie ein. Wütend versetzte der Mann dem Huhn einen Fußtritt, packte die bebende Frau im Genick und stieß sie hinter die Tribüne.

***

Samuel und Ida hasteten mit gesenkten Köpfen durch das Gewühl und schlüpften hinter einen Schaustellerwagen. Ida sackte erschöpft zusammen. Samuel zog eine Schnapsflasche aus der Hosentasche, nahm selbst einen kräftigen Schluck und flößte ihr den Rest ein. Sie beruhigte sich und sah ihn triumphierend an.

»Wie hab ich das gemacht? Gezeigt hab ich's denen, oder?«

Samuel strich ihr über die strähnigen Haare. »Wunderbar hast du das gemacht, jetzt kennt dich bloß die halbe Stadt, und die Schläger kennen dich auch. Wir müssen verschwinden, und zwar auf der Stelle.«

Er zog Ida hoch, nahm sie um die Schulter und lief mit ihr im Schatten der Häuser in Richtung Barmen. Auf halber Strecke fing es an zu regnen, und als sie bei der Türkischrotfärberei vom Bruch ankamen, waren sie bis auf die Knochen durchweicht. Ida hing in Samuels Arm, ihre Füße knickten um, so daß er sie das letzte Stück tragen mußte.

Ihr Ziel war der Kuhstall hinter dem Manufakturgebäude. Zehn Kühe standen darin, deren Mist für die Türkischrotfärberei benötigt wurde. Man verarbeitete ihn mit Tournantöl zu einer Emulsion und behandelte damit die Baumwollstränge, um sie geschmeidiger zu machen. Samuel durfte hier wohnen, als Gegenleistung versorgte und molk er die Kühe morgens und abends. Außerdem konnte er Milch abzweigen, die er selbst zur Stärkung trank. Niemals gelang es ihm allerdings, Ida etwas davon einzuflößen, sie schüttelte sich vor Ekel. Hinten im Stall hatte er sich einen Verschlag mit einem Strohlager gebaut. Hier besuchte ihn Ida und schlief bei ihm, bis der Kutscher Hermann morgens um halb fünf die Hintertür der Villa aufsperrte und sie zurück ins Haus huschen konnte.

Die Tiere dünsteten Wärme aus, die Ketten an ihrem Hals klirrten leise, als Samuel Ida an ihnen vorbeitrug. Er legte sie auf die Decken in dem Verschlag und suchte fluchend im Heu herum. Ihre Hände krampften sich in das grobe Tuch, das er über sie gebreitet hatte. »Mach schon«, wimmerte sie, »ich halt es nicht aus.« Sie schlug den Kopf hin und her und biß sich auf die Zunge.

»Hier, alles in Ordnung, komm, alles bestens.« Samuel zog erleichtert eine Branntweinflasche aus dem Stroh und flößte Ida etwas ein. Es war ihre letzte, sie stammte aus der Zuteilung, die Meister Bremkamp ihnen jede Woche als Lohnzulage aushändigte. Allmählich wurde es eng mit der Wochenration, Ida brauchte alle paar Stunden Nachschub, und sein eigener Verbrauch wurde bei der Anspannung auch nicht weniger.

Sie trank gierig und ließ sich dann zurückfallen. Samuel bettete sie sorgfältig ins Stroh und liebkoste ihr Gesicht, bis sie sich entspannt hatte.

Er ging noch einmal hinaus und sah, daß im Erdgeschoß der Villa noch ein Fenster erleuchtet war, hinter dem er die Silhouette Caspar vom Bruchs zu erkennen glaubte. Er ging zurück in den Stall, zog Jacke und Hose aus, nahm einen großen Schluck, legte sich neben Ida und wartete, bis sie sich an seine Brust geschmiegt und ihre dünnen Schenkel um seine Beine geschlungen hatte. Sie zuckte einige Male, bis ihr Atem gleichmäßig ging, und auch Samuel fiel in einen tiefen Schlaf. Einmal schreckte er auf. Ihm war, als hätte er ein Geräusch gehört, so als ob jemand etwas über den Boden zog. Er drückte Ida an sich und schlief weiter.

Samuel erwachte, als Ida von seiner Seite glitt und auf nackten Füßen durch den Stall nach draußen lief. Zuerst dachte er, sie habe nur kurz hinausgemußt, aber als sie nicht wiederkam, stand er auf und ging ebenfalls vor die Tür.

Es hatte aufgehört zu regnen, über den Hügeln jenseits der Wupper hing der Vollmond und tauchte das Gelände in bläuliches Licht. Die Brettertür an der Seite der Halle stand offen.

War Alfred Bremkamp unterwegs und machte Kontrollgänge, oder war Ida hineingegangen? War sie verwirrt und suchte etwas zu trinken? Sie wußte, wie gefährlich es war, wenn der Meister sie entdeckte. Ida käme in die Besserungsanstalt nach Brauweiler, und er würde wegen Unzucht mit einer Minderjährigen angeklagt. Wenn sie getrunken hatte, vergaß sie die Gefahr und riskierte Kopf und Kragen.

Als Samuel sich der Tür näherte, begann der Schrei. Dünn und fiepsend riß er immer wieder ab, bis er sich schließlich zu einem scharfen Diskant hochschraubte, der die Nachtluft durchschnitt und durch sein Herz fuhr. Er hastete in die Halle und sah im Licht der glimmenden Feuer, wie Ida vor einem großen Farbkump[11] stand und versuchte, sich den Mund zuzuhalten. Aber sie konnte nicht aufhören, wie eine Sirene gellte es aus ihr heraus.

11 Farbbottich

Samuel packte sie und preßte ihr die Hand auf den Mund, und als sie nicht aufhörte, ohrfeigte er sie. Stumm zeigte sie auf den Kump, und jetzt, wo sich seine Augen an das Licht gewöhnt hatten, sah er, weshalb sie schrie. Über den Rand hingen zwei rot gefärbte kräftige Beine, die in Damenstiefeln steckten.

Samuel ging näher heran.

Der Blick in den Farbtrog offenbarte das schrecklichste Bild, das er je gesehen hatte. Halb in die Brühe getaucht lag Henriette vom Bruch auf einem Berg nasser, roter Baumwolle. Ihre Hände waren gefaltet, ihre Haare und ihr Kleid wirkten wie ordentlich zurechtgelegt. Die Leiche war komplett eingefärbt, nur die Augäpfel glänzten bläulichweiß.

Samuel hatte kaum Zeit, sich zu fassen, als er von draußen eilige, schwere Schritte hörte. Er zog die paralysierte Ida mit sich zur entgegengesetzten Seite der Halle, wo sich ein Loch für den Abzugsgraben nach draußen befand. Als sie dabei war, sich durchzuzwängen, kamen die Schritte schon durch die Halle.

»Kienholz«, brüllte Alfred Bremkamp, »bleib stehen! Ich habe dich erkannt!«

Atemlos quetschte Samuel sich hinter Ida durch, das Loch war so klein, daß er fast steckenblieb. Er hatte das Gefühl, sein Herz komme ihm zum Hals heraus. Kurz bevor Bremkamp ihn erreichte, war er draußen. Wieder zog er Ida mit sich, die hinter ihm herstolperte, als gehörten ihre Füße nicht zu ihr. Wie aufgezogene Puppen rannten sie in Richtung Westen.

***

August kommt auf sie zu, die Füße in weißem Licht, und streckt ihr seine Hand hin. Sie preßt sie an ihre Wange und läßt seine Wärme in sich hineinströmen. Alles ist gut. — »Ich gehe, jetzt bist du ja nicht mehr allein.« Seine Stimme ist hell und klar, wie aus Glas. — Sie schluchzt. Ein dünner, scharfer Schrei bohrt sich in ihren Kopf, während August sich auflöst. — Sie will ihn nicht verlieren, nicht ihn. — »Bleib«, flüstert sie, »du kannst mich doch nicht hier lassen.« — Der Schrei wird lauter und bricht plötzlich ab.

Rieke setzte sich schweißgebadet in ihrem Bett auf und brauchte eine Weile, bis sie wußte, wo sie war. Über das winzige, in der Schwärze der Kammer lilabläulich schimmernde Viereck des Dachfensters huschten Flammen, die Wände des Raumes schienen nach außen zu kippen.

War das die Strafe für ihre Sünden? Hatte Satan geschrien und war ihr auf den Fersen? Was war mit August?

Sie legte sich zurück und versuchte, Traum und Wirklichkeit zu sortieren. Der Schrei war echt gewesen. War das Idas Stimme?

Draußen klappte eine Tür.

»Mord! – Polizei! – Zu Hilfe!«

Über den Hof der Manufaktur schallte die Stimme Alfred Bremkamps, kurze Zeit später polterte jemand die Treppe hinunter. Von der Gemarker Kirche schlug es vier Uhr.

Rieke sprang auf und sah auf den Hof hinunter. Alfred Bremkamp stand dort mit einer Laterne und leuchtete Hermann, der in Windeseile die Pferde anschirrte und davonpreschte. Sie ging mit einer Kerze in den Flur und traf auf Margret, die völlig aufgelöst die Treppe heraufkam. Ihre blauen, runden Augen traten hervor, kalkweiß hielt sie sich mit beiden Händen am Geländer fest.

»Die Gnädige«, röchelte sie, »der Meister sagt, sie sei tot, im Kump. Rot soll sie sein. Ganz voller Farbe.«

Rieke hoffte zu träumen.

»Der Samuel soll's gewesen sein, der Meister hat ihn gesehen, wie er geflüchtet ist, und noch jemand, sagt der Meister. Wo ist Ida?«

Rieke schüttelte den Kopf. »Sie ist nicht da. Gestern hab ich sie gesehen, mit Samuel zusammen auf der Kirmes.«

Es klopfte laut an die Tür zum Dachboden.

»Gott steh uns bei, der Gnädige!« Margrets Hände flatterten. Sie zogen sich hastig an und gingen zusammen hinunter.

Garkochen, bis das Fleisch von den Knochen fällt, am Galgen soll der Fettsack baumeln, ratterte es durch Riekes Kopf. Wenn Ida das wirklich ernst gemeint hatte? Mußte sie es sagen? Womöglich würde Ida dann selbst am Galgen hängen. Wenn Bruno nur hier wäre!

Im unteren Flur stand Caspar vom Bruch im Nachtzeug, er hatte eine Pelerine übergeworfen und atmete schwer. Margret knickste und begann, die Lampen anzuzünden.

»Was ist hier los, was soll der Lärm?«

»Draußen«, stammelte Margret, »der Meister ... die gnädige Frau ...«

»Was ist mit meiner Frau? Ist sie nicht in ihrem Schlafzimmer?«

Rieke öffnete die Hintertür der Villa, die auf den Hof der Manufaktur führte. Der Mond versank eben hinter den Hügeln auf der anderen Seite der Wupper. Draußen liefen mehrere Gestalten mit Fackeln herum. Caspar vom Bruch ging zu ihnen.

»Bremkamp, was ist hier los?« Seine Stimme war heiser und belegt.

Der Färbermeister kam mit einer Fackel, grau im Gesicht.

»Es ist etwas Furchtbares passiert, Herr vom Bruch, Hermann holt den Gendarmen.«

»Was ist mit meiner Frau?«

»Sie ... sie liegt tot in der Halle. Sie sollten sich das nicht ansehen, gnädiger Herr.«

»Was ist mit ihr? Was haben sie mit ihr gemacht?« Vom Bruch schrie auf und schlug die Hand vor den Mund.

Von der Straße hörte man Pferdegetrappel, und die Kutsche, auf deren Bock Hermann und ein Gendarm saßen, bog in scharfem Tempo in den Hof ein.

Bremkamp hatte Fackeln um den Bottich herum aufgestellt, die die Szenerie noch gespenstischer machten. Der Gendarm beugte sich darüber und zog einen kleinen Spiegel aus der Tasche, den er der Leiche vor den geöffneten Mund hielt. Kein Atemhauch trübte das Glas.

Caspar vom Bruch stand außerhalb des Lichtkreises. Durch das Dunkel der Halle tapsten Fußtritte, und Alma tauchte barfuß und im Nachthemd auf. Einen Augenblick stand sie reglos vor ihrer toten Mutter, dann warf sie sich schreiend gegen ihren Vater.

»Das kommunistische Gesindel! Wir werden sie an den Galgen bringen, die kommen uns nicht davon!« Alfred Bremkamp reckte eine Faust gen Himmel und spuckte aus. »Fast hätte ich ihn erwischt, der Kienholz war es, einer von den ganz Schlimmen. Der hat schon seit Monaten Drohungen ausgestoßen.«

Er spuckte wieder, und der Gendarm sah ihn aus übernächtigten Augen an. »Sie wissen also, wer es war? Haben Sie den Täter auf frischer Tat ertappt?«

»Das kann man wohl sagen.« Alfred Bremkamp erzählte von dem Schrei, der ihn geweckt hatte, und daß Samuel Kienholz und allem Anschein nach noch einer zweiten Person die Flucht gelungen war.

Auf dem Hof fanden sich die Färber zur Arbeit ein, die Neuigkeit verbreitete sich wie ein Lauffeuer. Schweigend standen sie beisammen und sahen zu, wie Caspar vom Bruch mit seiner Tochter Alma im Arm zurück in die Villa wankte.

Als der Morgen dämmerte, erschien der Polizeiinspektor. Die Halle wurde abgesperrt, Polizisten liefen hin und her und durchsuchten den Kuhstall und das ganze Gelände. Alfred Bremkamp schickte die Arbeiter an die Wupper zum Garnspülen und trieb sie mit lauten Kommandos zur Arbeit an.

Max Ketterer zog sich mit drei Färberlehrlingen, mit denen er und Samuel befreundet waren, an das Ende des Geländes zurück. Sie waren davon überzeugt, daß Samuel unschuldig war, und beratschlagten flüsternd, was man für ihn tun könnte. Angespannt beobachteten sie das Treiben im Hof der Manufaktur. Nach einer Weile kam Bremkamp mit dem Polizeiinspektor und zwei Gendarmen auf Max zu.

»Das ist der Ketterer«, bellte der Meister, »er gehört auch zu den Konsorten.«

Die Gendarmen zogen ihre Säbel, der Inspektor erklärte Max für verhaftet und forderte ihn auf, die Hände hochzunehmen und mit auf die Polizeistation zu kommen. Mit erhobenen Armen ging Max über den Hof zur Polizeikutsche. Die Arbeiter standen Spalier. Einige sahen ihm fest in die Augen und nickten unmerklich, die meisten stießen Flüche aus und spuckten auf den Boden. Die drei Lehrlinge spülten, was das Zeug hielt, nackte Angst stand ihnen im Gesicht.

Gegen Mittag wurde die Leiche Henriette vom Bruchs in einem schwarzverhängten Wagen abtransportiert. Bremkamp trieb die Färber in die Halle und befahl, mit voller Kraft die Kessel zu befeuern.

Rieke verbrachte den Vormittag wie in Trance. Zusammen mit Margret kochte sie eine Kanne Kaffee nach der anderen, schmierte Butterbrote für die Polizisten und kümmerte sich um Regine und Alma, die verstört in ihren Betten lagen. Alma war wie erstarrt, Regine wimmerte, riß sich Haare aus und schlug mit dem Kopf gegen den Bettpfosten.

Der Kommissar vernahm Caspar vom Bruch, der angab, sich von seiner Frau am Abend um halb zehn zur Nacht verabschiedet zu haben. Er selbst sei dann direkt ins Bett gegangen und eingeschlafen.

Die Polizisten inspizierten das Schlafzimmer der Ermordeten. Das Bett war nicht angerührt, alles andere schien unauffällig zu sein. Dann durchsuchten sie den Salon und inspizierten eingehend Henriette vom Bruchs Sekretär. »Nichts«, hörte Rieke den Kommissar sagen, »keine Briefe, keine privaten Aufzeichnungen.«

Schließlich wurde das Gesinde vernommen, aber niemand hatte etwas Ungewöhnliches gehört, bevor der Schrei sie weckte. Es war offenkundig, daß für die Polizei der Täter feststand. Für die Situation in der Familie vom Bruch interessierten sie sich überhaupt nicht, dafür um so eingehender für Samuel und Ida. Sie fragten nach ihrem Verhältnis und möglichen anderen Kontakten. Rieke, Margret und Hermann sagten aus, daß Ida sich mit Samuel getroffen habe, verschwiegen aber ihr nächtliches Fernbleiben, ihren Alkoholkonsum und die Drohungen, die sie gegen die Familie vom Bruch ausgestoßen hatte.

Rieke nutzte das Durcheinander und lief zum Alten Markt, wo sich die Redaktion der »Barmer Zeitung« befand. Außer Atem und in Stichworten berichtete sie Bruno von den Ereignissen und verabredete sich mit ihm für den Abend. Er machte sich sofort auf den Weg zur Polizei, um Erkundigungen einzuziehen.

Am Nachmittag arbeitete Rieke im Garten, als Margret nach ihr rief. Sie stand mit rotgeweinten Augen in der Küche, am Tisch saß vor einer heißen Milch ein etwa achtjähriges, pausbackiges Mädchen, das Rieke als Nachbarskind vom Böckmannsbusch erkannte. Noch bevor das Mädchen etwas sagte, wußte Rieke, weshalb es hier war. Sie hielt sich am Rand des Küchentisches fest.

»August?«

Das Mädchen nickte, die Tränen stürzten ihm aus den Augen. Es hatte manchmal mit August gespielt. Am übernächsten Tag sei die Beerdigung, richtete sie flüsternd aus, mittags, auf dem Unterbarmer Friedhof.

Rieke hörte es nicht mehr. Sie stürzte in bodenloses Schwarz.

***

»Jetzt hetzt er Spitzel hinter mir her, das Schwein. Sie haben keinen Zweifel, daß Samuel es war. Erzwingungshaft hat er mir angedroht. Eine andere Möglichkeit kommt für die gar nicht in Frage. Ist ja auch schön einfach. Das Kommunistengesindel, das die Kapitalisten ermordet. Aber ich sag's euch, er war's nicht. Das hab ich im Gefühl.«

»Die Ida hatte aber einen wahnsinnigen Brass auf die Alte.«

Max Ketterer saß mit den drei Lehrlingen in einem Wäldchen im Fischertal, wo sie sich abends oft zum Trinken trafen. Sie hatten Kohlensäcke unter sich gebreitet, darauf standen Schnapsflaschen, Brot und ein Stück Speck, von dem sie mit einem großen Messer Scheiben abschnitten. Max zog mit den Zähnen den Korken aus der Branntweinflasche und ließ sie kreisen.

Die Färberlehrlinge waren muskulöse Burschen von sechzehn Jahren. Zwei von ihnen, die Zwillingsbrüder Anton und Fritz, waren aus Hessen nach Barmen gekommen, der dritte, Josua, stammte von einem Bauernhof im Bergischen Land. Sie schauten ehrfürchtig zu den Gesellen Samuel und Max auf und bewunderten ihre revolutionären Sprüche und ihren Mut, sich mit dem Meister anzulegen.

Max sprach hastig, er war erschöpft, sein bleiches Gesicht fast zugewachsen von schwarzem Bartgewirr. Zwei Tage hatte man ihn auf der Barmer Polizeiwache festgehalten und pausenlos verhört. Er hatte jeden Kontakt zu Samuel und Ida abgeleugnet und behauptet, sie nicht näher zu kennen. Daraufhin hatte der Kommissar ihn in einen nassen Keller unter der Wache gesperrt, wo er die Nacht auf einem stinkenden Strohsack verbringen mußte. Am nächsten Abend wurde er mit der Bemerkung entlassen, er stehe unter Beobachtung und werde die Polizei sicher auf die Spur des Flüchtlings führen. Ein Polizeispitzel in Zivil heftete sich an seine Fersen. Max kannte den dünnen, grämlich dreinschauenden Mann, weil er schon häufiger observiert worden war. Es gelang ihm, ihn abzuschütteln und die Lehrlinge zu ihrem Treffpunkt zu bestellen.

Sie brachten ihre gesamte Schnapszuteilung für die Woche mit und hingen an Max' Lippen, der, je öfter die Flasche die Runde machte, immer wüstere Drohungen gegen die Polizei und die gesamte Obrigkeit ausstieß. Das Wichtigste war, einen Plan zu schmieden, wie man Kontakt zu Samuel und Ida aufnehmen konnte, ohne daß die Polizei etwas merkte. Max vermutete die beiden in einer Höhle auf der Hardt, Samuel hatte ihm einmal von dem Geheimversteck erzählt, zu dem ein schmaler Durchgang am Osthang des Hardtberges führte. »Wir müssen ihnen Schnaps und was zu essen bringen«, flüsterte er, »damit sie da nicht verrecken. Und was Warmes zum Anziehen, die Kleine hält das sonst nicht durch.«

Josua, ein bedächtiger Junge mit breitem Nacken, wiegte den Kopf. »Du darfst da nicht hin«, sagte er zu Max, »sonst haben die euch sofort. Wir gehen abwechselnd, wenn du uns sagst, wo es ist. Meinetwegen geh ich als erster.«

Die drei Burschen barsten vor Kraft und bewegten sich wie junge Tiere. Einer der Zwillinge nahm den letzten Schluck aus der Flasche und warf sie ins Gebüsch. Die Aussicht, nachts durch die Stadt zu schleichen und Missionen für die Revolution durchzuführen, begeisterte sie mit jeder Schnapsrunde mehr. Als die zweite Flasche in die Büsche flog, malten sie sich aus, wie sie sämtliche Kapitalisten, Gendarmen, Schnüffler und Polizeikommissare an den Galgen auf der Hardt knüpfen, mit Bajonetten erstechen oder in der Wupper ersäufen würden.

Max ließ sich nach hinten sinken, bettete seinen Kopf auf einen

Stein und beobachtete die Jungen, wie sie gestikulierten und sich gegenseitig auf Arme und Rücken schlugen. Ihm war kalt, er war todmüde und hätte gern ein wenig Trost gehabt, einen warmen Bauch auf dem seinen, die Schenkel einer Frau. Mit Samuel konnte er, wenn sie betrunken waren, über den Geruch und die Schönheit von Frauenleibern reden, über Idas Wärme und die von Greta, einem blonden Schankmädchen aus Norddeutschland, mit dem Max sich gelegentlich traf.

Er richtete sich auf und zeigte auf Josua. »Ich möchte wissen, mein Lieber, ob du es schon mal mit einer Frau getrieben hast!«

Max brüllte so laut, daß die drei zusammenfuhren.

Josua grinste und setzte bedächtig die Flasche an den Hals, die Zwillinge erstickten fast an einem Kicheranfall.

»Nicht ganz.« Josua ließ den Schnaps hinunterlaufen. »Kurz vor Weihnachten. War eine in der Fuhr[12], aber es war nicht richtig.« Er wurde rot und schaute nach unten.

»Rausgeholt hat sie ihn!« Fritz rang nach Luft. »Gemacht hat sie's ihm!«

Max' Augen blitzten. »So, das ist ja schon mal was. Und ihr? Was ist mit euch? Wenigstens schon mal 'ne Frau nackt gesehen?«

Die Zwillinge wälzten sich und rieben ihre Unterleiber an den Kohlensäcken, dabei schrien sie unverständliches Zeug.

Max entkorkte die vierte Flasche, stellte sich breitbeinig hin und bog den Rücken durch. »So, und jetzt raus mit ihm!« Er griff an seine Hose. »Los, keine Müdigkeit vorschützen. Ich will sehen, was ihr vorzuweisen habt. Ob man euch schon mitnehmen kann.«

Die drei schauten ihn verständnislos an.

»In den Puff«, grölte Max, »ich nehm euch mit in den Puff. Ich kenn eine, die macht's beim ersten Mal umsonst. Da kommt ihr jetzt mit hin.«

Die Zwillinge sprangen auf, begannen einen wilden Tanz und heulten wie Hunde.

Josua wurde ernst. »Samuel und Ida«, sagte er, »was ist mit ihnen?«

12 Damaliges Elendsviertel in Elberfeld im Island

Ernüchtert steckte Max den Korken wieder auf die Flasche, die er gerade ansetzen wollte, und reichte sie Josua. Dann wickelte er den Rest Speck und den kleinen Kanten Brot, der noch übrig war, in fettiges Papier, schlug das Päckchen in die Kohlensäcke und gab das Bündel ebenfalls dem Jungen. »Taschen umdrehen«, donnerte er die betrunkenen Zwillinge an, »jeder legt was hin.«

Sie brachten fünf Stüber zusammen, und Max erklärte Josua den Weg zu der Stelle an der Hardt, wo er Ida und Samuel vermutete. Dann liefen sie leise durch das Gebüsch, Max und die Zwillinge in Richtung Ritterskleef, wo sie Unterkunft bei einem Bauern hatten, Josua mied wegen der Patrouillen den Neuen Weg und schlug durch die Seitengassen über die Loher- und die Brögelerstraße den Weg zur Hardt ein. Es war jetzt elf Uhr, er hoffte, gegen zwei zurück zu sein. Dann blieben ihm noch knapp drei Stunden zum Schlafen.

5. Kapitel

in dem Rieke zwei Beerdigungen erlebt, Ida am Fenster auftaucht, auf der Gathe Taler verdient werden und Bruno einen Brief bekommt

In Tränen aufgelöst legte Rieke ein Büschel Zweige mit grünen Knospen auf den kleinen Holzsarg, in dem August zu Grabe getragen wurde. Ihre Mutter saß mit trockenen Augen und zusammengekniffenem Mund in der Kirchenbank und hielt mit eisernem Griff Riekes Vater aufrecht, der ebenfalls weinte und immer wieder zur Seite zu kippen drohte. Außer ihnen waren noch zwei alte Nachbarinnen erschienen, sonst war die Kirche leer.

Der Pfarrer predigte über den 23. Psalm, er sprach über die grünen Auen und das frische Wasser, an dem der kleine August Blum sich jetzt laben könne. An einem reich gedeckten Tisch sitze er nun, um die Herrlichkeit Gottes zu schauen.

Besser wäre gewesen, er hätte sich schon im Leben an solchen Wohltaten erfreuen können, dachte Rieke, und wieder begann sie zu weinen.

Die Orgel stimmte ein Lied an, das die Mutter und die Nachbarinnen mit ihren dünnen Stimmen mitsangen. Dann murmelten sie das Vaterunser und machten der nächsten Trauergemeinde Platz, die vor der Kirche wartete. Zwei Kirchendiener trugen den Sarg in eine entfernte Ecke des Friedhofs, wo die Kinder der Armen abseits der Wege begraben wurden. Die kleine Prozession zog an den Ruhestätten der wohlhabenden Familien vorbei, deren Grabsteine mit Kapitellen und gemeißelten Blumen und Ranken geschmückt waren. Sicher würde Henriette vom Bruch auch einen prächtigen Stein bekommen mit Engeln und Liliensträußen, dachte Rieke, aber deswegen mußte sie trotzdem in der Erde verfaulen, genau wie August.

Erwin Blum kniete sich vor die kleine Grube, in die Augusts Sarg versenkt wurde, und weinte laut auf. Rieke zog ihn hoch und hielt ihn fest, bis die Totengräber einige Schaufeln Erde hinuntergeworfen hatten. Berta Blum strebte über den Friedhof dem Ausgang zu und schimpfte vor sich hin. »Was soll das Gegreine und Gejammere, seid froh, daß August das Reich der Gnade sehen darf und die Fesseln dieses Lebens nicht mehr tragen muß. Zum Glück hat er in seinem jungen Leben keine Gelegenheit gehabt, in Sünde und Schande zu fallen wie sein Vater. Wenn du mit dem Trinken nicht aufhörst, Erwin Blum, wirst du im Fegefeuer enden, und alle Teufel stehen um dich herum. Dann wirst du deinen Sohn niemals im Paradies treffen.«

Rieke mußte schnell zurück in die Carlstraße, denn die Vorbereitungen für Henriette vom Bruchs Beerdigung waren in vollem Gange. Als sie sich verabschiedete, fing ihr Vater wieder an zu weinen und wollte sie nicht loslassen. Sie lief davon, aber sein bittender Blick und seine ausgestreckten Hände verfolgten sie. Und Mutters verkniffener Mund. Warum war sie nur so hart? War es möglich, daß sie keine Trauer um August empfand, ihr eigenes Kind? War es so, wie Bruno gesagt hatte, daß die Pietisten am wenigsten Erbarmen gegenüber ihren Nächsten kannten und daß ihr Gott grausam war? Aber woran sollte man dann glauben? An gar keinen Gott? An einen anderen, der gütig und gerecht war? Gab es so einen überhaupt für die armen Leute? War ihr ganzes Dasein nicht aussichtslos, konnten sie überhaupt auf etwas Besseres hoffen? Wenn, was selten genug vorkam, etwas Schönes in ihr Leben kam, wurde es ihnen doch gleich wieder genommen. August war ihr größtes Glück gewesen, sie hatte ihn geliebt und ihm alles anvertrauen können, und jetzt hatte sie ihn verloren. Sicher würde es ihr eines Tages auch mit Bruno so gehen, sie durfte sich nicht zu sehr an ihn gewöhnen.

Über die Obere Denkmalstraße kam Rieke zur Brucher Rotte, wo die Spitzen- und Bändermanufakturen der Familie Engels lagen. Sie ging gern hier entlang, denn die Häuser waren sauberer und die Stimmung freundlicher als in anderen Stadtteilen.

Die Christlichkeit und Wohltätigkeit der Familie Engels war jedem Barmer ein Begriff. Sie behandelte ihre Arbeiter gut, stellte ihnen preiswerten Wohnraum und Lebensmittel zur Verfügung und baute Armenhäuser und Schulen für die Kinder. Man erzählte auch, was Rieke kaum glauben konnte, daß manchmal Arbeiter bei den Herrschaften mit am Tisch sitzen und Vorschläge machen durften. Bruno war der Ansicht, daß die Grundlage der Ideen Friedrich Engels diese christliche und soziale Haltung seiner Eltern sei.

Die Häuser der Brucher Rotte umstanden im Halbrund einen großen Platz und waren von gepflegten Gärten umgeben. Grüppchen von Kindern spielten Fangen, und es schien Rieke, als seien sie besser genährt als die Kinder aus anderen Stadtteilen. Sie blieb vor den beiden langgestreckten Villen stehen, in denen die Engels-Familie lebte. Die soliden, mit grauen, halbrunden Schieferplatten beschlagenen Häuser bestanden aus drei Stockwerken mit einem Oller[13] darüber. Zu den mit geschnitzten Kränzen verzierten Haustüren aus honigfarbenem Holz führten von beiden Seiten Treppen hinauf, die von kunstvoll geschmiedeten Geländern gesäumt waren. Die großen, weiß gestrichenen und in viele kleine Scheiben unterteilten Fenster waren von grünen Läden eingerahmt, die Behaglichkeit und Geborgenheit ausstrahlten.

Rieke stellte sich vor, ein solches Haus zu besitzen, nicht arbeiten zu müssen und den ganzen Tag Zeit für die Kinder, für schöne Handarbeiten oder einen Roman zu haben und niemals Sorgen um Essen oder Kleidung für die Familie, vielleicht sogar mehrere schöne Kleider und eine hellblaue Ballrobe aus Moiré mit weitem Rock, auf den Volants genäht wären. Sie würde sich eine kleine Handtasche machen, Blumen aus rosa und grüner Seide auf dunkelblauem Samt, dazu Perlen und Pailletten. Bruno trüge einen braunen Anzug und ein cremefarbenes Hemd mit weichem Kragen, und sie würden zusammen im Salon sitzen, Kaffee aus edlem Porzellan trinken und darüber diskutieren, was die Zeitungen an Neuigkeiten brachten. Natürlich würde August bei ihnen leben, gesund sein, zur Schule gehen und etwas lernen. Bei diesem Gedanken kamen ihr sofort wieder die Tränen.

»He, Rieke, ich glaube es nicht! Bist du's wirklich?«

13 Dachboden, Mundart

Eine helle Stimme riß sie aus ihren Träumen. Sarah stand neben ihr, ein pausbackiges Mädchen mit blonden, kaum zu bändigenden krausen Haaren, das mit ihr in die Haspeler Schule gegangen war. Die beiden fielen sich um den Hals.

»Wie siehst du denn aus, bist du krank, oder hast du geweint?«

Rieke erzählte ihr, daß sie gerade von der Beerdigung ihres Bruders kam und jetzt auf dem Weg war, das Begräbnis ihrer Herrin vorzubereiten.

Sarah legte den Arm um sie. »O du Arme, so viele schlimme Sachen auf einmal. Daß du ausgerechnet dort in Stellung bist!« Der Mord an der Färbergattin war Tagesgespräch, in ganz Barmen und besonders im Hause Engels, wo Sarah seit einiger Zeit als Dienstmädchen arbeitete. Die Aussicht, nun Informationen von einer Augenzeugin zu bekommen, versetzte sie in höchste Aufregung.

»Du mußt es mir genau erzählen, alle Einzelheiten. Danach habe ich dir auch was zu erzählen«, sagte Sarah mit einem geheimnisvollen Lächeln. Da sie ohnehin eine Besorgung zu machen hatte, schlug sie vor, Rieke bis zum Alten Markt zu begleiten.

»Unsere Köchin sagt, ein Färber habe sie abgestochen, und sie sei in ihrem Blut geschwommen, stimmt das?«

»Hermann sagt, sie lag im Türkischrotkump, von einem Messer hat er nichts erzählt.«

»Das glaub ich einfach nicht. Hast du gesehen, wie sie drinlag?«

Rieke erzählte Sarah, wie der Mord entdeckt worden war, angefangen von Idas Schrei bis zum Abtransport der Leiche.

»Und diese Ida ist jetzt mit dem Färber auf und davon?«

»Ja. Wenn sie gefunden werden, sind sie dran. Die Polizei ist überzeugt davon, daß sie es waren.«

»Glaubst du es denn nicht?«

»Ich weiß nicht, was ich glauben soll.« Seit dem Mord war Rieke kaum zur Besinnung gekommen und hatte noch nicht darüber nachdenken können, was Ida wohl mit dem Mord zu tun haben könnte. Ob Samuel es gewesen war? Eigentlich konnte sie es sich nicht vorstellen.

»Aber jetzt berichte deine Neuigkeiten, ich hoffe, sie sind besser als meine.«

»Ich werde heiraten und ein Kind bekommen, Rieke, ich bin schwanger.« Sarah strahlte, und Rieke bekam einen roten Kopf, denn sie fand es nicht richtig, schon vor der Ehe mit einem Mann zusammenzusein. Viele Mädchen taten es und wurden schwanger, und oft wurden sie von den Männern verlassen und blieben in Not und Schande zurück.

»Ich bekomme den besten Mann auf der Welt, er würde mich nie im Stich lassen«, versicherte Sarah, die Riekes Schweigen richtig deutete. »Ich habe es mir gut überlegt, bevor ich mich mit ihm eingelassen habe, und ich weiß, daß wir füreinander bestimmt sind. Er heißt Karl Thiemann und ist Gendarm, weißt du, er bekommt einen guten Lohn und wird seine Familie ernähren können.« Sie strich stolz ihre Schürze glatt, unter der sich ein kleiner Bauch zu wölben begann. »Im Juni wird es geboren«, strahlte sie, »aber heiraten tun wir schon in drei Wochen. Du mußt auch kommen, Rieke, jetzt wo wir uns wiedergefunden haben.«

Rieke versprach es und bat Sarah dann, aus dem Hause Engels zu erzählen, vor allem von dem jungen Herrn, dem Kommunisten. Sie wußte, daß Bruno sich dafür interessieren würde.

Sarah blieb stehen und stemmte die Arme in die Hüften. »Der junge Herr ist wirklich sehr nett, ich kann ihn gut leiden. Aber wie er mit dem Gnädigen umspringt, das kannst du dir nicht vorstellen. Der Gnädige ist allerdings auch ein besonderer Fall. Zum Beispiel würde er niemals über etwas schimpfen. Statt dessen wird er moralisch, er sagt Sprüche aus der Bibel, und man kriegt ein schlechtes Gewissen, wenn man etwas falsch macht. Und in den Augen des Gnädigen macht der junge Herr sehr viel falsch, eigentlich alles, er ist sein ständiges Kümmernis. Er beschäftigt sich ja ausschließlich mit dem Sozialismus, wenn er nicht gerade im Kontor in der Manufaktur ist. Und wenn er dort hingeht, sagt er, er müsse jetzt in den Schacher, dabei macht er ein Gesicht, als müsse er aufs Schafott. Sonst sitzt er auf seinem Zimmer und schreibt ellenlange Episteln, außerdem bekommt er dauernd Briefe aus Paris und London und sonstwoher. Dann sitzen sie am Mittagstisch, und der Gnädige schaut sich jeden Brief einzeln an und gibt ihn dem jungen Herrn.

Dabei macht er ein todtrauriges Gesicht, aber er sagt kein Wort. Die Gnädige versucht immer zu vermitteln, aber es gelingt ihr nicht. Und weißt du, was der junge Herr neulich gesagt hat? ›Ich kann diese infame Fratze nicht mehr sehen.‹ Stell dir das vor, über den eigenen Vater sagt er so was. Er hat's zu mir gesagt, als der Gnädige schon draußen war, aber trotzdem. Infame Fratze, das mußt du dir mal vorstellen. Später, als ich bei der Wäsche war, kam er zu mir und hat gesagt, ich solle das nicht so ernst nehmen. Aber sein Vater mache halt immer so ein vermaledeites Jammergesicht, so ein Kindergottesgesicht. Das würde ihn um den Verstand bringen. Es ist wirklich unglaublich, welche Worte er benutzt, der junge Herr. Und dann sagte er noch, er werde demnächst nach Brüssel übersiedeln, er habe die Nase voll von Barmen und von diesem ganzen Muckertal.«

Rieke mußte lachen, der Ausdruck gefiel ihr.

Sie kamen in die Nähe des Alten Marktes, die Straße war belebt von Fuhrleuten und Frauen, die Einkäufe machten. Sarah rückte näher an Rieke heran und flüsterte: »Weißt du, mein Karl, der hat Sympathien für die Kommunisten. Er freut sich immer, wenn ich ihm solche Sachen von dem jungen Herrn Engels erzähle. Aber es darf niemand wissen, sonst bekommt er Schwierigkeiten mit seinen Vorgesetzten.«

»Ich habe einen Redakteur kennengelernt, mit dem ist es genauso«, flüsterte Rieke zurück, »er verehrt den jungen Herrn Engels auch sehr und hat ihn schon kennengelernt.«

»So, so, das erfahre ich also ganz zum Schluß«, lachte Sarah, »dann gibt es ja auch gute Neuigkeiten bei dir. Wir müssen uns wieder treffen, und dann mußt du mir alles von ihm erzählen.«

»Versprochen«, sagte Rieke, »wenn die Beerdigung der Gnädigen vorbei ist, habe ich mehr Zeit. Jetzt muß ich mich sputen.«

Sie waren am Alten Markt angelangt. Rieke nahm die Beine in die Hand und lief zur Villa in die Carlstraße. Sie scheuerte die Böden und putzte die Fenster, damit das Haus von oben bis unten blitzte und blinkte. Alma, die die Rolle der Hausfrau übernommen hatte, ging prüfend hinter ihr her und kontrollierte, ob auch nirgends ein Stäubchen liegengeblieben war.

***

Rieke walkte den weißen, weichen Brotteig auf dem Backbrett durch, bis er Blasen schlug. Seit fünf Uhr morgens waren sie und Margret auf den Beinen und hatten schon am Vortag angefangen, Rosinenplatz für die erwarteten Gäste zu backen.

Am Nachmittag waren die verwitwete Mutter Henriette vom Bruchs, Kommerzienrätin Albertine Seelbach, und ihre beiden unverheirateten Schwestern Charlotte und Margarete aus Erkrath eingetroffen. Sie echauffierten sich mit wogenden Busen, raschelten mit ihren ausladenden schwarzen Taftröcken, rangen die Hände über das gottlose Gesindel und kriminelle Mörderpack und inspizierten die Schränke der Dahingeschiedenen.

Zum Abendessen erschien Regine zum ersten Mal seit Henriettes Tod wieder bei Tisch. Sie war bleich und abgemagert und rührte kaum einen Bissen an, in den vergangenen Tagen hatte der Arzt ihr täglich Brom verabreicht.

Caspar vom Bruch saß der Tafel vor und gab die spärlichen Informationen weiter, die bisher zu dem Verbrechen vorlagen. Die Leichenschau hatte einen Schädelbruch am Hinterkopf ergeben, der von einem Schlag mit einem stumpfen Gegenstand herrühren mußte, der hinzugezogene Arzt hatte nach Auskunft des Polizeikommissars diese Verletzung als ursächlich für Henriettes Tod diagnostiziert. Daraus schloß man, daß sie getötet wurde, bevor man sie in den Färbekump legte.

»Wenn Sie weitersprechen, wird Mutter in Ohnmacht fallen«, unterbrach Henriettes jüngere Schwester Charlotte und hielt der Kommerzienrätin, die sich ans Herz griff und pfeifend Luft einsog, Riechsalz unter die Nase.

»Ich halte es für meine Pflicht, Sie zu unterrichten, und jetzt ist der einzig mögliche Zeitpunkt«, entgegnete Caspar vom Bruch stoisch. »Was den Färber betrifft, so haben sie alle Kräfte zusammengezogen, um ihn zu finden. Weit kann er nicht kommen, hat mir die Polizei versichert.«

Dann las er die Todesanzeige vor, die in der »Barmer Zeitung« erschienen war:

> »Wir geben zur Kenntnis, daß meine über alles geliebte Frau, unsere gute, treusorgende Mutter Henriette vom Bruch, geborene Seelbach, durch die Hand eines Meuchelmörders vom Leben zum Tode befördert wurde. Wir finden Trost darin, daß ihre Seele nun die Herrlichkeit des ewigen Lebens schauen darf. Unsere Herzen sind tief verwundet und voller Abscheu über die verdammungswürdige Tat. In unermeßlichem Schmerz geben dies bekannt Caspar vom Bruch und Töchter.«

Außerdem verlas er einen Steckbrief, der in allen Barmer und Elberfelder Zeitungen erschienen war:

> Signalement
>
> »Am vergangenen Sonntag wurde die Frau eines Barmer Färbers in einem Türkischrotkump ertränkt in der Manufaktur aufgefunden. Der Tat dringend verdächtigt ist ein Färbergeselle, der sich auf der Flucht befindet. Der Mann heißt Samuel Kienholz, und es wird folgende Personenbeschreibung abgegeben: Mittelgroß, von kräftiger Statur und blasser Hautfarbe, blond und blauäugig. Der Gesuchte neigt zu Gewalttätigkeiten. Kienholz ist dem kommunistischen Gedankengut zugetan und führt hetzerische und aufrührerische Reden. Die Polizei warnt dringend vor der Gefährlichkeit dieses Mannes. In seiner Begleitung wird das Dienstmädchen Ida Krottki vermutet, sie ist klein, schlank und dunkelhaarig. Wer Hinweise zur Ergreifung des Täters geben kann, erhält zwanzig Taler Belohnung«.

Die drei Erkratherinnen starrten vom Bruch entsetzt an und atmeten schnaufend ein und aus. Alma schaute vor sich auf den Teller, Regine biß in ihre Fäuste. Der Hausherr würdigte keine eines Blickes und entschuldigte sich mit dringenden Erledigungen, die noch in seinem Kontor auf ihn warteten.

Während Rieke abtrug und Kaffee und Konfekt servierte, sprachen die Hinterbliebenen über die angemessene Todesart für den Mörder, dem man, darin war sich die Runde einig, niemals die Gnade eines schnellen Todes durch das Fallbeil erweisen dürfe. Langsam ertränken, oder besser noch Folter und anschließend den Scheiterhaufen. Die Kommerzienrätin plädierte für eine Vierteilung des Mörders, den sie vorher eigenhändig an ein wildes Pferd binden werde, das ihn stundenlang umherschleifen müsse.

Es war acht Uhr, als sich der Besuch in die Schlafgemächer zurückzog. Rieke stapelte Kleider und Wäsche für Regine und Alma in Kisten, denn die beiden sollten am nächsten Tag nach der Beerdigung mit nach Erkrath reisen und eine Weile dort bleiben, um Abstand zu den Ereignissen zu gewinnen. Das Gesinde sah diesem Plan, der einige Wochen Ruhe bedeutete, mit Erleichterung entgegen.

Caspar vom Bruch hatte Rieke, Margret und Hermann gebeten, weiter im Haus zu bleiben. Von der Einstellung eines neuen Mädchens als Ersatz für Ida wollte er zunächst allerdings absehen.

***

Rieke schob die letzten beiden Brote in den Ofen und begann, die bereits fertigen Laibe aufzuschneiden. In einer halben Stunde wurde die Trauergemeinde erwartet, bis dahin mußte alles gerichtet sein. Die Tafel im Salon, für die Hermann zwei große Tische zusammengeschoben hatte, war mit dem Goldrandporzellan eingedeckt. Die Tischdecke aus Damast hatte Alma am Morgen mit Efeuzweigen und Schleifen aus schwarzer Spitze dekoriert, die sich zwischen dem Geschirr und den silbernen Kerzenleuchtern feierlich und dem Anlaß angemessen ausnahmen.

Margret schaute immer wieder durchs Fenster, kochte Kaffee und füllte ihn in die Dröpelmina[14]. Schließlich fuhren etliche Kutschen vor, denen dunkelgekleidete Menschen entstiegen. Caspar vom Bruch mit Alma und Regine, die schwarze Kleider mit ausladenden Krinolinen trugen, folgten die Erkratherinnen und mehrere Barmer Unternehmer mit ihren Frauen, Alfred Bremkamp in viel zu engem schwarzem Anzug und hohem Hut und die beiden jungen Männer, die im Kontor arbeiteten.

Margret hatte sich in der Küche darüber ausgelassen, daß die wirklich vornehmen und reichen Barmer Familien wie die Engels und die Wuppermanns niemals den Weg ins Haus vom Bruch finden würden, da die Herrin als oberflächlich, verschwenderisch und nicht sonderlich christlich gegolten hatte und auch der Gnädige nicht den Ruf genoß, der Kirche besonders zugetan zu sein. Er gab zwar sein Scherflein dazu, wenn der alte Herr Engels vorbeikam, um Geld für ein Armenhaus zu sammeln, aber er war weder aktives Mitglied eines Wohltätigkeitsvereins, noch machte er sonst durch soziale Aktivitäten von sich reden.

Als die Gesellschaft um den Tisch herum saß, trugen Rieke und ein junges Mädchen aus der Nachbarschaft Brot und Kaffee auf. In Barmen war es nicht üblich, zu solchen Anlässen schwelgerische Mahlzeiten zu servieren. Die Kommerzienrätin blickte fassungslos auf das magere Angebot, nahm Rieke zur Seite und zischte, wo denn Butter und Konfitüre blieben. Rieke knickste und flüsterte, der Herr und das Fräulein Alma hätten es so angeordnet, woraufhin Albertine Seelbach sich hinter vorgehaltener Hand mit ihren Töchtern besprach und die Mienen von allen dreien deutliche Mißbilligung ausdrückten. Albertine kniff die bleiche Regine, die neben ihr saß, in die Wange und sagte vernehmlich, sie solle nur mit zur Großmutter nach Erkrath kommen, da gebe es Butter aufs Brot, man werde das Kind schon wieder aufpäppeln und zu Kräften bringen.

Nach anfänglichem Schweigen räusperte sich Ferdinand Hölkeskamp, der eine Weberei am Brögel besaß, und ergriff das Wort: »Ich versuche mir die ganze Zeit vorzustellen, wie es nach dieser gräßli-

14 Bergische Kranenkanne aus Zinn für Kaffee

chen Tat dem Herrn Engels zumute sein mag. Es ist doch sein Sohn mit Konsorten, der den Boden für das Verbrechen bereitet hat. Die wiegeln doch die Leute auf und infizieren sie mit dem widernatürlichen Gedankengut. Es weiß jeder, daß es liederliche Gesellen genug gibt, die so etwas gern aufgreifen.«

»Wenn es nicht sogar Engels selbst ist, der die böse Saat gesät hat.« Caspar vom Bruch sprach laut und erregt. »Oft denke ich, daß er seinen Arbeitern zu viel zugesteht, und es nimmt mich nicht wunder, daß der Junge diese Flausen in den Kopf bekommen hat. Jetzt sieht man, wohin das führt!«

Die Reaktion der Gäste war gemischt. Einige nickten zustimmend, andere kniffen die Münder zusammen und signalisierten, daß sie diese Ansicht ganz und gar nicht teilten.

»Herr Engels ist ein gottgefälliger Mann«, sagte Frau Wittenstein mit hochrotem Kopf in die peinliche Stille hinein, »und daß er einen mißratenen Sohn hat, kann man ihm nicht vorwerfen. Wir können uns nicht immer aussuchen, wie die Kinder werden.« Ihr Blick ruhte einen Moment mißbilligend auf Regine, dann begann sie, ein Gebet für Henriette vom Bruch zu sprechen.

Die Kommerzienrätin war hochgradig irritiert über die Barmer Beerdigungsgesellschaft. Während des Gebetes stellte sie sich vor, wie ihre arme Tochter mit ihrem sensiblen, schöngeistigen Gemüt bis zu ihrem grausamen Ende unter diesem holzköpfigen Mann und dieser frömmelnden Gesellschaft gelitten haben mußte, und fing an zu schluchzen.

Das war das Zeichen zum Aufbruch. Die schwarze Schar stieg wieder in ihre Kutschen, auch die Verwandtschaft und die Mädchen machten sich bereit. Sie wollten den Zug nach Düsseldorf nehmen, der um Viertel vor sechs vom Steinbecker Bahnhof in Elberfeld abfuhr und für den fünf Plätze in der ersten Klasse reserviert waren. Ungeduldig warteten sie, bis Hermann die zahlreichen Kisten und Kästen in der großen Kutsche verstaut hatte.

Sie fuhren davon, und Caspar vom Bruch zog sich in sein Kontor zurück. Plötzlich war es totenstill in dem großen Haus.

Nachdem die Bediensteten den Tisch abgedeckt und das Geschirr gespült hatten, ließ Margret sich schnaufend auf einen Küchenstuhl fallen und zog einen Schemel heran, auf dem sie ihre kurzen, dicken Beine ablegte.

»Daß die Mamsellen weg sind, ist ein Gottesgeschenk. Wir kriegen hier das Himmelreich auf Erden. In ein paar Tagen muß der Gnädige auch eine Woche weg, hat er gesagt, dann sind wir wirklich zu beneiden.«

»Ich weiß nicht, ob wir zu beneiden sind. Niemand von uns kann sicher sein, daß Samuel der Mörder ist.« Rieke hielt im Putzen der Dröpelmina inne. Sie hatte diesen Gedanken bisher nicht ausgesprochen und konnte ihre Zweifel auch nicht begründen. Irgend etwas hielt sie ab, an Samuels und Idas Schuld zu glauben. Margret wollte nichts davon wissen. »Papperlapapp, wer soll es denn sonst gewesen sein?«

Rieke schwieg und polierte weiter die feinen Ziselierungen und zierlichen Füßchen der zinnernen Kanne.

Hermann kam vom Bahnhof zurück, stellte sich an den Herd und rieb die kalten Hände. Rieke sah ihn beschwörend an. »Ich möchte, daß du mir eine Frage ganz ehrlich beantwortest, Hermann. Es ist sehr wichtig. Glaubst du, daß Samuel und Ida es waren?«

Der Kutscher setzte sich an den Küchentisch. »Ich weiß nicht, was ich glauben soll. Die ganzen Tage frage ich mich: Waren sie's oder nicht? Ich denke an nichts anderes. Einerseits ist es ja sonnenklar, wer könnte es sonst gewesen sein? Andererseits kann ich es von Ida ganz und gar nicht glauben, auch wenn sie immer so dahergeredet hat. Und auch nicht von Samuel, im Grunde seines Herzens ist er doch ein guter Kerl. Und dann das Verhalten der Gnädigen, das Weggehen, das ganze heimliche Getue. Wer weiß, zu welchen Leuten sie da Verbindungen hatte.«

In diesem Augenblick kratzte es an der Fensterscheibe, und sie hörten jemanden flüstern. Margret wurde leichenblaß, alle drei starrten auf das Fenster. »He, ich bin's«, zischte es von draußen, »helft mir, schnell!«

»Jesus, Ida!« Margret schlug die Hände vor das Gesicht, Hermann öffnete das Fenster einen Spalt. Draußen stand Ida, schmutzig und zerzaust. Sie zitterte und war in einem erbärmlichen Zustand. »Schnell, ein bißchen Schnaps«, flüsterte sie, »schnell, sonst sterbe ich, und Samuel auch.«

Während Rieke zum Küchenschrank ging und eine volle Branntweinflasche herausnahm, fragte Hermann: »Wo kommst du her? Sie suchen euch überall.«

Rieke zog den Korken aus der Flasche und reichte sie Ida hinaus, die die Flüssigkeit in sich hineinlaufen ließ und dann schwankend innehielt.

»Samuel war's nicht«, flüsterte sie beschwörend. »Ich hab sie gefunden, da war sie schon tot. Lag im Bottich, die Hände gefaltet, als hätte sie jemand extra zurechtgemacht. Ich schwöre es euch, er war es nicht, er hat geschlafen, neben mir. Es geschieht großes Unrecht, ihr müßt uns helfen. Der wahre Mörder läuft noch frei herum, ihr seid alle in Gefahr!«

Ehe sie sich versahen, war sie wieder in der Dunkelheit verschwunden. »Großer Gott«, jammerte Margret, »was hat sie gesagt? Der Mörder läuft noch frei herum?«

»Ich glaube ihr«, sagte Rieke nach einer Weile, »wir müssen etwas unternehmen. Sonst geschieht vielleicht noch ein viel größeres Unglück.«

***

Samuel schreckte auf und faßte neben sich ins Leere. Sie war also doch gegangen. Bei dem Gedanken, sie würden sie finden und nach Brauweiler schicken, fuhren ihm Stiche durchs Herz. Das wäre Idas sicherer Tod.

Vor sechs Tagen waren sie zum Hardtberg geflohen, einem bewaldeten, langgestreckten Felsmassiv zwischen Barmen und Elberfeld, wo früher der Galgen gestanden hatte, an dem die Elberfelder ihre Diebe aufknüpften. Samuel kannte eine geheime Höhle, die er als Kind zusammen mit seinem Bruder entdeckt hatte, manchmal hatten sie sich dort versteckt und gespielt.

Mit der Unterstützung von Josua und den Zwillingen, die jeden Abend Brot und manchmal auch etwas Schnaps vorbeibrachten, hatten Samuel und Ida sich notdürftig über Wasser gehalten. Allerdings war die Schnapsration zu klein, so daß Ida bereits am dritten Tag am Ende war. Mehrmals hatte sie versucht fortzulaufen, aber Samuel merkte es immer noch rechtzeitig und überredete sie mit Schmeicheleien oder zwang sie mit Drohungen zum Dableiben. Jetzt war kein Tropfen mehr da, und die Jungen hatten gesagt, sie könnten erst am Sonntag wieder Nachschub bringen. Samuel ging es ebenfalls nicht gut, aber Ida war am vorherigen Abend fast verrückt geworden. Er mußte sie suchen, bevor sie in ihr sicheres Verderben lief.

Samuel stolperte durch die schwarze Nacht den Berg hinunter und überlegte, ob er Ida in Barmen oder Elberfeld suchen sollte. Elberfeld schien ihm wahrscheinlicher, weil sie auf der Gathe eine Familie aus ihrer schlesischen Heimat kannte. Für ihn war es auch ungefährlicher, als sich in Barmen sehen zu lassen, zumal er sich um die Gathe herum, wo er seine Kindheit verbracht hatte, gut auskannte.

Er mied die öffentlichen Wege, hielt sich dicht am Wupperufer im Schatten des steil aufragenden Felsens und lief achtsam, um in der Dunkelheit nicht über Steine und Baumwurzeln zu stolpern. Ihm war kalt, gleichzeitig schwitzte er, und seine Hände zitterten. Er wünschte sich nichts sehnlicher als eine ganze Flasche Branntwein für sich allein.

Nach einer Stunde war er im Häusergewirr von Elberfeld angekommen. Von der Kirche am Kolk schlug es zwei Uhr, um diese Zeit würde er keine offene Branntweinstube mehr finden. Außerdem war es sowieso zu gefährlich, sich sehen zu lassen. Sollte er versuchen, seine Eltern auf der Gathe zu finden? Vor vier Jahren war er fortgegangen, nachdem sein Vater ihn halbtot geprügelt hatte.

Auf der Gathe ist es schön:
wo die Männer Branntwein saufen,
Weib und Kinder barfuß laufen
und die Wanzen Schildwach stehn.

Das Spottlied wurde allen hinterhergesungen, die auf der Gathe gelandet waren. Samuel war als drittes von neun Kindern dort aufgewachsen. Nicht nur die Wanzen hatten bei ihnen Wache gestanden, sondern auch Gewalt und Elend. Als Zwölfjähriger hatte er erlebt, wie seine achtjährige Schwester Mine am Fieber gestorben war. Tagelang hatte er an ihrem Lager gesessen und ohnmächtig zusehen müssen, wie sie keuchte und nach Luft rang. Sie war ein so hübsches Kind gewesen und hatte etwas Blitzendes, Energisches gehabt, wie Ida, die ihn oft an die Kleine erinnerte.

Er bog in die Gathe ein, eine breite Straße, die als eine der schmutzigsten von Elberfeld galt. In der Mitte wurde sie von einem Bach durchflossen, in dem stinkender Abfall schwamm. Darüber führten Holzstege, und Samuel überquerte den nächstgelegenen vorsichtig, damit kein Geräusch ihn verriet. Winzige Häuser aus Fachwerk oder mit Schiefer beschlagen drängten sich aneinander. Aus manchen drang Kindergeschrei, und Samuel stellte sich vor, wie die Menschen dicht an dicht darin schliefen, oft zehn oder zwölf in einem Raum.

Aus einer Löf kamen leise Stimmen, und er näherte sich vorsichtig. Zwei Männer hockten auf der Erde, zwischen sich eine fast volle Flasche, Spielkarten und einen Kerzenstummel. Der Anblick des Schnapses ließ Samuel alle Vorsicht vergessen.

»He, könnt ihr einen dritten Mann gebrauchen?«

Die beiden waren ziemlich betrunken, forderten ihn auf, sich zu setzen und reichten ihm die Flasche. Er ließ in sich hineinlaufen, was eben ging, und genoß das Wohlgefühl. Benommen lehnte er sich gegen die Schieferwand des Hauses.

»Ihr seid gute Kameraden«, murmelte er, »wirklich feine Jungs seid ihr.« Wieder nahm er einen tiefen Zug, bis einer der beiden ihm die Flasche wegnahm. »Ich bin seit Tagen auf dem Trockenen, entschuldige, Kamerad.« Samuel brachte kaum den Satz zu Ende, als er auch schon eingeschlafen war.

Er erwachte von den Tritten schwerer Stiefel.

Zwei Gendarmen beugten sich über ihn, dahinter sah er die Gesichter der Männer aus der Löf.

»Und, ist er das?« Sie sahen die Polizisten gespannt an.

»Beschreibung würde passen, Färberhände hat er auch. He, wie heißt du?«

Der Gendarm trat Samuel wieder in die Seite, der, jetzt aufs höchste alarmiert, aufsprang. »K-K-Kilian«, stammelte er, »Fritz Kilian, ja.«

»Hört sich eher wie Kienholz an, Samuel, ja?«

»Nein!« Samuel schrie es heraus und wollte loslaufen, aber die Polizisten waren schneller, warfen ihn zu Boden, fesselten ihn und zogen ihre Säbel.

»Sieht so aus, als könntet ihr euch in Barmen 'ne Belohnung abholen«, sagte ein Gendarm. Die beiden Männer grinsten und traten gegen Samuels Beine. »Zwanzig Taler, immerhin. Morgenstund hat Gold im Mund!«

Die Gendarmen zogen ihn hoch und brachten ihn zur nächsten Wache. Während der eine ihm die gefesselten Arme hinter dem Rücken verdrehte und ihn vorwärts schubste, hatte der andere den Säbel auf ihn gerichtet. »Da werden wir demnächst wohl hohen Besuch aus Köln kriegen«, sagte er hämisch, »wird auch Zeit, daß der Scharfrichter mal wieder was in Barmen zu tun kriegt.«

***

Lieber Bruno,
für heute in aller Eile eine kurze Antwort auf Ihre Depesche von gestern. Ebenso wie Sie sind wir der Ansicht, daß der Fall des verhafteten Färbers überprüft werden sollte. Freunde von ihm haben dieserhalb ebenfalls mit uns Kontakt aufgenommen. Natürlich sprechen überwältigende Indizien gegen ihn, aber das, was Sie über die Aussage der Ida Krottki, die einseitigen Ermittlungen und die seltsamen Verhältnisse in dem Unternehmerhause andeuten, denen die Polizei überhaupt nicht nachgegangen ist, stimmt uns ebenfalls nachdenklich. Auch wir befürchten, daß hier ein politisches Fanal gesetzt

werden soll, wofür der unglückliche Mensch womöglich sein junges Leben opfern muß. Wenn man Volkes Stimme hört, die den Mann am liebsten ohne Prozeß und auf der Stelle einen Kopf kürzer machen würde, wird einem angst und bange.
Ich habe mit Friedrich gesprochen, der, obwohl er in eifrigsten Vorbereitungen für seine Abreise steckt, sich noch um eine Summe bemühen will, mit der man einen Advokatanwalt[15] bezahlen kann. Wir haben auch schon jemanden im Auge, Benjamin Steckelings heißt er. Vielleicht haben Sie ihn bei den sozialistischen Versammlungen kennengelernt, dort hat er einige Male das Wort ergriffen. Erst kürzlich hat er sein Assessorexamen glänzend bestanden und ist jetzt am Elberfelder Landgericht zugelassen.
Ich schlage Ihnen vor, am Samstagabend in die Gaststätte Löllgen nach Elberfeld zu kommen. Dort trifft sich regelmäßig ein geselliger Kreis von Gleichgesinnten. Ich will sehen, ob ich Steckelings mitbringen kann, dann können wir alles Weitere beraten. Sicherlich tut große Eile not in diesem Falle.
Bis Samstag bin ich, in Verbundenheit,
Ihr Moses Hess

15 Nach rheinischem Recht waren an den Landgerichten nur Advokatanwälte zugelassen, deren Befugnisse denen der heutigen Rechtsanwälte gleichkamen.

6. Kapitel

in dem Rieke die Kommunisten kennenlernt und Benjamin das Barmer Gefängnis und den Oberprokurator besucht

Rieke saß vor dem Herd und trocknete ihr Haar, das sie unter der Pumpe im Hof mit einer duftenden Seife aus Regines Zimmer gewaschen hatte.

Strähne für Strähne fächelte sie am Feuer trocken und bürstete es, bis es ihr wie ein seidener, goldroter Vorhang vors Gesicht fiel. Sie summte vor sich hin und überlegte, ob sie es zu Schnecken aufdrehen sollte, wie sie die Frauen in den Modejournalen trugen, oder ob das einen hoffärtigen Eindruck machte.

Hermann kam herein und setzte sich an den Küchentisch. Er hatte Caspar vom Bruch nach Düsseldorf gebracht, wo er eine Woche geschäftlich zu tun hatte.

»Ich mach uns heute 'n lecker Abendbrot. Spiegelei mit Bratkartoffeln und Speck und eingelegte Gurke. Aber das Kind will nicht mitessen. Hat was Wichtiges vor, muß auf 'ne Versammlung. Soviel ich weiß, in Begleitung von 'nem jungen Herrn Kommunisten und Redakteur.«

Margret interessierte sich brennend für Riekes Bekanntschaft mit Bruno und wartete gespannt, was Hermann dazu sagen würde.

»Wenn es ein freundlicher Herr Kommunist und Redakteur ist und er auch noch 'n paar Taler in der Tasche hat, dann soll er sie ruhig begleiten.« Hermann kniff Rieke ein Auge zu.

Sie berichtete von dem Plan, zusammen mit Bruno in Elberfeld eine Gruppe von Kommunisten zu treffen. Dabei sei wahrscheinlich auch ein Advokatanwalt für Samuel, den wohl der junge Herr Engels bezahlen werde. Dann lief sie in ihre Kammer, band eine frische Schürze um und befestigte einen weißen Spitzenkragen, den ihr die Bäckersfrau vermacht hatte, an ihrem Ausschnitt. Sie entschied sich für die Haarschnecken, die ihr, wie sie in dem Spiegel in Regines

Zimmer überprüfen konnte, gut zu Gesicht standen. Dann griff sie nach Regines Parfumflakon und verpaßte sich ein paar Spritzer. Zum Abschied steckte sie nur ihren Kopf zur Küchentür hinein, damit Margret und Hermann nicht merkten, wie sie sich herausgeputzt hatte.

***

»Wer ist denn eigentlich dieser Herr Doktor Hess?« Rieke hatte sich bei Bruno eingehakt, und sie marschierten in schnellem Tempo über den Neuen Weg in Richtung Elberfeld.

»Er ist ein Jude aus Köln, einer der bedeutendsten Theoretiker des Sozialismus. Er hat wichtige Bücher veröffentlicht, zum Beispiel hat er eine ›Philosophie der Tat‹ entwickelt. Außerdem war er Korrespondent der ›Rheinischen Zeitung‹ in Paris. Es ist eine Ehre, ihn persönlich zu kennen, er gehört wirklich zu den klügsten Köpfen in unserer Bewegung«, erklärte Bruno stolz.

Den Rest des Weges sprachen sie über Ida und überlegten, wo sie nach Samuels Verhaftung Unterschlupf gefunden haben mochte. Bruno war immer noch nicht ganz sicher, ob man ihr Glauben schenken konnte, aber in Rieke war in den letzten Tagen, in denen sie kaum über etwas anderes nachgedacht hatte, die Überzeugung gewachsen, daß Ida die Wahrheit sagte. »Warum hätte sie uns anlügen sollen«, sagte sie, »wo wir Dienstboten doch die letzten sind, die etwas für sie tun könnten. Außerdem glaube ich, daß sie eher stolz gewesen wäre, wenn Samuel Frau vom Bruch umgebracht hätte.«

Im Hinterzimmer der Gaststätte Löllgen saßen schon Moses Hess und Benjamin Steckelings. Rieke war zuerst verlegen, denn der 33jährige Doktor Hess flößte ihr großen Respekt ein, außerdem befürchtete sie, sie könne sich vor den gebildeten Männern nicht richtig ausdrücken. Aber beide waren so offen und freundlich, daß sie ihre Ängste schnell vergaß.

Sie begannen sofort mit ihrer Unterredung, weil gegen neun eine Reihe anderer Kommunisten, unter ihnen der Maler Adolph Koettgen und der Dichter Hermann Püttmann, aufzutauchen pflegte. Bis dahin wollten sie die wichtigsten Sachen besprochen haben.

Rieke berichtete alles, was sie im Hause vom Bruch beobachtet hatte. Angefangen von den Ausflügen Henriettes über die Weißnäherei Chamier und die seltsamen Streitigkeiten der Mädchen um einen Brief bis hin zu der Mordnacht, der Zeit danach und dem Auftauchen von Ida am Küchenfenster. Der junge, semmelblonde Advokatanwalt Benjamin Steckelings machte sich Notizen und fragte nach, als Rieke geendet hatte.

»Vom Gesinde hat niemand die Leiche gesehen?«

»Nein. Hermann, unser Kutscher, hat wohl in die Halle reingeguckt, als er mit dem Gendarmen zurückkam. Es war ja nicht sehr hell, aber er konnte den Bottich sehen, aus dem ihre Füße heraushingen. Dann schickten sie ihn allerdings fort.«

»Überlege ganz genau und laß dir Zeit. Jedes Detail kann von entscheidender Bedeutung sein, auch wenn du denkst, daß es nebensächlich ist. Wie verhielt Ida sich in der Zeit vor dem Mord?«

»Ich weiß nicht. Sie war voller Wut und brauchte sehr, sehr viel Branntwein. Aber sie redete bloß. Sie tat niemandem etwas. Ich glaube, sie redete, um den Haß loszuwerden; sie war so voller Haß. Ich bin ziemlich sicher, daß sie, wenn Samuel den Mord begangen hätte, sich damit gebrüstet hätte, jedenfalls vor uns.«

»Was genau hat sie gesagt, als sie bei euch am Küchenfenster auftauchte?«

»Sie habe Frau vom Bruch gefunden, und die habe mit gefalteten Händen im Bottich gelegen, als hätte sie jemand extra zurechtgemacht.«

Benjamin Steckelings lehnte sich zurück. »Gefaltete Hände. Nicht sehr wahrscheinlich, daß ein Färber, nachdem er eine von ihm gehaßte Person erschlägt, ihr anschließend die Hände faltet, oder? Nun noch einmal zu den geheimnisvollen Ausflügen. Wohin sie gegangen ist, hat also niemand gewußt?«

»Einmal habe ich gehört, wie das Fräulein Regine gebettelt hat, sie solle sie mitnehmen, weil sie die Gnade empfangen wollte, oder so ähnlich. Außerdem hat Frau vom Bruch auch von einer großen und heiligen Mission gesprochen. Deshalb glaube ich, daß es eine religiöse Gemeinschaft war«, antwortete Rieke.

Es war kurz nach neun, und die Stube füllte sich mit jungen Männern. Neugierig schauten sie, wen Moses Hess mitgebracht hatte.

Bruno bestellte für sich und Rieke ein Bier. Sie nahm einen kleinen Schluck und dachte daran, was ihre Mutter für ein Gesicht machen würde, wenn sie das sähe. Kindergottesgesicht, Jammergesicht. Sehr treffend hatte der junge Herr Engels das ausgedrückt.

Gegen halb zehn schoben sich die drei Lehrlinge, die rundgesichtigen Zwillinge und der bedächtige Josua, herein und blieben verlegen an der Tür stehen. Josua hatte sich nach Samuels Verhaftung ebenfalls an Hess gewandt und um Hilfe gebeten, seitdem besuchte er die Treffen bei Löllgen regelmäßig. Gleich hinter ihnen tauchte ein magerer, grämlich dreinschauender Mann mit tiefen Falten an beiden Seiten des Mundes auf. »Ein Polizeispitzel«, raunte Hess, bevor er an sein Glas klopfte.

»Uns alle, liebe Freunde, bewegt das schreckliche Verbrechen, das in unserer Nähe geschehen ist, und wir alle wissen, daß der Färber Samuel Kienholz in dringenden Tatverdacht geraten ist. Wir meinen, daß er eine gute Verteidigung braucht, denn es gibt Anlaß, an seiner Schuld zu zweifeln. Das wird also Benjamin Steckelings übernehmen, er ist ein ausgezeichneter Advokatanwalt. Wir möchten euch in Anbetracht der äußerst schwierigen Lage bitten, nicht weiter in uns zu dringen. Wir können keine Einzelheiten bekanntgeben, ohne die Ermittlungen zu gefährden. Aber seid versichert, liebe Freunde, daß wir alles Menschenmögliche tun werden, um in dieser Sache Gerechtigkeit herbeizuführen.«

Hess setzte sich wieder und schaute dem Spitzel so lange in die Augen, bis der irritiert den Blick senkte.

Dann winkte Hess die immer noch verlegen neben der Tür stehenden Färberlehrlinge an den Tisch, und Bruno lud sie zu einem Bier ein. Allmählich tauten sie auf und berichteten von Max, der bei vom Bruch fristlos entlassen worden war und jetzt versuchte, einen alten Webstuhl in seiner Stube, die er bei einem Bauern bewohnte, wieder in Gang zu setzen. Eine neue Anstellung als Färber würde er schwerlich finden, aber auch für die Weber wurden die Aussichten immer schlechter. Die Fabrikanten, in deren Auftrag die Heimweber arbeiteten, klagten über eine schlechte Geschäftslage, reduzierten die Aufträge und versuchten, an allen Ecken und Enden zu sparen.

Josua wandte sich an Bruno. »Ich überlege manchmal, nach Amerika zu gehen, hier wird das doch nichts mehr. Was halten Sie davon?«

»Du mußt hart arbeiten können und clever sein, so nennen das die Leute in Amerika. Und Englisch lernen. Aber es lohnt sich bestimmt, es ist mehr Freiheit da.« Bruno lehnte sich zurück und sah Rieke an. »Ich habe auch schon darüber nachgedacht.«

»Gibt es da nicht viele Wilde?« Rieke hatte schauerliche Geschichten gehört, aber Bruno lachte und deutete auf den Durchgang zur Schankstube, in der es inzwischen hoch herging. Der Wirt hatte bereits einige Männer hinausgesetzt, die Prügeleien anfangen wollten. Andere erzählten Zoten und lachten brüllend.

»Viel wilder als unsere hier können die auch nicht sein. Ich glaube, das sind alles Gerüchte und Angstmacherei. Die Menschen gehen in Scharen hinüber, fast täglich verlassen Schiffe Rotterdam, Le Havre und Bremerhaven. Das würden sie nicht tun, wenn es sich nicht lohnen würde. Es gibt so viele Berichte, die vielversprechend sind. Man kann sich ein Stück Land aussuchen und ein Haus darauf bauen, habe ich gehört. Arbeit und Essen soll es auch für alle satt geben. Und keine politische Unterdrückung.«

»Und die Luft ist gut, und es gibt genug Platz für alle?« Rieke konnte sich das kaum vorstellen.

»Es gibt Fabriken mit riesigen Dampfmaschinen, außerdem habe ich gehört, daß sich ein Arbeiter eine Kutsche leisten kann, wenn er spart. Stellt euch das vor. Ich nehme mir einen Vierspänner, und sonntags geht's los, immer im Galopp!« Josuas Augen glänzten.

Sie träumten noch eine Weile von den paradiesischen Zuständen in Amerika, dann verabschiedeten die Lehrlinge sich. Rieke, die ihr Bierglas nur halb ausgetrunken hatte, fühlte sich wohlig schwer. Sie lehnte sich an Bruno, er legte wie selbstverständlich seinen Arm um ihre Schulter und schnupperte an ihrem Haar. Eine Weile saßen sie so, dann überfiel Rieke eine bleierne Müdigkeit, und sie drängte zum Aufbruch.

Auf der Straße vermieden sie es, sich zu berühren, und gingen schnell und schweigsam nebeneinander her. Rieke sog die frische Nachtluft ein, um wieder einen klaren Kopf zu bekommen. In Unterbarmen fing es an zu regnen, und Bruno hielt eine Droschke an, die sie nach Barmen brachte. Er begleitete Rieke bis zur Hintertür und nahm zum Abschied ihre Hände. Sie ließ sie eine Weile in den seinen, dann huschte sie in das dunkle Haus und schob sorgfältig den Riegel vor.

***

Als Benjamin Steckelings die Gefängniszelle im Barmer Rathaus betrat, schlug ihm stechender Latrinengestank entgegen. Samuel Kienholz saß bleich und mit struppigem Haar auf einem schmutzigen Strohsack, hielt seine Knie umschlungen, wiegte sich hin und her und würdigte den Anwalt keines Blickes.

Der Gendarm, der Benjamin eingelassen hatte, postierte sich neben die eisenbeschlagene Holztür und hielt sein Gewehr im Anschlag. Samuel, der nach seiner Verhaftung einen ganzen Tag lang getobt und geschrien hatte, galt als gewalttätig.

Benjamin blieb einige Meter entfernt stehen.

»Ich bin Ihr Verteidiger, ich heiße Benjamin Steckelings.«

Samuel spuckte aus und starrte vor sich hin.

»Ich möchte Ihnen helfen, ich bin auf Ihrer Seite.«

Samuel schaukelte weiter hin und her und krampfte seine Fäuste zusammen.

»Bitte sprechen Sie mit mir, ich kann sonst nichts für Sie tun, Samuel.« Benjamin hob beschwörend die Hände, aber es dauerte noch eine Weile, bis der Färber reagierte.

»Du solltest eins zur Kenntnis nehmen, Anwalt«, zischte er, »auf meiner Seite ist niemand, nur ich, der Mörder. Da änderst du auch nichts dran. Sie schieben mir den Fraß durch die Luke und behandeln mich schlimmer als ein Tier.«

Er winkte Benjamin heran, der sich neben ihm auf dem Strohsack niederließ. »Um sie müßt ihr euch kümmern«, flüsterte er, »sie geht zugrunde.«

»Wer ist sie?«

»Das Mädchen, die Kleine. Haben sie sie schon?«

»Sie meinen Ida? Wir wissen nicht, wo sie ist. Sie wird von der Polizei gesucht.«

»Wenn sie festgenommen wird, kümmern Sie sich drum. Nicht nach Brauweiler, auf keinen Fall, da geht sie drauf.«

Benjamin hatte schon von der Besserungsanstalt bei Köln gehört, in die junge Mädchen gebracht wurden, die auf der Straße herumlungerten und sich prostituierten.

Samuel schaukelte wieder. Plötzlich brach ihm der Schweiß aus, und er begann zu zittern.

»Weißt du, was das hier ist, Anwalt«, flüsterte er, »das ist Hölle und Fegefeuer auf einmal. Ich brauche Schnaps und irgendwas, womit ich mich umbringen kann. Ich muß ihnen zuvorkommen. Ein Messer, Anwalt, kannst du mir eine Flasche Schnaps und ein Messer besorgen?« Er legte Daumen und Zeigefinger um den Hals. »Man fühlt es immer, Tag und Nacht, jede Minute stellt man es sich vor. Mein Vater hat's mal gesehen, als er jung war. Zweimal hat der Henker das Beil fallenlassen, bevor der Kopf ab war. Was glaubst du, Anwalt, wie das ist, wenn's beim ersten Mal nicht klappt? Wenn der Scharfrichter das Beil nicht richtig schleift? Bei unsereinem denken die, da tut's auch ein stumpfes, da kann man ruhig ein bißchen metzeln. Wir sind ja Vieh, das man abschlachten kann! Das ist fürs Volk auch viel schöner, wenn's lange dauert, wenn der Kopf noch ein bißchen baumelt und das Blut rausschießt, bevor er in den Korb fällt. Da können sie glotzen, die Leute, und die alten Weiber haben was zu sabbern fürs nächste halbe Jahr. Je mehr Blut, desto besser. Die Zunge hängt blau aus dem Hals, hat mein Vater gesagt, und die Augen treten raus wie Glasmurmeln. Die Pfaffen leiern Gebete, und das Glöckchen läutet, bimbam, bimbam.«

»So weit sind wir noch nicht, Samuel.« Benjamin verlegte sich ebenfalls aufs Flüstern. »Es gibt eine Menge Leute, die an Ihre Unschuld glauben. Sie bekommen Unterstützung, wir führen Ermittlungen durch. Aber Sie müssen mithelfen. Sie müssen mir genau erzählen, was los war, jede Einzelheit.«

»Du bist naiv, Anwalt. Einem versoffenen Färber glaubt doch keiner. Vielleicht du und ein paar verrückte Kommunisten. Aber niemals die Geschworenen. Außerdem gibt's nicht viel zu erzählen. Ich habe wie immer mit Ida im Kuhstall übernachtet, mitten in der Nacht ist sie rein in die Halle, weil sie was zu trinken gesucht hat, und da hat sie sie gefunden und geschrien. Ich bin hinterher und hab sie auch gesehen, die Schickse. Sie war ganz rot und hatte die Hände gefaltet, als läge sie im Sarg.«

»Das haben Sie also auch gesehen? Wie sah die Leiche genau aus?« Benjamin machte sich Notizen.

»Ich hätte sie kopfüber reingesteckt, die ganze vornehme Fratze hätte ich da reingedrückt. Mit dem größten Vergnügen«, setzte Samuel fast unhörbar hinzu.

»Pscht, Sie reden sich um Kopf und Kragen.« Benjamin rückte noch näher an den Färber. »Sie sollen erzählen, wie es war. Was war mit ihrer Kleidung?«

»Es war alles rot, über und über. Ihr Kleid war vorne aufgerissen.«

»Und sonst? Nichts sonst? Was war vorher, als Sie in dem Kuhstall waren? Haben Sie irgendwas gehört?«

Samuel zitterte wieder, und seine Augen glänzten fiebrig. »Schnaps, Anwalt, ich brauche Schnaps.«

»Ich versuche es«, flüsterte Benjamin und wies mit dem Kopf in Richtung des Gendarmen. »Ich weiß nicht, ob sie mich damit durchlassen.«

»Morgen hat einer Dienst, der ist nicht so ein Hund. Der hat mir schon mal was gegeben.« Samuel richtete sich plötzlich auf. »Bevor ich mich schlafengelegt habe, war in der Villa noch Licht. Ich habe Schatten hinter dem Fenster gesehen, im Erdgeschoß.« Er spuckte verächtlich aus.

»Aber wer das war, wissen sie nicht?«

»Ich vermute, sie oder der Alte. Oder die beiden Ziegen, was weiß ich.«

»Und sonst noch etwas? Überlegen Sie ganz genau.«

»Das Schleifen. Da war ein Schleifen, draußen im Hof. Ich bin davon aufgewacht, aber gleich wieder eingeschlafen.«

»Aber da war Ida noch da?«

Samuel nickte. Er dachte an ihre dünnen Beine, mit denen sie ihn umschlungen gehalten hatte.

Benjamin rekapitulierte den Polizeibericht. Daß das Kleid des Opfers aufgerissen war, stand darin. Aber von gefalteten Händen war nicht die Rede, obgleich sich das mit dem deckte, was Ida gesagt hatte. Und auch nicht von Schleifspuren. Aber es war auch die Frage, ob man überhaupt danach gesucht hatte, zumal so viele Personen in der Mordnacht auf dem Hof der Manufaktur gewesen waren und sicherlich alles zertreten hatten.

Der Gendarm an der Tür klapperte mit seinem Schlüssel und verkündete, die Besuchszeit sei zu Ende. Benjamin versprach, so bald wie möglich wiederzukommen. »Wir haben Glück mit dem Oberprokurator«, sagte er, »er ist liberal, kein Scharfmacher. Wenn wir Entlastungsmaterial finden, wird er es prüfen.«

Samuel begann wieder zu schaukeln und erwiderte den Abschiedsgruß des Anwaltes nicht.

Draußen lenkte Benjamin seine Schritte zum Barmer Rathaus am Werth, um mit Oberbürgermeister Wilkhaus zu sprechen, der als Oberhaupt der Polizei die Ermittlungen in der Mordsache vom Bruch leitete. Wie der Oberprokurator war auch er liberal gesinnt und den sozialen Anliegen der Arbeiter gegenüber durchaus aufgeschlossen.

Als Benjamin ihn mit den Beobachtungen der Dienstboten konfrontierte und eine Wiederaufnahme der Ermittlungen anregte, winkte er allerdings entschieden ab. »Wir haben gründlich untersucht, auch den Privatbereich des Opfers. Herr vom Bruch hat uns jede nur erdenkliche Unterstützung gewährt und uns alles zugänglich gemacht. Ich sehe nicht, wo wir da noch mal ansetzen können, zumal wir ja quasi einen Tatzeugen haben. Da müssen Sie uns schon handfeste Beweise liefern.«

Von der Gemarker Kirche schlug es zehn, als Benjamin sich auf den zweistündigen Fußmarsch zum Elberfelder Rathaus am Turmhof machte, in dem auch das Landgericht und die Amtsräume des Vertreters der Anklage, Oberprokurator Köster von Kösteritz, untergebracht waren.

Benjamin dachte darüber nach, wie er bei den Geschworenen, die sich in der Regel aus Unternehmern und Handwerkern zusammensetzten, Zweifel an der Schuld des ungehobelten, ständig Drohungen ausstoßenden Färbers säen konnte. Die Aussagen der Dienstboten, das war ihm klar, würden wenig Eindruck machen. Und daß Henriette vom Bruch ohne Wissen ihres Mannes an zwei Nachmittagen in der Woche in eine religiöse Versammlung gegangen war, konnte im Wuppertal auch nicht als ungewöhnlich gelten. Die gefalteten Hände der Leiche wogen ebenfalls nicht viel im Vergleich zu den erdrückenden Indizien gegen den Färber, der am Tatort gesehen worden war und die Flucht ergriffen hatte.

Er kam an einer Spinnerei vorbei, die sich schon von weitem durch das Quietschen der »Mule Jennies«[16] ankündigte. Durch die schmutzigen Scheiben sah er, wie neben den Arbeitern eine Handvoll Kinder an Maschinen und Geräten hantierte. Ein Junge von höchstens zehn Jahren wurde gerade von einem Arbeiter an den Ohren hinter einem Berg Baumwolle hervorgezogen, wo er offenbar versucht hatte, sich zu verstecken.

Benjamin Steckelings stammte aus einer bürgerlichen Familie in Düsseldorf und hatte bisher die Ideen der Kommunisten überwiegend theoretisch studiert. Er kannte viele der Aufsätze und Artikel von Marx und Engels und war ein glühender Verehrer Heinrich Heines. Das, was er in den beiden Industriestädten Barmen und Elberfeld bisher an Elend und Ausbeutung gesehen hatte, übertraf jedoch alle seine Vorstellungen. Wenn man recht überlegte, war die Idee, man könne in dieser Stadt und unter den gegebenen Umständen ein objektives und gerechtes Verfahren erreichen, eine Illusion. Daran änderte auch die besondere Rechtssituation im Bergischen Land

16 In England erfundene Spinnmaschinen

nichts, das nach dem Wiener Kongreß im Jahre 1815 von der französischen Besatzung befreit und der Rheinprovinz zugeschlagen worden war. Dabei waren wesentliche Elemente der liberalen französischen Gerichtsverfassung beibehalten worden, beispielsweise waren hier im Gegensatz zu den altpreußischen Provinzen die Strafverfahren öffentlich, und die Zivil- und Strafverfahren wurden mündlich verhandelt. Die ursprünglich geplante Wiedereinführung des preußischen Rechtes im Rheinland scheiterte, weil die maßgeblichen Juristen davon abrieten und im Gegenteil empfahlen, das französische Recht auch in Altpreußen zu übernehmen. Da dies auf Widerstand stieß, blieb die Rheinprovinz rechtlich gesehen eine freiheitliche Insel.

Als Benjamin seinen Kopf zur Tür des Amtszimmers hineinschob, musterte Oberprokurator Köster von Kösteritz ihn über seinen Kneifer hinweg.

»Steckelings mein Name, Advokatanwalt. Hätten Herr Oberprokurator einen Augenblick Zeit?«

Von Kösteritz winkte ihn herein. »Zehn Minuten, dann muß ich zur Verhandlung.«

»Ich komme gerade von meinem Mandanten Samuel Kienholz im Barmer Gefängnis, Sie wissen, der Färber, der in der Mordsache vom Bruch beschuldigt wird.«

Von Kösteritz lehnte sich zurück und machte ein resigniertes Gesicht. »Ist das denn nun nicht eine entsetzliche Geschichte? Ein so scheußlicher Mord in unserem Gerichtssprengel. Seit Jahren hat es so etwas nicht gegeben. Und dann die politischen Implikationen. Ein gefundenes Fressen für Preußen und die gesamte Reaktion.[17] Die Blätter zerreißen sich das Maul, die Fabrikbesitzer fordern unnachgiebige Härte. Was halten Sie von Ihrem Mandanten? Warum gesteht er nicht?«

Der Oberprokurator wies auf einen geschnitzten Stuhl mit hoher Lehne, Benjamin setzte sich und legte eine Akte auf den Tisch.

17 Widerstand gegen gesellschaftlichen Fortschritt, – setzte in Preußen 1819 nach den Karlsbader Beschlüssen ein, – im Gegensatz zum liberalen Rheinland.

»Wenn Sie diese Aussagen lesen, kommen Ihnen Zweifel an seiner Schuld. Vielleicht gesteht er nicht, weil es nichts zu gestehen gibt.«

»Worauf stützen Sie Ihre Zweifel?«

»Mir liegen die Aussagen von Dienstboten aus dem Hause vom Bruch vor. Sie haben merkwürdige Beobachtungen gemacht, es gibt eine Reihe von Ungereimtheiten. Ich denke, man muß begründete Zweifel an der Täterschaft hegen. Ich habe Protokolle angelegt und stelle Ihnen die Akte gern zur Verfügung.«

Von Kösteritz zog seine Uhr aus der Westentasche und warf einen Blick darauf. »Wissen Sie, was Sie da womöglich heraufbeschwören? Die Stimmung ist angeheizt genug. Ich stehe wegen der Kommunisten unter schwerem Beschuß. Gerade verfasse ich einen Bericht über die Versammlungen bei der Frau Obermeyer im ›Zweibrücker Hof‹. Regierungspräsident von Spiegel ist beim Innenminister in Berlin vorgeprescht und hat Stimmung gegen die Kommunisten gemacht. Ich versuche, die Wogen etwas zu glätten. Die Leute waren ja einsichtig und haben auf meine und Oberbürgermeister von Carnaps Intervention hin keine Versammlung mehr abgehalten. Ich weiß nur nicht, ob die Preußen das kapieren, die halten uns doch allesamt für kriminelle Anarchisten. Jedenfalls stehen wir unter scharfer Beobachtung. Ich weiß nicht, welchen vorsitzenden Richter uns der Appellationsgerichtshof schicken wird, aber bestimmt wird es ein treuer Altpreuße sein.«

Köster von Kösteritz stand auf und nahm Robe und Perücke. »Wenn Kienholz rehabilitiert werden soll, brauchen wir stärkere Geschütze als die Aussagen von Dienstboten. Und ganz sicher müssen wir den richtigen Mörder präsentieren.«

7. Kapitel

in dem Briefe vermißt werden, Friedrich Engels einen schreibt und Bruno und Benjamin einen Kneipenbesuch machen

»Nein, nicht weiter, nicht weiter!« Sie schreit aus Leibeskräften und rennt über den steinigen Boden hinter August her. Er läuft auf eine Klippe zu, hinter der die Welt tief hinabstürzt. — Fast hat sie ihn erreicht, da überschreitet er ohne zu zögern den Rand. Starr vor Angst wartet sie auf das Geräusch des Aufpralls. — Nichts geschieht, sie läßt sich vorsichtig auf den Bauch nieder und robbt sich an den Abgrund heran. Unter ihr liegt ein Nebelfeld, auf das von oben die Sonne scheint. Zwischen den Wolkenfetzen taucht August auf und fliegt, klein wie ein Spielzeugsoldat, mit ausgebreiteten Armen umher.

Rieke fuhr erschrocken aus ihrem Traum hoch und ließ sich erleichtert wieder zurücksinken, als ihr einfiel, daß niemand von der Herrschaft im Haus war.

Schnell schlüpfte sie in die Kleider, sprang die Treppe hinunter und besprengte sich an der Hofpumpe das Gesicht mit kaltem Wasser. Margret stellte ihr in der Küche Kaffee und Weißbrot hin, Rieke sah durch das Fenster den Vögeln zu, die Frühlingsgezwitscher angestimmt hatten und in den Beeten pickten. Sie hatte zehn Stunden geschlafen und fühlte sich so kräftig und erfrischt wie schon lange nicht mehr.

Sie erzählte Margret von dem Samstagabend bei Löllgen und dem gestrigen Sonntag, den sie halb bei den Eltern, halb mit Bruno verbracht hatte, und ging dann in das Zimmer Caspar vom Bruchs, um es gründlich sauber zu machen. Am morgigen Dienstag sollte er aus Düsseldorf zurückkommen.

Im Gegensatz zu den Schlafgemächern seiner Frau und seiner Töchter, die mit geschnitzten Kirschholzmöbeln und Vorhängen voller Stickereien und Volants geschmückt waren, war der Raum des Hausherren spartanisch und karg eingerichtet. In der Ecke stand ein Stuhl, über den er seine Sachen hängte, daneben ein Schrank. An den Fenstern schlichte Vorhänge, das schmale Bett war mit einfacher Leinwand ohne Spitzen und Verzierungen bezogen, fast so grob wie die Bettwäsche des Gesindes.

Während Rieke die Wäsche wechselte, überlegte sie, was für eine Ehe die vom Bruchs wohl geführt haben mochten. Soweit sie das beurteilen konnte, schliefen sie nie in einem Zimmer, und Henriette vom Bruch hatte auch nicht den Eindruck einer zärtlich liebenden Gattin gemacht, was einen bei der Härte, Sturköpfigkeit und Brummigkeit des Gnädigen allerdings auch nicht wunder nehmen konnte.

Sie scheuerte den Holzboden mit Sand, kehrte diesen dann zusammen und rieb die breiten Dielen mit Öl ein. Es war eine Knochenarbeit, nach der ihr Knie und Rücken weh taten. Anschließend bezog sie auch die Betten der Mädchen frisch und ging nach einigem Zögern in das Zimmer der Hausherrin, das seit dem Mord niemand mehr betreten hatte. Rieke schauderte bei dem Gedanken, die Sachen der Toten zu berühren, deshalb rief sie nach Margret. Gemeinsam zogen sie das Bett ab und brachten das Zimmer in Ordnung.

»Was ist eigentlich mit den Briefen«, wisperte Rieke, »sie hat doch dauernd Briefe geschrieben. Die Polizei hat gesagt, sie hat keine gefunden.«

Vorsichtig zogen sie die Nachttischschublade auf, von der Rieke wußte, daß sie mit allerlei Schriftstücken gefüllt gewesen war. Jetzt war sie bis auf ein paar Spitzentaschentücher leer. Sie sahen sich an, hatten den gleichen Gedanken und liefen in den Salon zu Henriette vom Bruchs Sekretär. Dort bot sich ein ähnliches Bild. In den Fächern und Schubladen lagen Frauenzeitschriften, Theaterbilletts und Schreibfedern, aber kein einziges persönliches Dokument, das sie geschrieben oder empfangen hatte.

»Jemand hat die Briefe rausgenommen«, flüsterte Rieke. »Die Polizei hat nichts mitgenommen, das weiß ich genau.«

Margret ließ sich in einen Sessel fallen. »Dann war der Mörder im Haus, ohne daß wir es gemerkt haben.

***

Barmen, 17. März 1845

Lieber Marx,

Ich lebe Dir jetzt ein wahres Hundeleben. Durch die Versammlungsgeschichten und die »Liederlichkeit« mehrerer unserer hiesigen Kommunisten, mit denen ich natürlich umgehe, ist der ganze religiöse Fanatismus meines Alten wieder erweckt, durch meine Erklärung, den Schacher wieder dranzugeben, gesteigert – und durch mein offenes Auftreten als Kommunist hat sich nebenbei noch ein glänzender Bourgeoisfanatismus in ihm entwickelt. Jetzt denk Dir meine Stellung. Ich mag, da ich in vierzehn Tagen oder so weggehe, keinen Krakeel anfangen; ich lasse alles über mich ergehen, das sind sie nicht gewohnt, und so wächst ihnen der Mut. Bekomme ich einen Brief, so wird er von allen Seiten beschnüffelt, eh ich ihn erhalte. Da man weiß, daß es alles Kommunistenbriefe sind, so wird dabei jedesmal ein gottseliges Jammergesicht aufgesetzt, daß man meint, verrückt zu werden. Geh ich aus, dasselbe Gesicht. Sitz ich auf meiner Stube und arbeite, natürlich Kommunismus, das weiß man – dasselbe Gesicht. Ich kann nicht essen, trinken, schlafen, keinen Furz lassen, oder dasselbe vermaledeite Kindergottesgesicht steht mir vor der Nase. Ich mag ausgehen oder zu Hause bleiben, stillschweigen oder sprechen, lesen oder schreiben, lachen oder nicht, ich mag tun, was ich will, gleich setzt mein Alter diese infame Fratze auf.

Und jetzt ist ohnehin die fromme Saison hier im Hause. Heut vor acht Tagen sind zwei Geschwister von mir

konfirmiert, heute trollt die ganze Sippschaft zum Abendmahl – der Leib des Herrn hat seine Wirkung getan, die Jammergesichter von heut morgen übertrafen alles.
Wär's nicht um meiner Mutter willen, die einen schönen menschlichen Fonds und nur meinem Vater gegenüber gar keine Selbständigkeit hat und die ich wirklich liebe, so würde es mir keinen Augenblick einfallen, meinem fanatischen und despotischen Alten auch nur die elendeste Konzession zu machen. Aber so grämt sich meine Mutter ohnehin jeden Augenblick krank und hat gleich jedesmal, wenn sie sich speziell über mich ärgert, acht Tage Kopfschmerzen – es ist nicht mehr auszuhalten, und ich weiß kaum, wie ich die paar Wochen, die ich hier bin, noch aushalten soll. Doch das wird auch schon gehen.
Im übrigen ist hier nichts Neues. Die Bourgeoisie politisiert und geht in die Kirche, das Proletariat tut, wir wissen nicht was, und können's auch kaum wissen.
Adios.
Dein E.[18]

***

»Das glauben Sie doch selbst nicht, daß ich das drucke. Solche vagen Behauptungen können wir unseren Lesern nicht zumuten. Und der Zensor macht das sowieso nicht mit.«

Der Verleger Friedrich Staats sah seinen Redakteur tadelnd an. Er schätzte die Arbeit des jungen Mannes, der in den zwei Monaten, die er jetzt bei der »Barmer Zeitung« arbeitete, viel Engagement und Fleiß gezeigt hatte. Aber diesmal war er über das Ziel hinausgeschossen. In einem Artikel zum Mordfall vom Bruch hatte er geschrieben: »Da der Färber die Tat vehement bestreitet und es auch sonst begründete Zweifel an seiner Schuld gibt, haben Bür-

18 Marx-Engels-Gesamtausgabe III, 1, S. 270-273 (gekürzt)

ger dieser Stadt ihm einen kompetenten Rechtsbeistand zur Seite gestellt.«

»Sie sind ein Heißsporn«, sagte Staats, »und Sie sind parteilich. Das ist nicht gut für einen Journalisten.«

Bruno war in Eile, er hatte gleich Feierabend und keine Lust, sich zu streiten. »Schon gut, ich nehme es raus.« Er strich den Satz mit kratzender Feder durch und überflog den Artikel noch einmal.

> »Mordverdächtiger Färber verhaftet
>
> Der wegen des schaudererregenden Mordes an der Gattin seines Fabrikherrn in Verdacht geratene Färber wurde in der Nacht von Sonntag auf Montag auf der Gathe in Elberfeld verhaftet und ins Barmer Gefängnis eingezogen. Der Mann von ungefähr 20 Jahren hat angegeben, zusammen mit einem Dienstmädchen die Leiche entdeckt zu haben. Er bestreitet jedoch jede Beteiligung an dem Mord. Die Frau, so sagte er aus, habe bereits tot in einem Türkischrotkump gelegen. Die Behörden werten dies jedoch als Schutzbehauptung und sind weiter von seiner Schuld überzeugt. Das Dienstmädchen, das sich in der Begleitung des Färbers befand, wird immer noch polizeilich gesucht. Der Oberprokurator des Elberfelder Landgerichtes Köster von Kösteritz teilte der ›Barmer Zeitung‹ mit, daß er die Anklage vorbereite. Anfang Mai werde aller Voraussicht nach vor der Schwurgerichtskammer des Landgerichtes der Prozeß eröffnet.«

Bruno nahm seine Mütze und das Manuskript, das er noch abgeben wollte. Er war mit Benjamin Steckelings verabredet, um ein Treffen der Färbergesellen zu besuchen. Der Lehrling Josua war in der Mittagspause aufgeregt in die Redaktion gekommen und hatte von den Plänen einiger Färber berichtet, Samuel mit Gewalt aus dem Gefängnis zu befreien. Er hatte Angst um seine Kameraden und befürchtete Schlimmes, wenn sie versuchen würden, den Plan in die Tat umzusetzen.

Benjamin wartete im strömenden Regen vor der Redaktion. Sie lieferten das Manuskript in der nahegelegenen Druckerei ab und machten sich auf den Weg in eine Schankstube an der Bollwerkstraße, die ihnen der Lehrling beschrieben hatte. Die Wolken hingen schwer zwischen den Hügeln, und der Schein der Gaslaternen durchdrang kaum die neblige Luft. Am Alten Markt überquerten sie die Wupper, die bedrohlich angeschwollen war.

»Der Bürgermeister warnt vor Hochwasser«, sagte Bruno. »Sie machen die vielen neuen Straßen dafür verantwortlich, das Wasser kann nirgends ablaufen.«

»Sie bauen zu viel, die Stadt wächst ja rasant. Innerhalb der letzten vierzig Jahre hat sich die Bevölkerung mehr als verdoppelt, hörte ich.«

Benjamin Steckelings blieb unter einer Laterne am schmiedeeisernen Brückengeländer stehen, schaute in die dahinschießenden Fluten und deklamierte:

> »Der schmale Fluß ergießt bald rasch, bald stockend seine purpurnen Wogen zwischen rauchigen Fabrikgebäuden und garnbedeckten Bleichen hindurch; aber seine hochrote Farbe rührt nicht von einer blutigen Schlacht her, denn hier streiten nur theologische Federn und wortreiche alte Weiber, gewöhnlich um des Kaisers Bart; auch nicht von Scham über das Treiben der Menschen, obwohl dazu wahrlich Grund genug vorhanden ist, sondern einzig und allein von den vielen Türkischrot-Färbereien.«

Bruno staunte. »Du kannst es ja auswendig.«

»Die ›Briefe aus dem Wuppertal‹ gehören einfach zum besten, was ich kenne. Daran kann sich allenfalls noch unser guter Heine messen. Kennst du dieses schon:

> Michel! Fallen dir die Schuppen
> Von den Augen? Merkst du itzt,

Daß man dir die besten Suppen
Vor dem Maule wegstibitzt?

Als Ersatz ward dir versprochen
Reinverklärte Himmelsfreud
Droben, wo die Engel kochen
Ohne Fleisch die Seligkeit!«

Bruno lachte und fiel ein:

»Michel! Fürchte nichts und labe
Schon hienieden deinen Wanst,
Später liegen wir im Grabe,
Wo du still verdauen kannst.

Er ist wirklich ein Genius«, sagte er. »Schlimm nur, daß alle klugen Köpfe aus Deutschland weggehen. Heine und Marx haben schon die Flucht ergriffen, und Engels' Übersiedlung nach England steht auch bevor, hörte ich. Wir werden ein Land von Dummköpfen.«

Benjamin nickte. »Und von Duckmäusern.«

Ihre Hüte und Pelerinen waren schwer vor Nässe, als sie in der Branntweinstube ankamen. Gleich an der Tür des verräucherten Schankraumes standen zwei ärmlich gekleidete Mädchen mit einer Harfe. Eines spielte darauf, das zweite sang mit dünner Stimme ein Lied, das das Gegröle der Gäste jedoch kaum durchdrang. Schnell beendeten sie die Vorstellung und gingen mit aufgehaltenen Händen an den Tischen herum, aber statt ein paar Stüber ernteten sie nur Spott und Gelächter.

Hinter der Theke goß ein blondes Mädchen mit müdem Gesicht und schwarzen Ringen unter den Augen eine Reihe von Branntweingläsern voll. Sie lächelte die beiden jungen Männer an, die ein Bier bestellten und nach dem Hinterzimmer fragten. »Um elf bin ich frei. Wir könnten uns treffen«, flüsterte sie und kniff ein Auge zusammen. »Nur fünf Stüber, weil Sie so schöne, saubere Herren sind.«

Sie kippte ein halbes Glas Bier hinunter und rief plötzlich laut und ordinär: »Das ist doch alles Dreck hier, Gesindel, Fabrikpöbel. Abschaum ist das. Die wissen überhaupt nicht, wie man mit 'ner Frau umgeht!«

Ein dunkelhaariger junger Mann trat an die Theke. »Greta, laß die Herren in Ruhe. Und Gesindel und Pöbel haben wir hier nicht, auch keinen Abschaum, verstanden? Sind Sie der Anwalt und der Redakteur? Ich bin Max Ketterer, kommen Sie mit nach hinten.«

Im Hinterzimmer saßen etwa fünfzehn Burschen um mehrere schiefe Holztische herum, auf denen Branntweinflaschen standen. Das Stimmengewirr verstummte, als die drei sich an einen Tisch setzten. Ein junger Mann sprang auf, das Gesicht wutverzerrt, und brüllte: »Die Pinkel brauchen wir nicht, das sind sowieso Verräter. Wer sagt euch, daß das keine Spitzel sind? Los, macht, daß ihr rauskommt!«

Er wollte sich auf die Neuankömmlinge stürzen, wurde aber von anderen festgehalten und wieder auf seinen Stuhl gedrückt.

»Er hat recht, die Schönschwätzer haben uns noch nie was gebracht«, kam es aus einer anderen Ecke.

Max Ketterer stand auf. »Freunde, ich beschwöre euch! Haltet erst mal still und hört euch an, was die beiden zu sagen haben. Wir müssen einen kühlen Kopf bewahren, sonst geht es uns wie Samuel.«

»Wir haben lange genug stillgehalten. Da bauen sie ja drauf, daß wir stillhalten. Es reicht, wir holen Samuel da raus und machen sie alle einen Kopf kürzer! Hat einer von den Schweinen uns schon jemals geholfen? Die haben uns immer nur in den Hintern getreten.«

Die meisten waren gereizt und voller Zorn. Die Lehrlinge saßen dazwischen und schauten betreten zu Boden.

Max ergriff wieder das Wort. »Kameraden, bleibt vernünftig. Mir fällt es bestimmt am schwersten, wenn ich daran denke, wie mich diese Unmenschen im Kerker gequält haben. Aber wenn wir radikal vorgehen, bringt uns das den sicheren Tod, auch wenn er noch so ehrenvoll ist. Das kann erst unser letztes Mittel sein. Das würde auch Samuel so sehen. Ich verspreche euch, wenn alles andere versagt, bin ich der erste, der das Gefängnis stürmt. Hört zuerst die Herren hier an. Sie stehen auf unserer Seite und sind bestimmt keine Spitzel. Dafür lege ich meine Hand ins Feuer.«

Benjamin stand auf. Ihm war unbehaglich, der Schweiß rann ihm den Rücken hinunter. »Ich heiße Benjamin Steckelings, bin Advokatanwalt und habe Samuels Verteidigung übernommen. Und das ist Bruno Laponte, Redakteur der ›Barmer Zeitung‹. Wir sind überzeugte Kommunisten und machen uns ebensolche Sorgen um Samuel wie ihr. Wir wollen Beweise sammeln und sind recht zuversichtlich, daß wir welche finden. Dann bekommen wir ihn frei, und es braucht kein Blutvergießen zu geben. Wir bitten euch um Geduld, es dauert noch fünf Wochen, bis der Prozeß beginnt. Bis dahin können wir einiges bewegen. Wir bitten euch auch um eure Unterstützung, indem ihr euch so lange nicht auffällig verhaltet, bis unsere Ermittlungen abgeschlossen sind. Außerdem solltet ihr alles, was ihr in Erfahrung bringen könnt und was uns helfen kann, weitergeben.«

Er setzte sich und wischte den Schweiß von der Stirn. Die Vorstellung war nicht sehr überzeugend gewesen.

»Geduld! Geduld! Unser ganzes Leben hatten wir Geduld! Und was hat es gebracht? Nicht das Schwarze unter dem Fingernagel! Ich scheiße auf Geduld!« Der Zornige war wieder aufgesprungen und trat mit aller Kraft gegen den Tisch.

Bruno wurde heiß und kalt. Wie sollte man eine solche Stimmung abkühlen? Er stand auf und versuchte, während er sprach, jeden einzelnen anzusehen.

»Ich verstehe euren Zorn. Noch nie in meinem Leben habe ich so viel Unrecht erlebt wie hier in diesem Wuppertal. Ihr habt recht, euch so zu ereifern, und ich verstehe sehr gut, daß ihr glaubt, nur noch Gewalt könne weiterhelfen. Manchmal bin ich auch soweit, das zu glauben. Aber zur Zeit haben wir keine Waffengleichheit. Samuel ist so gut bewacht wie kein anderer Gefangener. Da sind Gendarmen und Milizen, alle bis an die Zähne bewaffnet. Bevor ihr die Türen überhaupt erreichen könnt, habt ihr eine Kugel im Kopf. Freunde, das gibt ein Schlachtfest, aber nicht für euch, sondern für die anderen. Ich bin sicher, sie warten nur darauf, daß ihr ihnen Gelegenheit gebt, ihre Macht zu demonstrieren. Helft ihnen nicht bei diesem Spiel. Und Samuel wird es gar nichts nützen, nicht das geringste.«

Brunos Worte fielen auf fruchtbaren Boden, zumindest vorläufig. Der Zornige sagte nichts mehr, Josua nickte anerkennend, und die Zwillinge grinsten bis zu den Ohren. Benjamin und Bruno verabredeten mit Max, Kontakt zu halten und ihn über alles Weitere zu informieren. Er gab ihnen fünf Branntweinflaschen für Samuel mit, für die die Färber gesammelt hatten.

Auf dem Rückweg mußten Bruno und Benjamin kleine Bäche überspringen, die sich aus dem stetig niederfallenden Regen speisten und über die Straße der Wupper zuflossen. Am Alten Markt waren sie bis auf die Haut durchnäßt und gingen in eine Schenke, um bei einem heißen Grog die nächsten Schritte zu besprechen.

»Wir müssen herausfinden, wo die vom Bruch hingegangen ist. Diese Weißnäherei ist eine Spur«, sagte Benjamin.

»Aber wie stellen wir es an? Wenn wir einfach hingehen und sagen, wir wissen, daß sie die Ermordete kannten, sind die gewarnt. Dann finden wir gar nichts raus.«

Bruno trommelte mit den Fingern auf den Tisch. »Rieke könnte unter einem Vorwand hingehen. Ich weiß bloß nicht, ob wir sie damit in Gefahr bringen.«

»Jemand von uns könnte ja in ihrer Nähe bleiben«, sagte Benjamin. »Du gehst mit und bleibst auf der anderen Straßenseite stehen.«

8. Kapitel

in dem Rieke Begegnungen an der Wupper und nachts im Salon hat, einen Besuch in der Unteren Dörnerstraße macht und danach krank wird

Rieke stellte die flackernde Kerze in eine geschützte Mulde, damit sie vom Nachtwind nicht ausgeblasen wurde. Sie setzte sich auf einen Felsbrocken oberhalb des Wupperufers und wartete auf Bruno, mit dem sie, wie fast jeden Abend, hinter dem Kuhstall bei den Holzgestellen zum Garntrocknen verabredet war. Manchmal erschrak sie bei dem Gedanken, Bruno könne nicht mehr kommen, so sehr gehörte er schon zu ihrem Leben. Sie mußte sich ins Gedächtnis rufen, daß sie ihn erst einige Wochen kannte.

Der Fluß war durch die Schneeschmelze im Bergischen Land, in dem die Wupper entsprang, und den vielen Regen zu einem Strom angeschwollen und brodelte rasch nach Westen. Rieke erinnerte sich an die Landkarte in der Schule mit der kleinen, sich schlängelnden Wupper, die dem breiten Rheinstrom und schließlich gemeinsam mit diesem dem großen Meer zufloß, das hinter Holland begann. Allein bis dahin war es schon so weit, daß sie es sich nicht vorstellen konnte. Zwei Tage war man mit dem Dampfschiff von Düsseldorf bis Rotterdam unterwegs, hatte sie gehört. Wie schön wäre es, sich einfach über den Fluß zu erheben und davonzuschweben, weiter und weiter fort, bis nach Amerika. Ob dort der gleiche Mond schien, der ab und zu hinter den Wolken hervorkam und die Wupper glänzen ließ?

Die Flammen irrlichterten über den Wassermassen, und sie dachte an August, dessen helle Stimme sie nachts in ihren Träumen hörte. Er sprach oft zu ihr, aber sie verstand nicht immer, was er sagte.

Es knackte in dem Gebüsch an der Ecke des Kuhstalls, und sie starrte in der Erwartung, Bruno auftauchen zu sehen, ins Dunkle. Niemand kam, statt dessen hörte sie es zischen. Ihr Herz klopfte heftig, bis sie im Aufleuchten des Mondes Idas Gesicht zwischen den Zweigen sah. »Pscht, Rieke, schau, was ich habe.«

Rieke stand erleichtert auf und ging auf sie zu. Idas Augen glänzten. Rieke sah, daß sie ein Kleid mit Krinoline und weit gebauschtem Rock aus türkischrotem Stoff trug. Ein tiefer, mit rotweißen Litzen besetzter Ausschnitt ließ ihre kindlichen Schultern und ihr mageres Dekolleté frei. Sie faßte den Rock mit beiden Händen und tänzelte gespreizt auf und ab.

»Was machst du hier, sie suchen dich«, flüsterte Rieke, »paß auf, überall ist Polizei.«

»Sie finden mich nicht, ich mache mich unsichtbar. Wenn ich nicht will, sieht mich niemand, sieht mich niemand!« Ida war betrunken und drehte sich mit schwingendem Rock im Kreis. »Außerdem habe ich einen König, der mich beschützt. Ich habe einen Märchenkönig, und ich bin seine Prinzessin, mir tut keiner was. Ich lebe jetzt im Paradies.« Sie blieb ruckartig stehen und sah Rieke böse an. »Nicht so ein Misthaufen wie das hier, nicht so ein Dreck, so ein Schweineleben.« Sie spuckte aus. »Und du, du läßt das alles mit dir machen, du läßt dich von den Schicksen rumschikanieren, bah, von diesem Abschaum. Ich hasse sie, oh, wie ich sie hasse!«

Rieke konnte sich nicht vorstellen, woher Ida das Kleid hatte. Es gab kaum einen Weg für ein armes Mädchen, so viel zu verdienen, um so etwas zu kaufen, selbst dann nicht, wenn es von Männern Geld nahm.

Ida wechselte wieder den Gesichtsausdruck, nestelte an ihrem Ausschnitt und zog ein Stück von ihrem weißen Spitzenhemd hervor. »Hier, das schenkt er mir, alles schenkt er mir. Damit ich hübsch bin für ihn, für meinen schönen, schönen Prinzen.«

Sie schlug den Rock des Kleides und einen üppigen weißen Unterrock hoch und streckte ihr Bein in die Luft, das in einer langen, weißen Spitzenunterhose steckte. »Ein feines Froschschenkelchen, für meinen feinen Königsprinzen«, fauchte sie. Dann hielt sie inne und witterte in die Luft. »Da ist jemand!«

In diesem Augenblick schob sich eine Wolke vor den Mond, und

Ida verschwand so schnell in der Dunkelheit, als habe sie sich aufgelöst.

Auf einmal stand Bruno neben ihr. Rieke war erleichtert und erzählte von dem kurzen Besuch. Sie sorgten sich um Ida, die in höchster Gefahr schwebte, verhaftet zu werden, und rätselten herum, wer ihr Märchenprinz sein und ihre Ausstaffierung bezahlt haben mochte.

»Was sie wohl mit dem Froschschenkelchen gemeint hat«, überlegte Rieke.

»Es gibt alte Kerle, die ganz junge Mädchen wollen und dafür bezahlen, vielleicht hat sie so einen gefunden.« Bruno sah Rieke von der Seite an.

Rieke schüttelte sich, sie mochte an so etwas nicht glauben. »Aber sie liebt doch Samuel, das hat sie mir gesagt.«

»Er wird ihr Schnaps geben, den braucht sie mehr als alles andere. Darüber vergißt sie Samuel. Ich wundere mich nur, daß sie nicht gefaßt wird, die sind doch wie wild hinter ihr her.«

Der Himmel hatte sich zugezogen, und ein kalter Wind fegte über den Fluß. Bruno nahm Riekes Arm und schlug vor, in ein Kaffeehaus am Werth zu gehen. Sie machte ein abweisendes Gesicht, weil sie sich nicht immer von ihm einladen lassen wollte.

»Ich habe eine Sonderzahlung von Staats bekommen«, sagte Bruno, der ihre Gedanken erriet, »das braucht dir wirklich nichts auszumachen.«

Es fing an zu regnen, und sie rannten an der Manufaktur vorbei, wo die Färber gerade Feierabend machten, zum Alten Markt.

»Vom Bruch ist wieder da, er ist wie versteinert«, sagte Rieke, als sie in der warmen Gaststube saßen. »Ich glaube, er trauert wirklich um die Gnädige. Wir sehen ihn kaum, er ißt auch fast nichts. Bis spät abends sitzt er im Kontor und geht dann gleich schlafen. Zur Zeit haben wir wirklich wenig Arbeit.«

»Genieße es. Wenn die Töchter zurückkommen, wird es sicher wieder anders.«

Bruno erzählte Rieke von dem vorangegangenen Abend bei den

Färbern. »Es muß etwas passieren, sonst stürmen sie noch das Gefängnis. Das würde ein schreckliches Blutvergießen geben. Wir müssen dringend weiterkommen.«

»Ich habe schon überlegt, ob ich noch einmal in die Weißnäherei gehe«, sagte Rieke, »ich tue einfach so, als trauere ich um die Gnädige und hätte das Bedürfnis, über sie zu sprechen.«

»Das ist genau das, was Benjamin und ich uns überlegt haben.« Bruno war erleichtert, daß Rieke von selbst auf den Gedanken gekommen war. »Aber ich begleite dich, damit dir nichts passiert.«

Von der Gemarker Kirche schlug es zehn, und Bruno winkte der Kellnerin, um zu bezahlen. Rieke legte die Hände um ihre Kaffeetasse und sah auf den Tisch.

»Was ist los, du hast doch was?«

Rieke wurde rot, sie wußte einfach nicht, wie sie es ausdrücken sollte. »Ich denke über uns beide nach«, sagte sie schließlich, »wir sehen uns immer öfter.«

»Und, gefällt dir das nicht?«

»Doch, natürlich. Das ist ja das Problem. Es gefällt mir vielleicht zu sehr.«

Bruno sah erleichtert aus. »Warum ist das ein Problem?«

Rieke blickte ihm fest in die Augen. »Bruno«, sagte sie, »wir dürfen uns nichts vormachen. Ich bin nur ein Dienstmädchen, und du bist ein Redakteur mit einem guten Jahresgehalt. Du bist klug und hast etwas gelernt, ich dagegen kann nichts außer waschen und putzen und ein bißchen nähen. Außerdem habe ich keinen Pfennig und werde auch nie einen haben. Von meinen Eltern jedenfalls ist kein Stüber zu erwarten. Auf die Dauer ist der Unterschied zwischen uns zu groß.«

Jetzt lachte Bruno. »Und sonst hast du keine Sorgen? Das ist wirklich alles?«

»Ich finde, das reicht«, sagte Rieke und stand auf. »Mutter hat immer gesagt, man soll in seinem Stand bleiben, alles andere bringt Unglück.«

»Dann richten wir uns also jetzt danach, was deine Mutter sagt? In allem?«

Rieke lachte, aber richtig wohl war ihr nicht.

Auf dem Heimweg ging sie unsicher neben ihm her. Er schaute sie von der Seite an und hielt ihr schließlich den Arm hin. Vorsichtig schob sie ihre Hand darunter.

An der Wupperbrücke am Alten Markt sahen sie, daß das Wasser bald über die Ufer treten würde.

Sie besprachen, gleich am nächsten Vormittag zu der Weißnäherei zu gehen. Bruno konnte einen dienstlichen Termin vorschützen, und Rieke kontrollierte zur Zeit sowieso niemand.

»Es könnte ja auch sein, daß ich dir eines Tages nicht mehr gut genug bin«, sagte Bruno, als sie vor dem Hintereingang der Villa standen, und strich Rieke eine Haarsträhne aus dem Gesicht. Ihre Haut war naß und kühl, und er küßte sie schnell auf die Wange.

***

Der Schrei soll verschwinden und sich nicht in ihr Herz bohren wie eine spitze Nadel. Scharf dringt er in ihr Zentrum und verwandelt sich in Augusts Stimme, die nun einen hohen Ton hält, ohne Atem zu holen. — Sie läßt Bruno los und gleitet auf dem Ton in den Himmel hinauf. Über einem tiefblauen Abgrund stürzt sie nach oben, bis sie über der Welt schwebt. Ihr Herz wird so leicht und frei, wie es noch niemals gewesen ist. »Du kannst nicht zu mir kommen«, sagt August, »finde es.« — »Was, was soll ich finden?« ruft sie verzweifelt und läuft über ein weites Stoppelfeld gegen einen Sturm an. »Was, August, was?« ruft sie immer wieder, »was soll ich finden?«

Die Kristallgläser in der Kirschbaumvitrine klirrten, weil Rieke mit ausgestreckten Armen dagegen gelaufen war. Verwirrt schaute sie sich um und fand sich im Nachthemd im Salon wieder. Im spärlichen Licht einer Kerze saß Caspar vom Bruch mit geröteten Augen in dem großen Lehnsessel. Die Standuhr, die in der Ecke tickte, zeigte kurz vor zwei.

Nach einer Weile faßte sie sich und knickste. »Verzeihung, gnädiger Herr, ich glaube, ich bin schlafgewandelt.«

»Ich schlafe nicht, Kind, keine Nacht kann ich mehr schlafen!« Er sank wieder zusammen und starrte vor sich hin. Rieke wußte nicht, ob sie gehen oder bleiben sollte.

»Seit dem Tod meiner Frau habe ich kein Auge mehr zugetan, keine Minute«, flüsterte er, »ich glaube, das ist schlimmer als der Tod.«

Rieke sah ihn mitleidig an. »Soll ich dem gnädigen Herrn eine Milch mit Honig machen? Margret sagt, es hilft gegen Schlaflosigkeit.«

»Mach dir auch eine und setz dich zu mir.«

In der Küche schürte sie den Rest des glimmenden Feuers, erhitzte sie die Milch und gab einen großen Löffel Honig in jede Tasse. Bevor sie zurück in den Salon ging, nahm sie Margrets Umschlagtuch um die Schultern.

Sie stellte vom Bruch seine Tasse hin und setzte sich mit ihrer an die andere Seite des runden Tisches.

»Ich vermisse sie«, sagte Caspar vom Bruch. »Es gibt keine Minute, in der ich nicht an sie denke, an ihre Güte, und wie sie das Haus mit Leben erfüllt hat.«

Rieke verbrannte sich fast die Zunge an der heißen Milch. Was sollte sie sagen? Ihm beipflichten? Es wäre eine Lüge, aber eine, die ihn in seinem Kummer trösten konnte.

»Sie war eine gute Herrin, auch wir vermissen sie«, sagte sie schließlich.

Die Tränen strömten ihm aus den Augen, und er bedeckte sein Gesicht mit den Händen. Rieke war es peinlich, ihn so zu sehen, und sie überlegte, ob sie sich einfach davonstehlen sollte.

»Ich glaube, ich war oft kein guter Ehemann«, stieß er hervor, »ich habe mehr an mein Geschäft gedacht als an sie. Dafür hat Gott mich gestraft. Ich bereue es so sehr.« Er trank von der Milch und sah Rieke an. »Ich möchte dir zehn Stüber mehr die Woche geben«, sagte er, »erzähle mir von dir, Kind, woher kommst du? Was ist mit deinen Eltern?«

Rieke berichtete, daß ihr Vater sehr krank sei und ihre Mutter einen Webstuhl betreibe. »Mein Bruder ist kürzlich gestorben«, sagte sie und setzte mit plötzlicher Entschlossenheit hinzu: »Mutter ist zu arm, um einen Arzt zu bezahlen, deshalb mußte er sterben.«

»Ich werde alles bezahlen, alles!« Caspar vom Bruch verbarg das Gesicht wieder in den Händen. »Sie soll nur die Rechnung schicken.«

»Es ist zu spät«, sagte Rieke traurig, »für meinen Bruder ist es zu spät. Er ist am gleichen Tag gestorben wie die gnädige Frau.«

Caspar vom Bruch starrte vor sich hin und beachtete sie nicht mehr. Rieke nahm die beiden halbvollen Tassen und verließ knicksend den Raum. Als sie die Stiege hoch in ihre Kammer huschte, merkte sie, daß ihr eiskalt geworden war.

***

Der Regen hatte sein Getröpfel am Vormittag unterbrochen, aber die Wupper war über die Ufer getreten und hatte den Alten Markt unter Wasser gesetzt, so daß sie ihre Schuhe und Strümpfe ausziehen mußten, um ihn zu überqueren.

Wie bei ihrem ersten Besuch in der Unteren Dörnerstraße dauerte es eine Weile, bis Rieke das etwas zurückliegende verschieferte kleine Haus fand, in dessen Erdgeschoß Celeste Chamier ihre Weißnäherei betrieb. Bruno blieb am Ende der Straße stehen, und sie verabredeten, daß er nach ihr sehen würde, wenn sie innerhalb einer Viertelstunde nicht zurück war.

Celeste Chamier freute sich über Riekes Besuch, fast, als habe sie sie erwartet.

»Immer habe ich gedacht, wann kommt meine kleine *somnambule* wieder vorbei.« Ihre braunen Augen strahlten, und auf ihren Lippen lag ein Glanz.

Rieke knickste verlegen. Die Französin kam ihr fast noch schöner vor als bei ihrem ersten Besuch, und die Verkaufsstube war wieder von dem angenehmen Geruch von Wiesenkräutern erfüllt. An den Wänden waren neue, kunstvoll bestickte Wäschestücke dekoriert. Rieke vergaß vor Entzücken fast ihren Auftrag.

»Ich bin so traurig über den Tod Frau vom Bruchs, ich kann es gar nicht verwinden«, sagte sie mit schlechtem Gewissen, weil sie wieder log, wie in der letzten Nacht. »Vielleicht können Sie mir helfen, Trost zu finden und mit anderen Menschen zu sprechen, die sie auch kannten?«

Celeste setzte sich, nahm Rieke bei den Händen und zog sie zu sich. »Es ist gut, daß du zu mir kommst. Höre, mein Kind. Am Mittwoch haben die Brüder und Schwestern der Kinder Zions eine Andacht, in der wir gemeinsam für unsere Verstorbenen beten. Du hast doch von den Kindern Zions gehört?«

Rieke schüttelte den Kopf. »Ich weiß nur, daß Frau vom Bruch zweimal in der Woche fortgegangen ist, sie hat nicht gesagt, wohin. Ich vermute, daß es eine religiöse Gemeinschaft ist, weil sie einmal von einer Mission gesprochen hat.«

»Das ist richtig, wir sind eine freie Gemeinschaft und haben mit den Pietisten und Gottsuchern in diesem Tal nichts gemeinsam. Ja, unsere Henriette war ein wertvolles Mitglied in unserem Kreis. Wir beten viel für sie, weil ihr ein so grausames Schicksal beschieden war. Dann ist sie mitten unter uns, und der Schmerz wird erträglicher. Wir wissen, daß sie nicht wirklich fort ist, sie ist nur in einen anderen Zustand übergegangen. Der Tod ist in Wirklichkeit nichts Schlimmes. Wenn wir lernen, daß er nicht den endgültigen Verlust eines geliebten Menschen bedeutet, können wir ihn besser ertragen. Manchmal steht er uns sogar wie ein Trost vor Augen.«

Das stimmte, Rieke machte gerade die gleiche Erfahrung mit August.

»Aber höre, Kind«, sagte Celeste, »wie steht es nun im Hause der vom Bruchs? Was ist mit dem Mörder? Er ist doch wohl im Gefängnis? Hoffentlich gut bewacht?«

Rieke erzählte von der Trauer des Herren, aber, so hatte sie mit Bruno verabredet, nichts von ihren Zweifeln an der Schuld Samuels. Und daß am nächsten Montag die jungen Damen aus Erkrath zurückerwartet wurden, wo sie sich in der Obhut der Großmutter befanden.

»Möchtest du denn in dem Haus bleiben?«

Celestes braune Augen strahlten so offen und liebenswürdig, daß Rieke wieder verlegen wurde. »Ich weiß nicht so recht. Vorerst ja«, sagte sie, »ich möchte den gnädigen Herrn jetzt nicht im Stich lassen.«

Celeste nahm Riekes Hände und musterte sie eingehend. »Schöne, feine Hände, zum Nähen wie geschaffen. Kannst du nähen?«

»Ein wenig. Ich hätte es gern richtig gelernt, aber es war nie Zeit dazu. Ich habe Kleider für mich und meinen Bruder genäht und ihm manchmal Püppchen gemacht, das hat ihn gefreut.«

»Ich könnte ein Lehrmädchen gebrauchen. Hättest du Lust dazu?«

Rieke durchfuhr es heiß, denn Celeste Chamier sprach ihren geheimsten Traum aus. Solche Kostbarkeiten zu sticken, womöglich sogar das Entwerfen und die Schnittechnik von richtigen, eleganten Kleidern zu lernen, das war das Schönste und Aufregendste, was sie sich vorstellen konnte.

Sie war um Punkt elf in den Laden gegangen. Jetzt schlug die erste Viertelstunde, und sie mußte sich beeilen, damit Bruno sich keine Sorgen machte.

Sie könne es sich ja überlegen, sagte Celeste zum Abschied. Vorerst solle sie am Mittwochabend um acht bei ihr sein, dann könne man gemeinsam in die Andacht gehen.

»Sie wird übrigens von Monsieur Frédéric geleitet. Hat Henriette dir jemals von ihm erzählt?«

»Nein, niemals. Sie hat gar nicht darüber gesprochen, was sie getan hat, wenn sie fort war.«

Rieke knickste und merkte, als sie den Weg zur Straße zurücklief, daß sie gern noch geblieben wäre.

»Nicht Dienstag und nicht Donnerstag«, sagte Bruno nachdenklich, als Rieke berichtete, »das scheint nicht die Veranstaltung zu sein, zu der Frau vom Bruch gegangen ist. Ich werde hinter euch hergehen.«

»Ich fürchte mich nicht, Bruno, sie ist sehr freundlich. Ich kann mir nicht vorstellen, daß sie etwas Schlechtes tut. Ich habe wirklich selten eine so liebenswürdige Dame kennengelernt, und stell dir vor, ich könnte wirklich nähen lernen, dann könnte ich später auch mal eine Weißnäherei aufmachen und viel Geld verdienen.« Rieke redete sich in Eifer, während Bruno immer stiller wurde.

»Möchtest du nicht, daß ich das tue?« Rieke unterbrach sich erschrocken, als sie Brunos Einsilbigkeit bemerkte.

»Doch, sehr gern sogar. Ich möchte, daß du alles lernst, was du möchtest. Aber erst einmal sollten wir unser Ziel nicht aus den Augen verlieren.«

Sie gingen schweigsam nebeneinander her über eine hochgelegene Wiese, von der aus sie das Tal mit seinen sanft geschwungenen Hügeln übersehen konnten. Breit und glänzend schlängelte sich die Wupper hindurch, die an vielen Stellen über die Ufer getreten war. Die Sonne war hervorgekommen und wärmte die dampfende Erde. Ein Geruch lag in der Luft, der Rieke schwindelig machte vor Sehnsucht, aber sie wußte nicht, wonach. Eine Mattigkeit stieg in ihr hoch, am liebsten hätte sie sich ins Gras gelegt und die Augen geschlossen.

»Montag kommen die Mädchen wieder«, sagte sie nach einer Weile, »ich glaube, dann können wir uns nicht mehr so oft sehen. Sie werden mich auf Trab halten. Aber dem Herrn wird's gut tun, wenn wieder Leben im Haus ist.«

»Dann laß uns noch ein bißchen zusammenbleiben. Sollen wir etwas essen gehen? Ich kenne eine gute Gastwirtschaft ein Stück hinter dem Bruch.« Bruno ergriff Riekes Hand. »Wir müssen dringend beratschlagen, was wir noch tun können. Ich fürchte, die Zeit wird langsam knapp.«

Die Adlerbrücke und den Bruch mußten sie wieder barfuß überqueren, das Wasser schwappte bis zum Haus der Engels. Rieke spähte um die Ecken, ob sie Sarah entdeckte, die sie Bruno gern vorstellen wollte.

»He, juhuu! Sarah!« Rieke hatte über eine Hecke hinweg die Freundin entdeckt, die im Obstgarten Wäsche aufhängte und freudig winkend heranlief.

Rieke machte sie mit Bruno bekannt, aber Sarah war so aufgeregt, daß sie ihn kaum richtig begrüßen konnte. »Wie gut, daß ich euch sehe«, keuchte sie, »ich wollte schon bei vom Bruch vorbeikommen. Es ist sehr wichtig. Karl, Rieke, du weißt, mein zukünftiger Mann, ist doch bei der Polizei. Und er ist jetzt zum Wachpersonal von Samuel Kienholz abgeordnet worden. Er sagt, der Samuel war es nicht, nie und nimmer. In der Nachtwache hat er ihm alles erzählt, und Karl sagt, er glaubt ihm. Nun weiß er nicht, was er tun soll. Ich habe schon überlegt, ob ich mit dem jungen Herrn Engels darüber sprechen soll, aber er ist nicht sehr gut gelaunt und denkt nur noch an seine Abreise. Außerdem kann er sowieso nichts machen. Neulich hat er zu mir gesagt, die Polizei sei auch ihm auf den Fersen, wegen dem Kommunismus.«

»Können wir deinen Karl treffen? Kann er vielleicht morgen zum Löllgen kommen?« Bruno war aufgeregt.

»Ich glaube nicht, daß das geht, er hat mir gesagt, niemand dürfe ihn mit den Kommunisten in Verbindung bringen, dann sei er sofort seine Arbeit los.«

»Vielleicht kann er dir sagen, wann er Dienst hat«, schlug Rieke vor, »dann kann Benjamin ins Gefängnis gehen und Samuel wenigstens etwas Schnaps bringen.«

Sarah versprach, Karl zu fragen und am nächsten Morgen Bruno in der Redaktion Bescheid zu sagen. Vom Haus aus wurde gerufen, sie winkte und rannte zu ihrer Wäsche zurück.

Das Lokal war mit schweren, geschnitzten Möbeln eingerichtet, auf den Tischen lagen blau-weiß karierte Decken aus bergischem Doppelstein.[19] Sie setzten sich und bestellten Rouladen.

Bruno redete ununterbrochen von Samuel und stellte verschiedene Überlegungen über dessen Situation an.

Rieke saß müde am Tisch, sie fror, und die Augen fielen ihr fast zu. Vor Brunos Worte schoben sich weiße Spitzenröcke mit Streublumen in Pastellfarben, Seide auf Organza gestickt. Dazu Goldschnürchen als Dekoration für den Saum. Sie ging im Geiste die Anleitungen zum Sticken von Bordüren aus der »Allgemeinen Muster-Zeitung« durch, nach denen die vom Bruch'schen Töchter ihre Handarbeiten anfertigten.

19 Im 18. und 19. Jahrhundert Exportschlager der Bergischen Textilindustrie – ein blau-weiß gewürfeltes Gewebe, das als Sklavenkleidung nach Übersee verkauft wurde.

»He, träumst du?« Bruno rüttelte sie sanft am Arm. Rieke schrak hoch. »Ich habe dich gefragt, ob du weißt, wie die Gemeinschaft heißt, zu der Frau vom Bruch gehörte.«

»Irgendwas mit Kindern«, murmelte Rieke, »ich glaube, Kinder Zions hat sie gesagt.«

»Das klingt nach diesem Verrückten aus Ronsdorf, wie hieß er noch mal? Eller?«

»Elias Eller. Er hat vor hundert Jahren eine Gemeinde gegründet, die nannte sich Zionskreis.«

Rieke dachte an ihre Mutter, die ihr mit Grabesstimme von den Verfehlungen dieser Gottlosen erzählt hatte. Der Elberfelder Handwerker Elias Eller war durch die Heirat mit einer Witwe, die um etliches älter war als er, vermögend geworden. Er gründete den Zionskreis, zog nach Ronsdorf und sammelte dort eine rasch anwachsende Gemeinde um sich, die unzüchtige Liebesmahle und Schwelgereien im Namen Gottes veranstaltete. Eller verstieß seine Frau, lebte mit dem jungen Nähmädchen Anna vom Büchel in Sünde und zeugte Kinder mit ihr. Sie wurde Zionsmutter genannt, und man sagte ihr nach, sie habe Gesichte gehabt und geglaubt, sie werde den Gottessohn gebären. Statt dessen bekam sie nur Töchter und erst später einen Sohn, und die meisten ihrer Kinder starben.

»Sie haben ausschweifend und unzüchtig gelebt«, sagte Rieke und wurde rot. »Meine Mutter nennt sie die Freßfienen.«

»Freß- was?«

»Die Fienen sind die Pietisten, weil sie etwas Besseres sind als die anderen. Dann gibt es die Freßfienen, das sind die, die immer gut zu essen haben, und die Schmachtfienen, die haben immer Hunger. So wie wir zu Hause«, setzte Rieke leise hinzu.

»Aber fein sind sie alle, was? Kennst du auch den Pastor Krummacher? Engels hat über ihn geschrieben, und auch der Dichter Goethe hat seine Predigten als narkotisch bezeichnet. Hier im Wuppertal gibt's wirklich nichts, was es nicht gibt.« Bruno lachte.

Rieke dachte daran, wie ihre Mutter sie und August vor zwei Jahren zu Weihnachten mit in die Gemarker Kirche genommen hatte, wo der berühmte Dr. Friedrich Wilhelm Krummacher predigte.

Sie konnte sich nicht mehr an die Worte des Pfarrers erinnern, nur daran, wie er wild gestikulierend auf der Kanzel gestanden und manchmal laut gebrüllt hatte. Die Kirche barst aus allen Nähten, man hatte sogar die Kirchenfenster ausgehängt, weil viele Leute draußen standen, die auch noch etwas mitbekommen wollten. Einige Gemeindemitglieder waren in lautes Schreien ausgebrochen, andere hatten geklagt und geschluchzt. Ihre Mutter war stumm geblieben, aber die Tränen waren ihr heruntergelaufen. Es war das einzige Mal gewesen, daß Rieke sie hatte weinen sehen. Der damals vierjährige August war überhaupt nicht beeindruckt, sondern fing an zu kichern, und Rieke mußte ihn mehrmals ermahnen, damit er aufhörte. Zum Glück hatte ihre Mutter inmitten der jammernden Masse nichts davon gemerkt, sie war von der Predigt über alle Maßen ergriffen und schwärmte auch über die Weihnachtstage hinaus immer wieder davon.

Die Rouladen wurden aufgetragen, als Beilage gab es Kartoffeln und Kappes. Rieke fühlte sich immer schwächer, ihr war abwechselnd heiß und kalt, sie hatte kaum Appetit und stocherte auf ihrem Teller herum. Bruno sah sie besorgt an und legte seine Hand auf ihre Stirn.

»Ich glaube, du hast Fieber, deine Stirn ist ganz heiß! Du mußt sofort nach Hause und ins Bett!«

Sie sank erschöpft zurück und sah Bruno zu, wie er in Windeseile sein Essen verschlang und bezahlte.

Rieke nahm alles nur noch durch einen Nebel wahr. Bruno führte sie vorsichtig und trug sie über die überfluteten Stellen. Sicher hatte sie sich durch das Barfußlaufen erkältet.

Margret schlug die Hände über dem Kopf zusammen, als sie ihr fiebriges Gesicht fühlte. Sie machte Rieke einen Lindenblütentee mit Honig und schickte sie sofort ins Bett.

9. Kapitel

in dem der Oberprokurator nach Fakten verlangt, das Wasser steigt, Rieke schon wieder schlafwandelt und eine Verlobung ins Haus steht

Karl Thiemann knipste Benjamin kaum merklich ein Auge zu. Mit Blick auf den zweiten Gendarmen, der am Tisch saß und in eine Zeitung vertieft war, sagte er laut: »Das muß ich konfiszieren, das ist nicht erlaubt.« Er nahm Benjamin die Papiertüte mit den Schnapsflaschen ab, die die Färber für Samuel mitgegeben hatten.

Dann schloß er die schwere Tür des Gefängnisraums auf. Samuel kauerte auf dem Boden, wiegte sich hin und her und sah nicht hoch.

Karl zog die Tür zu und gab ihm eine Flasche. »Hier, von deinen Freunden. Aber ich muß sie dir wieder wegnehmen.«

Samuel schaute ungläubig zuerst auf die beiden Männer und dann auf den Branntwein. Nach einer Weile zog er mit den Zähnen den Korken heraus, trank gierig und setzte erst ab, als sie zur Hälfte geleert war.

»He, immer mit der Ruhe. Das muß eine Weile reichen.« Karl nahm ihm die Flasche wieder ab. »Ich hebe sie für dich auf, keine Angst.« Er setzte sich auf einen Stuhl an der Tür.

Samuel schüttelte sich, seine Lethargie war wie weggeblasen. »Das ist besser als Ostern und Weihnachten zusammen, Anwalt, sogar besser als die Liebe. Du bist sicher gekommen, um mir zu sagen, daß du nichts für mich tun kannst.«

Im Prinzip hatte er den Nagel auf den Kopf getroffen.

»Ida hat sich gemeldet, sie scheint in Ordnung zu sein«, flüsterte Benjamin. Er sagte nichts von dem Zustand, in dem Rieke sie am Wupperufer getroffen hatte.

»Sie wird einen guten Zuhälter gefunden haben!« Samuel spuckte auf den Boden. »Jedenfalls nicht Brauweiler, das ist ja schon mal was.«

»Nicht Brauweiler«, bestätigte Benjamin. »Wir gehen zur Zeit einigen Spuren im Vorleben des Mordopfers nach, da gibt es Punkte, die ungeklärt sind.«

»Wenn du mich fragst, hat sie's heimlich mit 'nem Kerl getrieben, nach allem, was Ida erzählt hat. Ich hab sie auch mal gesehen, die fette Schachtel, aufgedonnert wie ein Pfingstochse ist sie davongerauscht.«

»Deswegen wird man aber nicht umgebracht.«

»Wer weiß, mit wem sie's gemacht hat.«

»Ich hatte eigentlich gehofft, dir seien noch ein paar Erinnerungen gekommen.«

Samuel richtete sich auf und sah Benjamin wütend an. »Erinnerungen sind mir gekommen, Anwalt, jede Menge. An die ganze Scheiße da draußen, an das ganze Scheißleben. An die ganze Ungerechtigkeit erinnere ich mich, sehr gut sogar. Ich weiß nicht, welche Traumtänzer dich auf die Idee bringen, daß es damit plötzlich vorbei sein soll. Das glauben doch nur unsere Herren Kommunisten mit den weißen Kragen und den dicken Brieftaschen vom Alten. Die kaufen sich ihr Gewissen frei, wenn sie dir 'n paar Taler geben, Anwalt, damit du mich besuchst, das ist alles. Und jetzt laß mich meinen Rausch genießen, ehe er wieder weg ist.«

Er ließ sich nach hinten auf den Strohsack fallen, schloß die Augen und begann, eine Melodie zu summen. Dann verstummte er, und unter seinen Lidern quollen Tränen hervor.

Karl Thiemann brachte Benjamin nach draußen und versprach, sich um Samuel zu kümmern, soweit das in seiner Macht stand. »Ich habe schon überlegt, ob ich ihm die Möglichkeit zur Flucht gebe, aber da kommt er nicht weit«, flüsterte er.

»Auf gar keinen Fall, die erschießen ihn auf der Stelle!«

Benjamin machte sich auf den Weg nach Elberfeld, um noch einmal mit dem Oberprokurator zu sprechen.

***

»Ich fasse zusammen. Zum ersten: Das Mordopfer ist zweimal

wöchentlich ohne Wissen ihres Mannes in eine Versammlung gegangen, offensichtlich einer dieser dubiosen religiösen Zirkel, die wie Pilze aus dem Boden schießen. Vorher hat sie sich herausgeputzt. Halten Sie das für ungewöhnlich?

Zum zweiten: Die halbwüchsigen Töchter hatten Streit um ein Stück Papier, möglicherweise einen Brief, der bei unserer Hausdurchsuchung nicht gefunden wurde. Das Gesinde behauptet außerdem, es würden Briefe fehlen, aber dafür gibt es keine Beweise. Darauf läßt sich kein Gericht und kein Geschworener ein, da können Sie Gift drauf nehmen.

Zum dritten: Die Leiche lag in einer ungewöhnlichen Position in dem Farbbottich, wie aufgebahrt, mit gefalteten Händen. Das läßt nicht unbedingt darauf schließen, daß die Tat im Exzeß begangen wurde. Aber das Opfer kann natürlich auch hergerichtet worden sein, um das zu verschleiern. Dafür spricht, daß das Kleid zerrissen war und die Schädeldecke mit großer Wucht zertrümmert wurde, bevor die Leiche in den Bottich praktiziert wurde. Den Schleifgeräuschen im Hof will ich gar keine besondere Bedeutung zumessen, das kann alles mögliche gewesen sein.

Zum vierten: Der Beschuldigte hat nicht nur monatelang vor der Tat laut und vor Zeugen Drohungen gegen die Unternehmer, insbesondere seinen Fabrikherrn, ausgestoßen, sondern wurde auch am Abend vor der Tat zusammen mit seiner Freundin auf der Kirmes in Unterbarmen von einer großen Menschenmenge dabei beobachtet, wie er randalierte und versuchte, eine schwarze Frau daran zu hindern, eine Vorstellung bei einem Schausteller zu geben. Beide machten den Eindruck, als seien sie stark betrunken, und sie flohen vor der Polizei.

Jetzt frage ich Sie: Welchen Hebel sollte ich angesichts dieser Sachlage ansetzen? Soll ich diesen religiösen Zirkel untersuchen? Sie glauben doch selbst nicht, daß ich da etwas zu hören bekomme außer frommen Sprüchen.«

Benjamin machte einen letzten Versuch. »Welches Motiv kann Kienholz gehabt haben, gerade die Frau umzubringen? Wenn, dann war doch der Mann das Haßobjekt.«

»Schickse, fette Kuh, alte Ziege, das sind alles Ausdrücke, die Kienholz vor mehreren Zeugen für das Mordopfer gebraucht hat. Vielleicht war es gar nicht geplant, vielleicht lief sie ihm in die Arme, als sie abends noch mal aufs Privé[20] mußte, und da ist es über ihn gekommen. Sie müssen zugeben, daß das plausibel klingt.«

Benjamin gab sich geschlagen. Dem war nichts entgegenzusetzen.

Köster von Kösteritz beugte sich nach vorne und sah ihm in die Augen. »Wissen Sie, ich habe Verständnis für den Elan, mit dem ihr jungen Leute euch für mehr Gerechtigkeit in der Gesellschaft einsetzt. Aber bei dieser Geschichte habt ihr euch völlig verrannt. Dieser Kienholz ist außerdem dermaßen verstockt, er trägt nichts dazu bei, sich zu entlasten.«

»Zweifellos haben Sie recht«, sagte Benjamin, »trotzdem sagt mir mein Gefühl, daß er nicht lügt.«

»Gefühle haben bei der Arbeit eines Oberprokurators nichts zu suchen, mein Lieber. Da zählen nur Tatsachen. Wenn Sie mir die bringen, denke ich gern um. Wir haben ja Glück hier im Rheinland mit dem französischen Recht, aber auch das läßt für Gefühle keinen Raum. Außerdem sagte ich Ihnen ja schon, daß Altpreußen uns zur Zeit im Visier hat, was wir unter anderem Ihren Herren Kommunisten zu verdanken haben.« Von Kösteritz griff nach seiner Robe. »Glauben Sie mir, daß ich einen so jungen Menschen nicht gern dem Scharfrichter überantworte. Wenn es nach mir ginge, würde das staatlich verordnete Gemetzel sowieso abgeschafft.«

Benjamin kam sich vor wie ein geprügelter Hund, als er wieder nach Barmen ging. Es war zum Verzweifeln. Da hatte man einen liberalen Polizeichef und einen einsichtigen Oberprokurator, der sogar gegen die Todesstrafe war, und trotzdem war alles vergebens.

Er nahm einen Weg über die Hügel; auf der Talstraße stand inzwischen das Wasser knöchelhoch.

***

20 Toilette, im 19. Jahrhundert in einem Verschlag hinter dem Haus untergebracht.

Am Sonntagmittag klopfte Bruno mit einem Brief und einer Schachtel Konfekt in der Hand an die Hintertür der vom Bruch'schen Villa. Margret öffnete und wurde rot, weil sie ihm zum ersten Mal von Angesicht zu Angesicht gegenüberstand. Bisher hatte sie ihn nur durch das Fenster beobachtet, wenn er auf Rieke wartete.

»Ich wollte mich nach Fräulein Rieke erkundigen. Geht es ihr besser? Darf ich etwas für sie abgeben?« Brunos Stimme klang besorgt.

Margret knickste. »Sie schläft fast nur, sie fiebert es raus. Vorhin hat sie Suppe getrunken und ist gleich wieder eingeschlafen. Ich pflege sie, da machen Sie sich mal keine Sorgen. Hermann hat einen guten Bienenhonig von seiner Mutter mitgebracht, aus dem Felderbachtal. Den geb ich ihr mit Lindenblütentee und mit heißer Milch.«

»Wenn sie einen Arzt braucht, rufen Sie ihn, ich werde das übernehmen.«

Margret strahlte Bruno an. »Ich glaube, wenn sie einen schönen Brief bekommt und was zu naschen, braucht sie keinen Arzt.«

»Sagen Sie ihr einen schönen Gruß von mir? Von Bruno?«

»Das brauchen Sie mir nicht zu sagen, gnädiger Herr, ich weiß doch, daß sie der Herr Bruno sind. Rieke hat viel von Ihnen gesprochen.«

Jetzt wurde Bruno rot. »Ich hoffe, nur Gutes. Von Ihnen weiß ich auch eine Menge, Sie sind Margret, oder? Aber den gnädigen Herrn lassen Sie bitte weg.«

Im Flur klappte eine Tür, und Caspar vom Bruch erschien hinter der Köchin. Er kam näher und musterte Bruno, der sich verbeugte.

»Laponte, ich wollte mich nach Fräulein Rieke erkundigen.«

Vom Bruch nickte knapp und wandte sich an Margret. »Es gibt einiges zu besprechen wegen morgen. Kommen sie nach dem Kaffee zu mir.« Bevor er im Dämmerlicht des Flures verschwand, musterte er Bruno eindringlich. Sein Gesicht war rötlichblau und aufgedunsen, als sei er herzkrank. In den wässerigen, graublauen Augen war nicht die leiseste Empfindung auszumachen.

»Auf Wiedersehen, angenehmen Tag.« Bruno reichte Margret zum Abschied die Hand.

»Wiedersehen, Herr Bruno.« Margret schlug ein und zwinkerte ihm zu. Dann lief sie auf Zehenspitzen die Treppe hoch, vergewisserte sich im oberen Flur, daß niemand in der Nähe war und zog den Brief aus dem Umschlag.

Barmen, Samstagabend

Liebe Rieke,
heute abend war ich beim Löllgen, und ich muß Dir sagen, daß ich Dich doch sehr vermißt habe. Überhaupt ist die Vorstellung, Dich ein ganzes Wochenende nicht zu sehen und danach womöglich seltener als bisher, gar nicht angenehm. Wenn ich morgen mittag den Brief bei euch abgebe, erfahre ich, ob es Dir besser geht. Ich hoffe, Du hast die vielen guten Wünsche zur Genesung bemerkt, die ich Dir in Gedanken geschickt habe. Ruhe Dich nur aus, meine Rieke, damit Du wieder ganz zu Kräften kommst.
Beim Löllgen brachte Koettgen die Korrekturbögen der ersten Ausgabe vom »Gesellschaftsspiegel« mit. Sie haben die Zensur passiert, stell Dir das vor. Ein Hoch auf unseren liberalen Oberbürgermeister. Mein Artikel über die Lage der Weber steht auch drin. Sie rühren von einem Manne her, schreibt Dr. Hess in der Einleitung, »der die Lage dieser Unglücklichen aus eigener Anschauung kennt. Dieser Mann hat seine Berichte unter den Augen der Wuppertaler Fabrikanten veröffentlicht, ohne daß ihm in irgendeinem Punkte eine Übertreibung, viel weniger eine Unwahrheit nachgewiesen werden konnte.« Hört sich das nicht gut an?
Da schwatze ich schon wieder nur über mich. Eigentlich sollst Du Deinen Kopf gar nicht mit irgendwelchen Dingen beschweren, sondern alle Kräfte sammeln, um wieder ganz gesund zu werden.
Heute mittag schien die Sonne, da habe ich mir vorge-

stellt, wie wir zusammen hätten über die Felder streifen und den schönen Tag genießen können. Aber das werden wir bald wieder tun, darauf freue ich mich mehr als auf alles andere. Jetzt bleibt mir nur übrig, ganz fest an Dich zu denken. Am Montag komme ich wieder vorbei und erkundige mich nach Deinem Befinden. Ich grüße Dich tief und innig, meine Rieke, und hoffe, daß wir bald wieder zusammen sein können.

In großer Zuneigung
Dein Bruno

Die Tinte wurde von der Träne verwischt, die von Margrets Nase auf den Brief fiel. Sie stopfte ihn in seinen Umschlag zurück und ging zu Rieke, die nicht mehr fieberte und tief und gleichmäßig atmete. Als Margret die Hand auf ihre Stirn legte, erwachte sie und setzte sich auf.

»Es geht besser«, sagte sie matt, »ich fühle mich kräftiger.«

»Gleich wird's noch besser gehen, wenn du hörst, wer hier war. Einen schönen Gruß vom Herrn Bruno soll ich bestellen, er wünscht gute Genesung.« Sie legte Brief und Konfekt auf die Bettdecke und wartete gespannt, ob Rieke den Brief öffnen würde. Die lächelte und legte die Hand darauf.

»Ich habe Hunger«, sagte Rieke, »habt ihr schon zu Mittag gegessen?«

»Ich mach dir sofort was Gutes, Schweinebraten, Klöße und Rotkohl, ganz lecker. Ist noch eine Menge da, der Herr hat kaum was angerührt.«

Als Margret draußen war, las Rieke den Brief und legte ihn beklommen aus der Hand. Bruno, seine bernsteinfarbenen Augen, seine Güte. Was fand er nur an ihr, daß er so treu zu ihr hielt? Es konnte Mitleid sein, er war ein Mensch, der für alle nur das Beste wollte. Aber auf die Dauer? Man darf nicht über seinen Stand hinaus, das bringt Unglück, Mutters Worte. Sie war ihm nicht ebenbürtig und würde es auch nie werden. Würde es noch mehr schmerzen als bei August, wenn sie ihn verlieren würde? Mit einem dicken Kloß im Hals ließ sie sich zurücksinken.

Margret lief hurtig wieder hinunter in die Küche, wo Hermann am Feuer saß und Kaffee trank.

»Die Kleine ist fieberfrei, was sagst du nun? Und sie hat Hunger. Außerdem war der Herr Redakteur da und hat ihr einen Brief gebracht. Die Kommunisten bringen eine neue Zeitung heraus, schreibt er.« Margret gab zwei große Kartoffelklöße auf einen Teller, schnitt Bratenscheiben in mundgerechte Stücke und übergoß alles mit einer dicken, braunen Soße. Dazu gab sie einen Löffel Rotkohl.

»Woher weißt denn du, was der Herr Bruno schreibt?« Hermann äugte herüber.

»Weil's im Brief stand, woher sonst?«

»Hast ihn heimlich gelesen, gib's zu.« Hermann schüttelte mißbilligend den Kopf. »Wenn so eine Zeitung was nützen würde, wäre es ja schön. Die jungen Leute haben eine Menge Illusionen.«

»Ich lese nichts heimlich. Und du sollst das Geschirr abtrocknen.« Margret drückte ihm ein Leinentuch in die Hand und verschwand mit dem gefüllten Teller wieder nach oben.

Hermann polierte das Porzellan und das Silber, dabei sah er aus dem Fenster. Es regnete nicht mehr, bis zum Abend war das Hochwasser hoffentlich abgeflossen, und er konnte wieder über die Talstraße fahren. Sicher ließ sich Caspar vom Bruch heute noch zum Friedhof bringen, wie jeden Tag. Er blieb immer eine Weile am Grab stehen und kam mit roten Augen zurück. Die Trauer um seine Frau schien nicht abzunehmen, im Gegenteil. Je länger der Mord zurücklag, schien es Hermann, desto schlechter ging es vom Bruch.

***

Sie irrt durch die große Halle, in der dicht an dicht türkischrote Spitzenunterwäsche zum Trocknen hängt. Etwas ist ihr abhanden gekommen, und sie sucht schon seit Stunden danach. »Bruno, Bruno!« ruft sie verzweifelt, aber er ist nicht da, um ihr zu helfen. Die nasse Wäsche schlägt ihr ins Gesicht und färbt sie über und über rot. Nur ihre Augäpfel glänzen bläulichweiß.

Rieke stieß mit den Händen gegen die holzvertäfelte Wand des Treppenhauses und schrak zusammen. Sie stand im Nachthemd auf dem ersten Treppenabsatz und brauchte einen Moment, um sich zu besinnen. Schon wieder geisterte sie schlafwandelnd im Haus herum. Von der Gemarker Kirche schlug es Viertel vor zwölf, und sie wollte gerade in ihr Bett zurückhuschen, als die Tür des Eßzimmers aufgerissen wurde und Alfred Bremkamp herauskam, gefolgt von Caspar vom Bruch, der eine Petroleumlampe in der Hand hielt. Vom Bruch stellte die Lampe auf die erste Treppenstufe und griff hart nach Bremkamps Arm. »Hund«, flüsterte er heiser, »gemeiner Hund!«

Voller Panik, die beiden könnten sie entdecken, hangelte Rieke sich vorsichtig rückwärts einige Stufen hoch und blieb dann reglos in der Hocke sitzen.

Bremkamp sagte nichts und versuchte, sich dem Griff zu entwinden. Die Männer begannen, stumm und mit aller Kraft zu ringen, sie sahen aus wie zwei wütende Stiere. Immer wieder verließen sie den Lichtkegel und keuchten und stöhnten im Dunkel des Flures. Ein säuerlicher, scharfer Schweißgeruch drang bis zu Rieke. Sie hielt den Atem an. Dann gewann Alfred Bremkamp Oberhand und drückte Caspar vom Bruch gegen die Eßzimmertür. »Das werden wir ja sehen«, stieß er hervor, dann verließ er das Haus durch den Hintereingang. Vom Bruch blieb im Schein der Lampe stehen und schlug die Hände vors Gesicht. Nach einer Weile ging er zurück ins Eßzimmer, und Rieke gelangte unbemerkt zurück in ihre Kammer.

Am nächsten Morgen wachte sie zerschlagen auf. Es war Montag, die Mädchen sollten nachmittags zurückkommen, und es war noch einiges herzurichten. Von der Kirche schlug es acht, der Duft von frisch gebackenem Brot zog in ihre Nase. Margret war schon fleißig gewesen. Rieke hatte ein schlechtes Gewissen und sprang schnell aus dem Bett.

In der Küche saß Hermann und trank Kaffee. Margret schnitt einen frischen Rosinenplatz auf und bestrich die Scheiben dick mit Butter. Rieke setzte sich an den Tisch.

»Ich dachte schon, du wachst gar nicht mehr auf.«

»Wenn ich dich nicht gehabt hätte, wäre ich nicht so schnell gesund geworden. Margret, du bist meine Beste.« Rieke nahm die Hand der Köchin und legte sie an ihre Wange. Dann erzählte sie Margret und Hermann von dem seltsamen Kampf, den sie in der Nacht beobachtet hatte.

Hermann beugte sich nach vorn. »Geprügelt haben sie sich, sagst du? Der Meister ist doch die rechte Hand vom Gnädigen! Ich werde mal nachhören, was die Färber sagen.«

»Der Herr Bruno will mittags vorbeikommen«, sagte Margret.

Rieke spürte wieder den Kloß im Hals. »Da können wir ihm das gleich berichten. Wann war er hier?«

»Gestern abend, da hast du schon geschlafen. Und jetzt frühstückst du erst mal richtig.«

Margret schob ihr eine Scheibe gebutterten Platz über den Tisch, und Rieke aß mit Appetit.

Dann nahm sie einen Eimer heißes Wasser mit in die Kammer hinauf und wusch sich mit Regines duftender Seife von Kopf bis Fuß. Danach fühlte sie sich frisch und inspizierte die Räume der Mädchen, wischte Staub, richtete die Betten und heizte die Öfen ein. Zwischendurch kam Bruno an die Hintertür und war froh, sie wieder wohlauf zu sehen. Rieke hatte wenig Zeit für ihn, und sie verabredeten sich für den nächsten Abend.

***

Als Regine und Alma vom Bruch aus der Kutsche kletterten, war offenkundig, daß mit beiden eine Veränderung vor sich gegangen war. Regine war erblüht, aufrecht und anmutig stolzierte sie ins Haus, ihre schwarzen Locken umkränzten ihr Gesicht, die Wangen waren gerötet. Sie trug ein elegantes schwarzes Kleid mit weitem Ausschnitt und ein ebenfalls schwarzes, modisches Häubchen, auf dem eine blaßrosa Feder wippte.

Alma hingegen war breiter und stämmiger geworden, sie trug ein schmuckloses Kleid, ging gebeugt, ohne Grazie, und schaute noch griesgrämiger drein als vor ihrer Abreise. Nase und Kinn waren von roten Pusteln bedeckt.

Caspar vom Bruch verließ ausnahmsweise das Kontor, um mit seinen Töchtern Kaffee zu trinken. Als Rieke im Salon auftrug, erfuhr sie den Grund für Regines strahlendes Aussehen.

»Natürlich werden wir das Trauerjahr einhalten, Papa. Ohnehin kann Robert mit seiner Beförderung zum Oberregierungsrat erst in einem Jahr rechnen. Außerdem gibt es so unendlich viel vorzubereiten, daß es früher gar nicht zu schaffen wäre. Ich bin froh, daß Großmutter mir in allem so behilflich ist.«

»Papa hat noch gar nicht ja gesagt«, warf Alma dazwischen, »er sollte ihn zumindest kennenlernen, und seine Familie auch. Von der wissen wir sowieso noch nicht genug, das hat auch Großmutter gesagt.«

Caspar vom Bruch lehnte sich zurück. »Er ist also Mitglied der preußischen Regierung. Der Name der Familie sagt mir allerdings gar nichts.« Die Wahl Regines schien ihm nicht recht zu sein.

»Die Familie von Beauvais ist in Düsseldorf bekannt, sie sind von je her in der Regierung gewesen. Mein Schwiegervater in spe ist Referent im Ministerium. Das wird ja wohl reichen.«

»Tante Charlotte hat gesagt, er sei ein Spieler, man munkelt, er habe einiges durchgebracht. Zumindest sind die Vermögensverhältnisse recht unklar.« Alma reckte das Kinn vor und sah den Vater gespannt an.

Regine streckte ihr die Zunge heraus. »So geht es schon die ganze Zeit, Vater, sie will ihn mir madig machen. Dabei ist es der pure Neid. Außerdem bekomme ich ja wohl eine Mitgift. Wieviel wird es sein, Vater? Mama sprach einmal von zehntausend Talern für jede von uns. Ich denke allerdings, bei Alma mußt du noch was drauflegen, sonst nimmt sie keiner.«

»Die Sache hätte allerdings den Vorteil, daß die ewige Streiterei aufhören würde.« Vom Bruch sah seine Töchter streng an. »Ich muß ins Kontor«, sagte er dann knapp, »wir sehen uns beim Abendessen.«

Rieke verbrachte den Rest des Tages damit, die Kleider von Reginc und Alma auszupacken, zu bürsten und die schmutzige Wäsche einzuweichen. Bei dem Gedanken, daß sie sie morgen im kalten Wupperwasser ausspülen mußte, fröstelte sie jetzt schon. Zwischendurch läutete Regine immer wieder und erteilte Aufträge. Sie schwärmte von ihrem hübschen Verlobten und zählte eine lange Liste an Wäschestücken aus besticktem Batist auf, die ihre Großmutter in Düsseldorf in Auftrag gegeben hatte. Rieke wunderte sich, denn die Aussteuertruhen der beiden Mädchen waren schon bis an den Rand gefüllt.

Während sie durch das Haus lief und kaum zum Luftholen kam, stellte sie sich den Augenblick vor, in dem sie kündigen würde. »Ich werde nicht mehr als Dienstmädchen arbeiten, weil ich in einer Weißnäherei anfange«, sagte sie vor sich hin. »Später werde ich ein eigenes Geschäft eröffnen.«

Es läutete wieder, diesmal war es Alma, die Rieke in ihr Zimmer rief. Mit gerümpfter Nase zeigte sie hinter den Kleiderschrank. »Bitte putze in Zukunft etwas sorgfältiger, es ist alles voller Spinnweben.«

Rieke holte tief Luft, drehte sich auf dem Absatz um, holte einen Besen und stocherte mit Getöse hinter dem Schrank herum. Sie würdigte Alma keines Blickes und ließ die Tür laut ins Schloß fallen, als sie den Raum verließ.

10. Kapitel

in dem Bruno zu Löllgen geht, Adolph Koettgen singt und Rieke einen schönen Mann und goldenes Licht sieht

Bruno war auf dem Weg zu Löllgen, wo er mit den Freunden die erste Ausgabe des »Gesellschaftsspiegel« feiern wollte. Er war stolz, an diesem Unternehmen mitgewirkt zu haben, allerdings regten sich bei ihm seit einiger Zeit Zweifel, ob die Zeitung tatsächlich die Revolution vorantreiben würde, wie sie es sich ausgemalt hatten. Bei optimistischer Schätzung konnten sie mit etwa sechshundert verkauften Exemplaren rechnen, die, wenn es hoch kam, zweitausend Leser finden würden. Ob das ausreichte, eine breite Basis für ein neues Bewußtsein zu schaffen? Derart vernagelte Kapitalisten wie beispielsweise diesen vom Bruch, da war Bruno sicher, würden sie mit ihren engagierten Berichten und Analysen nicht erreichen, und das waren doch gerade die, bei denen sich etwas ändern mußte. Er dachte an Rieke, wie sie für einen Hungerlohn sechzehn Stunden am Tag schuftete, dabei hatte sie es im Vergleich zu den Fabrikarbeitern noch gut, denn sie bekam regelmäßig und gut zu essen. Er sah sie vor sich mit ihrer sommersprossigen Stupsnase und den rotblonden Haaren, ihrer Fröhlichkeit und ihrem mutigen Herzen, und es wurde ihm ganz warm. Manchmal fragte er sich, wie lange sie noch so bleiben würde, wenn sie nicht bald da herauskam, und hätte sie am liebsten gleich gefragt, ob sie seine Frau werden wollte. Aber sie kannten sich erst so kurz, und er wollte den Eindruck vermeiden, daß er ihr aus Mitleid einen Antrag machte.

Schweren Herzens hatte er sie heute allein zur Andacht der Zionskinder gehen lassen. Rieke hatte darauf bestanden, daß er mit den Freunden feierte, sie habe Vertrauen zu Frau Chamier und fürchte sich nicht vor dem Besuch. »Außerdem kannst du sowieso nicht viel tun, du würdest dir nur vor dem Haus die Beine in den Bauch stehen«, sagte sie, und er mußte zugeben, daß sie recht hatte.

Im Hinterzimmer des Gasthauses Löllgen waren schon alle versammelt und begutachteten die zensierten Bögen, die Moses Hess auf zwei Tischen ausgebreitet hatte. Erfreut nahm Bruno die Titelseite in Augenschein, die Richard Seel, der Vater der berühmten Karikaturen vom Deutschen Michel, gestaltet hatte. Auch Seel gehörte zu den deutschen Künstlern und Intellektuellen, die vor der preußischen Reaktion nach Paris geflohen waren. Eine kraftvolle Justitia mit verbundenen Augen hatte er gezeichnet, die auf der einen Waagschale einen Geldsack, auf der anderen Hammer und Sichel balancierte und auf einer dicken Wolke schwebte. »Organ zur Vertretung der besitzlosen Volksklassen und zur Beleuchtung der gesellschaftlichen Zustände der Gegenwart« stand unter dem schwungvollen Titel.

Moses Hess hatte bereits ein Bier vor sich stehen und machte ein sorgenvolles Gesicht. »Ich habe meine Not mit dem Baedecker«, sagte er, »nach meinem Eindruck bereut er schon seine Zusage, das Blatt zu verlegen. Ich weiß nicht, ob er es richtig unter die Leute bringen wird.«

»Das bringt sich von selbst unter die Leute, sie lechzen nach besserer Information und danach, daß jemand endlich die Wahrheit sagt.« Der Maler Adolph Koettgen warf sich in die Brust, und seine Augen blitzten. »Wirst sehen, wie viele Beiträge uns zugehen, wenn das Volk das Blatt erst gelesen hat.«

»Die Einführung gefällt mir sehr gut, hört her, was Moses geschrieben hat!« Hermann Püttmann hob den Kopf von einem Bogen.

> »›An die Leser und Mitarbeiter des ›Gesellschaftsspiegel‹. Das edle Streben, der leidenden Menschheit zu Hilfe zu eilen, welches sich zur Ehre des neunzehnten Jahrhunderts gegenwärtig überall kundgibt, hat in Deutschland noch kein Zentralorgan. – Wir legen dem Publikum hiermit das erste Heft eines solchen Organs vor und hoffen, daß jeder Menschenfreund sich von selbst aufgefordert fühlen wird, den ›Gesellschaftsspiegel‹ durch geeignete

Mitteilungen zu unterstützen. Um die Mittel aufzufinden und anzuwenden, welche die vielfach verzweigten und obendrein noch künstlich verhüllten Übelstände unseres sozialen Lebens gründlich und nachhaltig beseitigen sollen, ist es vor allen Dingen nötig, diese Übelstände selbst kennenzulernen. Der ›Gesellschaftsspiegel‹ wird daher alle Krankheiten des gesellschaftlichen Körpers vor sein Forum ziehen.‹«

Alle klopften zustimmend auf den Tisch und redeten durcheinander. So war es richtig, scharf und schonungslos mußte man die Dinge benennen, es konnte nur ein Erfolg werden. Bruno beobachtete die Kameraden, die immer hitziger durcheinandersprachen, und behielt seine Zweifel für sich. Er wollte die Stimmung nicht trüben.

Moses Hess, dem das Lob unangenehm war, legte einen dicken Stapel Manuskriptseiten auf den Tisch, auf deren oberstem Blatt die Überschrift prangte: »Die Lage der arbeitenden Klasse in England«.

»Ich habe eine Überraschung für euch, den Grund für Friedrichs häufiges Fernbleiben aus unserer Runde in der letzten Zeit. Er hat Tag und Nacht gearbeitet, und ich finde, es gehört zum besten und radikalsten, was er je geschrieben hat.«

Bruno wußte, daß Engels dabei war, seine Erfahrungen aus einem England-Aufenthalt vor drei Jahren niederzuschreiben, als er in Manchester die Firma seines Vaters besucht hatte und sich einen umfassenden Einblick in die Lage der englischen Arbeiter verschaffen konnte. Vorsichtig und voller Ehrfurcht zog er die Seiten zu sich herüber und überflog sie. Natürlich wieder ein furioser Schluß.

»Hört mal alle her«, rief er, »man denkt, er hätte es direkt auf die Situation hier im Wuppertal geschrieben:

›Kurz, jeder sieht im anderen seinen Feind, den er aus dem Wege zu räumen oder höchstens ein Mittel, das er zu seinem Zwecke auszubeuten hat. Und dieser Krieg wird, wie die Kriminaltabellen beweisen, von Jahr zu

Jahr heftiger, leidenschaftlicher, unversöhnlicher; die Feindschaft teilt sich allmählich in zwei große Lager, die gegeneinander streiten: die Bourgeoisie hier und das Proletariat dort.‹«

»Beim Stichwort Krieg, was ist mit unserem Färber? Wie steht es um die Sache?« Moses Hess äugte über den Rand seines Kneifers.

»Benjamin wird gleich hier sein und berichten«, sagte Bruno, »aber gut steht es nicht, das kann ich euch jetzt schon sagen. Einige wissen vielleicht schon, daß der Türkischrotfärber vom Bruch ganz offensichtlich einen schweren Streit mit seinem Meister hat und die Situation in dem Haus immer undurchsichtiger wird. Aber wir finden einfach nichts, was sich beweiskräftig verwerten ließe. Eine gute Bekannte von mir« – bei diesen Worten wurde Bruno rot, weil er nicht recht wußte, wie er seine Beziehung zu Rieke umschreiben sollte – »stellt Nachforschungen an, sie will diese Gemeinschaft besuchen, zu der Frau vom Bruch regelmäßig gegangen ist.«

»Hoffentlich wird sie nicht bekehrt, stellt euch vor, wir würden ein unschuldiges Menschenkind in die Arme dieser Seelenfänger treiben!« Adolph Koettgen hatte sein drittes Bier vor sich stehen, sein Gesicht rötete sich, und er begann zu lispeln. »Ganz im Ernst, die Sache wird langsam unrealistisch. Ich finde, wir sollten den Färber entweder befreien oder ihm klarmachen, daß seine Lage aussichtslos ist. Es ist doch grausam, ihn so im ungewissen zu lassen und ständig seine Hoffnung zu schüren.«

Bei seinen Worten war Benjamin hereingekommen. Er schloß die Tür des Hinterzimmers, die nur angelehnt gewesen war, und bedeutete den Freunden, die Köpfe zusammenzustecken.

»Es hat sich eine neue Situation ergeben«, flüsterte er, »zum Wachpersonal von Samuel gehört jetzt ein Gendarm, der einer von den Unsrigen ist. Falls unsere juristischen Mittel sich erschöpfen, könnten wir auch an das Äußerste denken.«

»Du meinst Flucht? Glaubst du, ein einzelner Polizist kann das bewerkstelligen?« Moses Hess war skeptisch.

»Ich weiß nicht, ob es eine Möglichkeit gibt. Wir sollten auf jeden Fall Vorsorge treffen. Glaubst du, daß wir eine Summe zusammenbekommen, die Samuel für einige Zeit das Überleben sichert?«

»Wir bräuchten auch falsche Papiere, er müßte ja so schnell wie möglich außer Landes. Das wird nicht einfach, aber ich kann mich in Köln umhören.« Hess wiegte seinen Kopf.

»Ich weiß, was wir tun. Wir bringen ihn auf ein Schiff nach Amerika, er ändert einfach seinen Namen, und bums, ist es vorbei mit Samuel Kienholz.« Adolph Koettgen sah triumphierend in die Runde und setzte wieder sein Glas an. Die Idee schien ihn zu begeistern.

»Freunde, vergrabt das alles tief in eurer Brust, niemand darf auch nur den leisesten Wind davon bekommen!« Benjamin sah die Männer beschwörend an. Alle nickten, und Moses Hess versprach, mit Friedrich Engels über das Geld für einen kleinen Notfonds zu sprechen und in Köln seine Beziehungen spielen zu lassen. Sie beendeten das heikle Thema, nachdem Benjamin von seinem wenig Hoffnung erweckenden zweiten Besuch beim Oberprokurator berichtet hatte, und öffneten die Tür zum Schankraum wieder.

»Eine Runde auf meine Rechnung, wir taufen den ›Gesellschaftsspiegel‹«, rief Bruno dem Wirt Löllgen zu, der kurz darauf ein großes Tablett voller Biergläser hereinbalancierte.

Adolph Koettgen nahm einen tiefen Schluck, setzte sich in Positur und sang mit schiefen Tönen:

»Halleluja, halleluja, wir wandern nach Amerika!
Was nehmen wir mit ins neue Vaterland?
So allerlei, so allerhand:
Korporal- und andere schöne Stöcke
Viele hundert Schock Bedientenröcke
Zehnmal hunderttausend Knöpfe mit Wappen,
Nationalkokarden, bunte Kappen.
Weil es in der neuen Welt
Sonst den Deutschen nicht gefällt.«[21]

***

21 Hoffmann von Fallersleben

Den Weg zur Unteren Dörnerstraße lief Rieke im Eilschritt, denn sie hatte sich erst kurz vor acht unter Mühen von Alma loseisen können. Die hatte laut geschimpft, alles sei verkommen und verschlampt, war mit Rieke durch den Haushalt gegangen und hatte eine lange Liste angelegt, welche Ecken des Hauses gründlich geputzt werden sollten.

Rieke schwitzte, die Mattigkeit saß ihr immer noch in den Knochen. Seit fünf Uhr morgens war sie auf den Beinen, am liebsten hätte sie sich in ihr Bett verkrochen. Sie dachte nicht gern an die bevorstehende Andacht, in der sie wieder Sympathie für Henriette vom Bruch heucheln mußte. Außerdem plagte sie der Gedanke, ob sie noch einmal auf die Nählehre zu sprechen kommen oder warten sollte, bis Frau Chamier von sich aus davon anfing.

Erschöpft kam sie bei der Nähstube an, und Celeste Chamier strich ihr besorgt mit dem Finger über die Nasenwurzel. »Du bist blaß, meine Kleine, aber warte nur ab, unser Gebet wird dich stärken.«

Sie gingen ein Stück die Untere Dörnerstraße hinunter, dann bogen sie in einen schmalen Kiesweg ein, der auf ein zurückliegendes, von immergrünem Gebüsch umstandenes Haus zuführte. Beim Näherkommen sah Rieke, daß es eine hübsche kleine Villa mit breitem Dach, verschieferten Wänden, grünen Fensterläden und einer Haustür aus Holz mit geschnitzten Girlanden war.

Die Tür war nur angelehnt und führte in eine helle Eingangshalle, die mit einem zartbunten Fries aus Blüten und Lorbeerkränzen geschmückt war. Durch die geöffnete Tür sah Rieke eine Gruppe von Frauen, zum größten Teil teuer und elegant gekleidet, auf Stühlen im Halbkreis sitzen. Frau Chamier ging hinein, Rieke folgte ihr beklommen. Auf einem Stuhl aus Kirschholz mit erhöhter, prächtig geschnitzter Lehne saß ein breitschultriger Mann mit dunklem, lockigem Haar und braunen Augen, die aufleuchteten, als sie Riekes Blick trafen. Seine Züge waren fein und ebenmäßig, aber trotzdem markant, und Rieke konnte sich nicht erinnern, jemals zuvor einen so gutaussehenden Mann getroffen zu haben. Schnell knickste sie, schaute zur Seite und ging hinter Celeste her, die zielstrebig zwei freie Stühle ansteuerte.

»Das ist Monsieur Frédéric, er ist der beste Prediger, den ich kenne. Du wirst bei ihm eine ganz andere Auffassung von Gott kennenlernen. Er sagt, man kann es sich auch hier und jetzt, im diesseitigen Leben, schon gutgehen lassen und trotzdem ein christliches Leben führen«, flüsterte Celeste. Dann sagt er das gleiche wie Bruno und die Kommunisten, dachte Rieke und wartete nun voller Spannung darauf, wie die Andacht ablaufen würde.

Monsieur Frédéric schloß die Tür und entzündete den Kandelaber, der auf einem kleinen, von einem weißen Spitzentuch bedeckten Altar neben einer goldenen Kugel stand. Dann hielt er das Zündholz in eine Silberschale, aus der gleich darauf eine duftende Rauchsäule emporstieg. Daneben hing an einem Ständer eine mit prächtigen Ziselierungen versehene goldene Scheibe. Monsieur Frédéric schob seinen Stuhl in die Mitte und schaute die Frauen der Reihe nach mit sanften Augen an. Bei Rieke verweilte er einen Moment länger, bis sie verlegen den Blick senkte.

»Wir haben heute einen Gast, der für unsere Henriette beten möchte, für unsere Schwester in Zion, deren Weg ins andere Leben von einer so schweren Prüfung beschattet war. Laßt uns heute noch einmal besonders an sie denken und mit unseren Herzen bei ihrem Herzen sein.« Seine Stimme war schmeichelnd und ein wenig rauh, mit einem leichten französischen Akzent. Die Frauen hingen an seinen Lippen und sahen dann neugierig zu Rieke.

Monsieur Frédéric befahl, die Augen zu schließen, sich zu entspannen und die Hände auf die Knie zu legen. Er schlug gegen die goldene Scheibe und entlockte ihr einen vollen Ton, der lange nachklang. Mit leiser Stimme wies er die Gemeinde an, den Ton in sich aufzunehmen und dabei alle schweren Gedanken fahrenzulassen.

»Spüre deinen Hals, deinen Kopf, deinen ganzen Körper ... Wärme und Licht fluten hindurch ... Du bist nur im Hier und Jetzt, alle störenden Gedanken verschwinden, alles Schwere weicht von dir ...« Wieder schlug er sanft den Gong, und seine Stimme war gütig und einschmeichelnd. Rieke fühlte, wie der betörende Duft des Räucherwerks sie einhüllte und der Ton der goldenen Scheibe in jede Faser ihres Körpers drang. Wohlbehagen, Wärme und goldenes Licht erfüllten sie.

»Wir stellen jetzt Henriette vom Bruch in das Licht Zions. Stellt euch unsere Schwester Henriette in einem strahlenden, goldenen Licht vor. Wir schicken das Licht zu ihr, damit sie gereinigt wird von allem Bösen. Henriette, Schwester in Zion, wir beten für dich zu Gott, dem allmächtigen Schöpfer des Himmels und der Erde.«

Rieke überließ sich der Stimme und den Lichtphantasien. Sie sah Henriette auftauchen und, als Monsieur Frédéric es mit sanften Worten befahl, auch wieder verschwinden. Sie tauchte sie in rosa und blaues Licht, das Monsieur Frédéric aus ihrem Herzen fließen ließ, schließlich schwebte sie selbst darin und wurde immer leichter und freier. Als er die Weisung gab, sich vorsichtig zu bewegen und wieder »ins Hier und Jetzt« zurückzukehren, mochte Rieke kaum folgen.

Die Frauen räkelten und streckten sich und sahen erfrischt und beglückt aus. Rieke fühlte sich geborgen und warm neben Celeste Chamier, die ihren Arm hielt und wunderbar nach Wiesenkräutern und Räucherwerk duftete. Der Kerzenschein umschmeichelte die dunklen Locken Monsieur Frédérics, und sie spürte seinen eindringlichen Blick.

Dann begann er wieder zu sprechen, es war so still im Raum, daß man zwischen seinen Worten eine Stecknadel hätte fallen hören können. Sein Thema war die Liebe, die er als den Urquell des menschlichen Lebens bezeichnete und in der alle Wesen ihren Ursprung hätten.

»Ich meine die Liebe Gottes, aber sie ist nicht nur in ihm, sondern er hat sie in uns alle hineingegeben, und es ist unser aller Verantwortung, sie zu leben. Im Wesen der Liebe liegt es, daß sie groß ist und niemals kleinlich, sie ist großzügig und verschwenderisch, und nicht klein und engherzig, wie viele der sogenannten Gottgläubigen in diesem Tal es verkünden. Die Liebe öffnet alle Türen, sie macht alles möglich, alles, was wir uns nur ausdenken können, ohne Grenzen!«

Seine Stimme wurde lauter, er beugte sich vor und sah die Frauen der Reihe nach an. Ihre Gesichter glänzten verzückt, einige hatten die Augen geschlossen und streckten ihre Hände in Richtung des Predigers aus.

Rieke war wie gebannt. Sie hörte zum ersten Mal solche Worte und hatte das Gefühl, daß eine tiefe Wahrheit in ihnen lag.

»Es liegt an euch, ob ihr den Mut zu dieser allumfassenden Liebe findet, ob ihr euch den Einflüsterungen der Philister in diesem Tal widersetzt, die den Namen Gottes, der die reine Liebe bedeutet, für ihre schändliche und menschenfeindliche Religion mißbrauchen. Die Liebe macht nicht halt, sie umfaßt unseren Geist, unsere Sinne und unseren Körper, ja, unser ganzes Wesen, unser ganzes Sein. Wenn wir von Liebe ganz erfüllt sind, haben wir keine Feinde, sind frei und sitzen auf der obersten Stufe zum Thron Gottes!«

Monsieur Frédérics Stimme war jetzt mächtig und stark, einigen der Frauen liefen die Tränen aus den Augen, sie stöhnten und riefen: »Ja, ja, so soll es sein, frei und voller Liebe!«

Der Prediger senkte die Stimme wieder. »Ich bitte euch, liebe Gemeinde, prüft, was euch von der Liebe fernhält, räumt alle Hindernisse aus dem Weg und faßt Mut für den Schritt, ja zu sagen zur bedingungslosen Liebe, die euch von allem Bösen erlösen wird. Und nun wollen wir das Schlußgebet sprechen.«

Sie sprachen ein gemeinsames Vaterunser, Monsieur Frédéric stellte sich an die Tür und verabschiedete die Frauen, die mit gelösten, heiteren Gesichtern an ihm vorbeidefilierten. Er hielt jeder eine Weile die Hand und sagte ein paar Sätze.

Celeste richtete die Stühle gerade, so daß sie die letzten waren, die den Raum verließen. Monsieur Frédéric zog Celestes Hand an die Lippen, ohne sie zu berühren. »Meine Perle, meine Sonne«, murmelte er und sah in ihre strahlenden Augen.

Dann nahm er Riekes Hände, die vor Aufregung eiskalt waren.

»Sie haben mir heute sehr viel Kraft gegeben, dafür danke ich Ihnen.« Er senkte den Kopf. »Ich wäre glücklich, Sie bald wieder unter uns zu haben.«

»Auch für mich war es sehr schön, vielen Dank. Ich komme gern wieder, wenn meine Arbeit es erlaubt.« Rieke wurde puterrot, knickste verlegen und lief schnell hinter Frau Chamier her. Ihre Hände brannten jetzt ebenso wie ihr heißes Gesicht, und sie wußte kaum, wo sie sie lassen sollte.

»Und, wie fandest du ihn?« Celeste schaute Rieke von der Seite an.

Rieke war verlegen. »Es war wohltuend, mir ist ganz froh und leicht zumute geworden.« Unsicher fuhr sie fort: »Was ist denn der Herr Frédéric für einer? Wo kommt er her?«

»Er ist ein alter, guter Freund von mir, er kann einem so viel Trost und Hilfe geben.« Frau Chamier sprach mit singender Stimme. »Ich kenne ihn schon lange, aus Paris. Er stammt aus dem Elsaß, deshalb spricht er ein so gutes Deutsch. Wir haben uns zufällig in diesem schrecklichen Barmen wiedergetroffen. Vor drei Jahren hat er die ›Kinder Zions‹ gegründet, und ich war sehr schnell dabei, er hat mich einfach restlos überzeugt. *Les enfants du paradis.*« Sie hielt inne und schaute träumerisch gen Himmel. »Ich glaube, daß er einen höheren Auftrag hat.«

»Sie haben in Paris gelebt, Madame?«

»Ich möchte, daß du Celeste zu mir sagst. Ja, ich komme aus Paris, ich bin dort geboren und habe da mein Handwerk gelernt. Mein Vater war Deutscher, deshalb beherrsche ich die Sprache. So, nun bin ich sehr müde, kleine Rieke. Möchtest du am Sonntagabend wieder mitgehen? Komm einfach wieder um acht vorbei und hole mich ab. Dann könnten wir auch über das Nähen sprechen, heute ist es zu spät.«

Rieke durchrieselte ein Glücksgefühl. Sie hatte es also nicht vergessen. Schnell lief sie die Untere Dörnerstraße in Richtung Alter Markt und preßte ihre immer noch glühenden Hände an die heißen Wangen. Sie drehte sich um und sah in der Ferne eine helle Gestalt in die entgegengesetzte Richtung laufen. Fast kam es ihr vor, als sei es Celeste. Hatte sie etwas vergessen?

Rieke dachte daran, wie Monsieur Frédéric den Kopf gesenkt hatte. Was für ein bescheidener und freundlicher Mann, was für ein schönes, sanftes Gesicht, und welche Kraft und Wahrheit in seinen Worten.

Wolken zogen vor den Mond, und von der Gemarker Kirche schlug es zehn. Ihr fröstelte, und die Mattigkeit kehrte zurück, höchste Zeit, daß sie ins Bett kam.

11. Kapitel

in dem Rieke an ihre Kindheit denkt, Bruno an Amerika und Max sich schlecht benimmt

»Es sind doch keine Fliegen da, Vater!« Rieke hielt die Hände von Erwin Blum fest, der im Bett lag und immer wieder versuchte, imaginäre Fliegen vor seinem Gesicht zu verscheuchen. Er war bis auf die Knochen abgemagert und kaum bei Bewußtsein.

Riekes Mutter kam aus dem Sonntagsgottesdienst zurück, band ihre Schürze um und setzte sich in den Webstuhl. Im Sekundentakt ließ sie Schiffchen mit goldener, rosa und hellblauer Seide durch die Kettfäden sausen und schlug das Garn mit dem Kamm gegen das bereits fertige Gewebe. Über ihr schob sich ratternd eine Lochkarte durch eine Holzvorrichtung, die Vorlage für das filigrane Blütenmuster des Stoffes.

Rieke nahm aus der obersten Schublade des Schrankes eine fast leere Branntweinflasche. Sie hielt dem mißbilligendem Blick ihrer Mutter stand und flößte dem Vater einige Teelöffel ein, bis er ruhiger wurde.

»Eine Sünde ist eine Sünde, Gott wird ihn strafen, und dich auch!« Ihre Mutter kniff den Mund zusammen und trat krachend in die Pedalen des Webstuhls.

»Ich glaube nicht, daß Gott will, daß ein Mensch so leiden muß. Vater war immer gut zu allen, er hat nichts getan, wofür er Strafe verdient hat.« Rieke nahm seine Hände. »Ich muß jetzt gehen, Vater, nächste Woche besuche ich dich wieder. Es geht schnell, bis wieder Sonntag ist.« Sie streichelte ihm die Wange, verabschiedete sich von ihrer Mutter und trabte den Berg hinunter in Richtung Barmen, wo Bruno am Alten Markt auf sie wartete.

»Geh ihn holen, deinen Lieblingsvater. Wirst sehen, in welchem Zustand er wieder ist. Gott sei ihm gnädig!« — Ihre Brust schnürt sich zusammen, schon vor der Branntweinstube riecht sie den abgestande-

nen Alkohol, Urin und Erbrochenes. Vater weint, als sie in ihrem grauen Kleidchen knicksend hereinkommt. Er nimmt sie hoch und zeigt sie stolz seinen Zechkameraden; mein Engelsgesicht, meine kleine Prinzessin. Sie schlägt ihm auf die Hände. »Komm nach Hause, Mutter wartet.« Auf dem Nachhauseweg stützt er sich auf sie, weint, fällt in den Dreck. Sie zieht ihn wütend hoch, durchnäßt und erschöpft erreichen sie das Haus, in das er aus Angst nicht hineingehen will.

Sie war an der Wupper angekommen und sah zarte Flammen über dem Wasser schweben. In ihrer Brust breitete sich goldenes Licht aus, und sie fühlte, wie das leichte und freie Gefühl wiederkam, das sie in der Andacht bei Monsieur Frédéric empfunden hatte.

Ninge, nange, ning, de Dampmasching. — Er singt und läßt sie durch die Luft fliegen, bis sie lacht und schreit. Sie schmiegt sich an ihn, die Sonne scheint so warm, er läßt sie süßen Honig von einem Löffel ablecken. Er bürstet ihr rotblondes Haar und hält eine Spiegelscherbe vor ihre sommersprossige Stupsnase – mein Engelsgesicht, meine Prinzessin. — »Die Hoffärtigen werden zur Hölle fahren und niemals das Himmelreich sehen!« — Mutters schneidende Stimme.

Dann sah sie August, er stand am Wupperufer und streckte seine Arme nach ihr aus. Ohne nachzudenken kehrte sie um und lief zum Böckmannsbusch zurück. Auf halber Strecke traf sie das pausbackige Nachbarskind, das mit Tränen in den Augen sagte, die Frau Blum habe es zum Pfarrer und zum Totengräber geschickt.

Als sie zu Hause ankam, war ihre Mutter dabei, Vater seinen dunklen Anzug anzuziehen. Rieke half ihr, dann öffnete sie das Fenster, durch das der Geruch von Erde und Gras hereinströmte. Die Vögel jubilierten in der Nachmittagssonne. Sie ging zu dem Totenbett, wo sie August sitzen sah, und sie blieben gemeinsam bei Vater, bis sie ihn holten.

***

Der Abend war warm, die Luft schwer vor Nässe. Bruno sah ratlos hinter Rieke her, die aus dem gelben Lichtkegel der Gaslaterne in den Dunst hinein verschwand.

Jetzt wollte sie noch nicht einmal mehr, daß er sie nach Hause brachte. Sie wies ihn zurück und ließ ihn nicht mehr an ihrem Leben teilhaben. So sehr er auch nachdachte, er konnte sich keinen Grund für die plötzliche Veränderung vorstellen. Begonnen hatte es mit der Krankheit, seitdem bekam er sie kaum noch zu Gesicht, und wenn, war sie einsilbig und verschlossen und hatte nur wenige Minuten Zeit. Auch von der Andacht bei der Sekte hatte sie kaum etwas erzählt, nur, daß der Prediger ein freundlicher und gläubiger Mensch sei, von dem sie nichts Unrechtes annehmen könne.

Am Sonntagmittag hatte Bruno vergeblich auf sie gewartet und sich Sorgen gemacht. Erst am Montag war sie gegen Abend in die Redaktion gekommen und hatte ihm vom Tod ihres Vaters erzählt. Sie sah blaß und erschöpft aus, vergoß aber keine Träne, im Gegenteil, es ging eine seltsam verklärte Freude von ihr aus. Als er sie in den Arm nehmen und trösten wollte, wehrte sie ab. »Er ist mit August zusammen, es gibt keinen Grund zur Trauer«, hatte sie gesagt.

Grundsätzlich war es nur gut, daß sie, anstatt sich von Schmerz und Kummer überwältigen zu lassen, auf diese Weise damit umging. Aber er verstand nicht, daß sie sich so von ihm abwandte. Gestern, am Mittwoch, war ihr Vater beerdigt worden, und erst heute hatte sie sich zu einem kurzen Treffen bereitgefunden, und das auch nur, weil Bruno sie gedrängt hatte. Vielleicht war es der Schock, innerhalb von so kurzer Zeit Bruder und Vater zu verlieren.

An der Wupperbrücke am Alten Markt wartete Benjamin Steckelings, sie wollten gemeinsam noch einmal in die Färber-Spelunke in der Bollwerkstraße. Josua war mittags in der Redaktion gewesen und hatte aufgeregt erzählt, einige seiner Kameraden seien wieder kurz davor, das Gefängnis zu stürmen. Außerdem hatte auch er von heftigen Verstimmungen zwischen Bremkamp und vom Bruch berichtet. Die Arbeiter hatten beobachtet, daß die beiden nicht mehr miteinander sprachen und daß Bremkamp gefärbte Wolle beiseite schaffte, ohne das leiseste Bemühen, es zu verbergen. Außerdem redete er abfällig über seinen Fabrikherrn.

»Da muß etwas sehr faul sein, wenn sie sich nachts prügeln und der Meister stiehlt«, sagte Bruno.

»Das kann man wohl sagen. Es sieht so aus, als habe Bremkamp vom Bruch in der Hand. Aber womit? Mein Gefühl sagt, daß das der Schlüssel zu dem Mord sein könnte.« Benjamins Gesicht glänzte von der feuchten Luft.

»Davon bin ich auch mehr und mehr überzeugt. Bloß haben wir immer noch keinen Beweis. Wie sagte doch der Oberprokurator? Gefühle haben bei der Rechtsfindung nichts zu suchen.«

»Richtig. Es zählen nur Tatsachen und Beweise, und vom Bruch wird den Teufel tun zu erzählen, warum er erpreßt wird.«

Benjamin blieb stehen und senkte die Stimme. »Meinst du nicht, ich sollte mit Karl reden, ob er eine Möglichkeit zur Flucht sieht? Moses sagte mir, Friedrich habe hundert Taler zur Verfügung gestellt.«

»Das Geld ist ja nicht alles, sie werden ihn hetzen wie einen Hund.« Bruno flüsterte ebenfalls. »Und für Karl ist es auch gefährlich.«

»Sollen wir tatenlos zusehen, wie sie ihn umbringen? Sie werden ihn in Stücke hacken wie Vieh.«

Bruno schwieg, und sie gingen weiter.

»Ich denke daran, nach Amerika auszuwandern«, sagte Benjamin nach einer Weile, »ich habe gehört, sie brauchen dort Juristen.«

Bruno schwieg immer noch.

»Hast du nicht auch schon mal daran gedacht?«

»Zur Zeit weiß ich gar nicht, was ich denken soll. Eine Zeitlang habe ich viel daran gedacht, und es sah auch so aus, als hätte Rieke Lust mitzugehen. Aber jetzt bin ich mir nicht mehr sicher«, brach es aus Bruno heraus.

Er erzählte, wie beunruhigt er über ihr Verhalten war. »Ich liebe sie doch, ohne sie macht mir das Leben überhaupt keinen Spaß!« Er sah zu Boden, und Benjamin ergriff hilflos den Ellenbogen des Freundes. Seine Erfahrungen mit der Liebe waren noch nicht allzu groß, aber er wußte, daß sie schreckliches Leid verursachen konnte.

Sie waren bei der Schankstube angekommen. Die blasse, blonde Greta stand wieder hinter dem Tresen und schob ihnen ungefragt zwei Bier hin.

»Daß sich so feine Herren auch mal wieder hierher verirren, zum Pöbel!« Sie sprach schnippisch, in kehligem Norddeutsch.

Im Hinterzimmer saßen Josua und die Zwillinge, Max und ein paar andere Färber, unter ihnen der, der bei dem letzten Treffen so zornig gewesen war. Max trank Schnaps aus einem Wasserglas, er sah müde aus.

Es war noch schwieriger als beim ersten Mal. Die Arbeiter strahlten Feindseligkeit und Abwehr aus, schütteten Branntwein hinunter und brüteten vor sich hin. Einige beschimpften Bruno und Benjamin. Die Lehrlinge versuchten vergeblich, die schlechte Stimmung zu überspielen.

Bruno und Benjamin erstatteten Bericht. An Samuels Lage war nichts zu beschönigen, sie war so gut wie aussichtslos. Die Färber reagierten kaum; einige spuckten auf den Boden, der Streitsüchtige trat gegen den Tisch und schimpfte, das sei doch zu erwarten gewesen, man hätte sich gar nicht erst mit den feinen Pinkels einlassen sollen.

Bruno und Benjamin verabschiedeten sich schnell wieder. Max begleitete sie hinaus, er war so betrunken, daß er kaum gehen konnte. Als die beiden am Tresen ihr Bier bezahlten, zog er Greta an sich und griff ihr in den Ausschnitt. Sie schlug ihn ins Gesicht, worauf er sie heftig von sich stieß. Er stolperte hinaus und schlug sein Wasser an der Ecke ab. »Schlampe! Saumensch!« Er brüllte heiser, als würde er weinen.

»›Drei Jahre ihres Lebens reichen hin, sie körperlich und geistig zu vernichten. Es herrscht ein schreckliches Elend unter den niederen Klassen im Wuppertal‹«, sagte Benjamin, als sie zurückgingen. »Wie immer hat er recht, unser Friedrich.« Sie vermieden es, über Samuel zu sprechen, der wie ein Schatten zwischen ihnen war.

Bruno kam noch einmal auf Amerika zurück. »Meinst du, man

kann einfach weggehen? Einfach alles hier so zurücklassen? Daß die Leute zugrunde gehen?«

»Manchmal weiß ich nicht mehr, wofür ich kämpfen soll. Sie müßten mitmachen, alle müßten zusammenhalten und an der neuen Sache arbeiten, anstatt sich um den Verstand zu saufen.«

Sie gingen schweigend bis zum Alten Markt. Bruno schlich wie ein Häufchen Elend neben Benjamin her, der nicht wußte, wie er ihn trösten sollte.

Beim Abschied sagte Bruno: »Wir könnten ja mal nach Düsseldorf fahren und uns nach den Auswanderungsformalitäten erkundigen.«

12. Kapitel

in dem eine Andacht gestört wird, Köster von Kösteritz seufzt, Rieke eine Schramme bekommt und Ida an der Wupper trifft

Sie trinken Champagner, der kühl durch ihren Körper prickelt. Sein Atem streift sie warm und süß, er umfängt sie, bis sie vor Glück den Atem anhält. In ihrem purpurroten Atlaskleid dreht sie sich in seinen Armen. Sie legt ihre Wange auf seine Schulter, der weiche, braune Samt seines Anzuges duftet betörend nach Räucherwerk und Wiesenkräutern. Er zieht sie näher, bis sie durch ihr Kleid seinen warmen, atmenden Körper spürt. Sie vergräbt das Gesicht in seinen schwarzen Locken und spürt seine Lippen auf ihrem Hals. Verlangen überschwemmt sie wie eine Woge.

Rieke setzte sich verwirrt auf, sie schwitzte, und ihr Körper brannte. Sie rollte sich wieder unter der Bettdecke zusammen. Es schien, als wäre er bei ihr gewesen, sie glaubte, seinen Geruch in ihrem Bettbezug zu spüren und seine nackte Haut zu fühlen.

Sie nahm ihr Kopfkissen in den Arm und brauchte eine Weile, bis sie wieder einschlafen konnte. Bis zum Morgen brannte das Verlangen in ihr, und sie wachte beschämt und zerschlagen auf.

***

»Oh, mein armes Kind, wie viele Abschiede mußt du nur durchmachen!« Celeste Chamier strich mitleidig über Riekes Wange, als sie vom Tod ihres Vaters erzählte. Sie gingen zusammen die Untere Dörnerstraße hinunter, um die Mittwochsandacht zu besuchen. In der letzten Woche hatte Rieke wegen der Beerdigung ihres Vaters nicht kommen können. »Erzähle mir, wie es geschehen ist.«

Rieke berichtete, wie das goldene Licht zu ihr gekommen war

und wie sie zusammen mit August bei ihrem Vater gewacht hatte. »Als August starb, habe ich mir die Augen aus dem Kopf geweint. Jetzt denke ich, sie sind zusammen, und alles ist gut. Es kommt mir genauso vor, wie Sie es sagen. Ihre Seelen sind nicht fort, und ich werde sie immer wieder treffen.«

»Ich wußte, daß du eine Erwählte bist, *petite somnambule*, du kannst die richtigen Dinge sehen«, sagte Celeste. »Vielleicht solltest du einmal dienstags eine Einzelstunde bei Monsieur Frédéric nehmen. Du mußt wissen, Kind, daß er ein Medium ist, das Nachrichten aus dem Jenseits empfangen kann, und ganz besonderen Menschen stellt er diese Fähigkeit zur Verfügung. Er kann eine Verbindung zu deinem Vater und dem kleinen August herstellen. Ich werde fragen, ob er das für dich tun will.«

Rieke stand wieder ihr Traum vor Augen, und sie wurde rot. Sie wußte nicht genau, ob die Erinnerung angenehm oder unangenehm war. Vor der Villa klopfte ihr das Herz bis zum Hals bei dem Gedanken, ihn wiederzusehen.

Der Andachtsraum war in Kerzenlicht getaucht, die goldene Kugel auf dem Altar und die Klangscheibe glänzten wie ein Thronschatz. Monsieur Frédérics Augen leuchteten auf, als er Rieke sah, und er nahm wieder ihre Hände. »Ich freue mich«, sagte er mit seiner sanften Stimme und senkte den Kopf. Nur zögernd ließ er sie los.

Celeste nahm Monsieur Frédéric beiseite und flüsterte ihm etwas ins Ohr. Er lächelte in Riekes Richtung und nickte ihr zu.

Es verlief ähnlich wie beim ersten Mal, nur, daß Monsieur Frédéric diesmal nicht die Anweisung gab, Henriette vom Bruch in das goldene Licht zu stellen, sondern jeder sich den Menschen vorstellen sollte, den er am liebsten hatte. August, Vater und Bruno tauchten auf, dann schob sich immer wieder Monsieur Frédérics Gesicht dazwischen, ohne daß Rieke etwas dagegen tun konnte. Seine samtene Stimme hielt sie gefangen, und sie gab es auf, dagegen anzukämpfen. Er stand nahe bei ihr, und das warme, leuchtende Gold breitete sich immer mehr in ihr und im ganzen Raum aus, bis sie in einem Meer von Glückseligkeit schwamm.

Plötzlich wurde von draußen kräftig gegen das Fenster geschlagen, eine schrille Stimme schrie etwas Unverständliches. Die Frauen schreckten aus ihrer Trance hoch, Celeste Chamier sprang blitzschnell auf und lief hinaus.

»Es ist nichts«, beruhigte Monsieur Frédéric sie, »überlaßt euch dem warmen, goldenen Licht der Himmelssonne.«

Von draußen hörte man es keuchen, der Kies knirschte, als fände ein Kampf statt. Dann entfernten sich die Geräusche.

Die Konzentration war dahin, und Monsieur Frédéric beendete die Sitzung, ohne daß Celeste wieder auftauchte.

Beim Abschied sah er Rieke in die Augen und sagte: »Dienstagabend um neun, willst du dann zu mir kommen? Ich glaube, daß ich dir helfen kann, deinen Schmerz loszulassen.«

Sie war verlegen, knickste und murmelte, sie wisse noch nicht, ob sie sich freimachen könne, aber wenn ja, sehr gern.

»Sag Celeste Bescheid, sie wird mich benachrichtigen.«

Sie fühlte seinen Blick, bis sie draußen war.

Als sie an Celestes Haus vorbeikam, sah sie hinter dem Fenster einen schwachen Lichtschein und eine Silhouette, die sich bewegte. Die Stimme, die vor dem Fenster Monsieur Frédérics geschrien hatte, fiel ihr wieder ein. Irgend etwas war merkwürdig. Bevor Angst sich in ihr ausbreiten konnte, konzentrierte sie sich auf das goldene Licht, das sie bis nach Hause begleitete. Sie schlief schlecht und schreckte immer wieder aus Alpträumen hoch, an die sie sich nicht erinnern konnte.

***

Benjamin Steckelings kam mit hängenden Schultern aus dem Dienstzimmer des Oberprokurators, in der Hand eine Kopie der Anklageschrift. Sie lautete auf Mord, heimtückisch, mit Vorsatz und im vollen Besitz der geistigen Kräfte.

Am Abend des 1. März 1845 habe Samuel Kienholz der Frau seines Dienstherren Henriette vom Bruch aufgelauert, als sie das Privé am rückwärtigen Eingang ihres Hauses aufgesucht habe, sie mit einem schweren Gegenstand unbekannter Art erschlagen und dann ins Türkischrotfaß in der Färbehalle gebracht. Sein Motiv sei abgrundtiefer Haß auf die Unternehmer, im besonderen auf die Familie vom Bruch gewesen, den er in der vorangegangenen Zeit wiederholt und in Anwesenheit zahlreicher Zeugen zum Ausdruck gebracht habe. Möglicherweise habe das Dienstmädchen Ida Krottki, das sich seit dem Mord auf der Flucht befinde, bei der Tat geholfen. Es folgten die Aussagen Alfred Bremkamps, Caspar vom Bruchs und einiger anderer Färber, die die Drohungen und wüsten Schimpfereien Samuels zu Protokoll gegeben hatten.

Köster von Kösteritz hatte geseufzt, es bleibe ihm nichts anderes übrig, als er Benjamin das Dokument in die Hand drückte. Dann sagte er, der Kölner Appellationsgerichtshof habe die Prozeßeröffnung auf den 3. Mai terminiert und einen Richter angekündigt, der gerade von Berlin nach Köln versetzt worden war. Er stand in dem Ruf, ein Scharfmacher und Preuße alter Schule zu sein. »Wie ich es vorausgesehen habe«, sagte der Oberprokurator. »Sie trauen uns nicht zu, einen ordentlichen Prozeß zu führen, weil wir alle vom Kommunismus infiziert sind.«

Wenn es nur so wäre, dachte Benjamin und ging im Eilschritt nach Barmen zurück.

Karl Thiemann wurde blaß, als er die Anklageschrift las.

»Der Prozeß wäre sein Ende. Du gehst besser nicht hinein, er ist auf Advokaten und Justiz nicht sonderlich gut zu sprechen«, sagte er.

»Was man ihm nicht verdenken kann.« Benjamin berichtete, daß die Kommunisten Vorkehrungen für eine eventuelle Flucht getroffen hatten.

»Ich will sehen, welche Gelegenheiten sich ergeben.«

»Ich werde beantragen, daß er so bald wie möglich nach Elberfeld gebracht wird, vielleicht ist das eine Möglichkeit«, sagte Benjamin.

»Versprechen kann ich nichts, das Risiko ist sehr hoch. Und jetzt laß uns nie wieder drüber sprechen«, flüsterte Karl.

Zwei Wachmänner betraten den Raum.

»Der Gefangene Kienholz bekommt keine Hafterleichterung«, bellte Karl und sah Benjamin starr in die Augen, »so einem Antrag ist kurz vor der Prozeßeröffnung noch nie stattgegeben worden, und schon gar nicht bei einem Schwerverbrecher!«

Er begleitete den Anwalt zur Tür und flüsterte: »Ich hoffe, ich sehe dich am Sonntag zu unserer Hochzeit?«

Benjamin versprach zu kommen. Auf dem Heimweg überlegte er, ob Bruno und Rieke gemeinsam zu dem Fest, zu dem Sarah und Karl sie eingeladen hatten, kommen würden, und ob Samuel bis dahin schon in Freiheit war.

***

Rieke befestigte das Kränzchen aus Frühlingszweigen und den kleinen Schleier auf Sarahs blonden Locken, dabei beschrieb sie ihr das prächtige Brautkleid, das sie vor kurzem in der »Muster-Zeitung« gesehen hatte und das als Vorbild für Regines Hochzeitsstaat dienen sollte. Im Hause vom Bruch gab es mittlerweile kein anderes Thema mehr.

»Es ist aus cremefarbener Seide, die Taille schmal, der Rock in ganz viele kleine Falten gelegt, damit er bauschig über die Krinoline fällt, und Rüschen aus Seidenspitze in Bögen draufgenäht. In jedem Bogen ein Bukett aus rosa Seidenrosen, damit wird auch der Ausschnitt eingefaßt.«

Rieke zupfte an Sarah herum und betrachtete sie prüfend. »Aber du bist auch eine schöne Braut, vor allem eine glückliche. Sei froh, daß du nicht so einen steifen Regierungsrat heiraten mußt.«

»Das bin ich, darauf kannst du Gift nehmen, und mit der schmalen Taille ist es sowieso vorbei.« Sarah legte lächelnd die Hände auf den Rock ihres schwarzen Kleides, unter dem sich ihr Bauch jetzt schon unübersehbar wölbte. »Er boxt schon, der kleine Karl«, flüsterte sie verlegen, »gestern hab ich's zum ersten Mal gespürt.«

»Und wenn's eine kleine Sarah ist?«

»Dann heißt sie Rieke.«

Rieke wurde rot vor Freude. Dann gingen sie hinaus zu der wartenden Hochzeitsgesellschaft und machten sich auf den Weg zur Hauptkirche. Karl hatte einen Brautstrauß aus Weidenkätzchen und hellgrünem Frühlingslaub gepflückt, den Sarah im Arm trug.

Die Sonne kam heraus. Rieke ging zwischen Bruno und Benjamin, sie hatte einen Kloß im Hals und fühlte sich ausgesprochen unsicher. Bruno strahlte Zurückhaltung aus und richtete kaum das Wort an sie. Er hielt seinen Arm zwar so, daß sie ihren hätte hineinlegen können, aber sie war nicht sicher, ob er es so meinte.

So hielt sie sich an Benjamin und fragte nach Samuel. Der Advokat flüsterte ihr den Stand der Dinge ins Ohr. Friedrich Engels habe Geld zur Verfügung gestellt, davon könne Samuel eine Zeitlang leben, und man könne eine Schiffspassage dritter Klasse nach Amerika bezahlen. »Laß uns nicht mehr davon sprechen, es darf nicht das geringste nach außen dringen«, flüsterte Benjamin.

Als sie unter brausenden Orgelklängen hinter dem Brautpaar durch das mittlere Portal der mit byzantinischen Rundbögen geschmückten Hauptkirche traten, wurde Rieke todtraurig. Sie konnte sich nicht erklären, weshalb zwischen Bruno und ihr diese Fremdheit entstanden war. Ihr war bewußt, daß sie ihn einige Male zurückgewiesen hatte, aus Angst, ihn mit ihrem Kummer zu stark zu belasten. Vielleicht war ihm tatsächlich alles zu viel geworden, das Sterben um sie herum und die Schwierigkeiten, die sich immer wieder vor ihr auftürmten. Es war wohl doch so, daß sie nicht zusammenpaßten, ein Mädchen aus ihrem Stand und ein Mann in seiner Position, wie sie es sich am Anfang ihrer Bekanntschaft schon gedacht hatte.

Überhaupt wußte sie immer weniger, was sie denken sollte, je näher der Dienstag kam und damit die Entscheidung, ob sie zu Monsieur Frédéric zur Einzelstunde gehen sollte. Manchmal war sie in freudiger Erregung und konnte den Tag kaum erwarten, sie stellte sich vor, wie sie mit ihm beten und Kontakt zu Vater und August aufnehmen würde. Dann wieder erschien es ihr vollkommen abwegig, zu diesem fremden Mann zu gehen, der eine so seltsame Faszination ausstrahlte.

Nach der Trauung luden Karl und Sarah in ein Kaffeehaus zu Kaffee und Kuchen ein. Rieke und Bruno saßen nebeneinander, aber außer ein paar höflichen Floskeln fiel ihnen kein Gesprächsstoff ein, und sie wurden immer einsilbiger.

Kurz bevor die Gesellschaft sich gegen Abend aufzulösen begann, wollte Sarah ihren Brautstrauß werfen. Ihre jüngeren Schwestern drängten sich um sie, Rieke sah von hinten zu. Brunos trauriger Blick streifte sie über die Wand hinweg, die sich zwischen ihnen aufgebaut hatte, und ihr stiegen Tränen in die Augen.

Sarahs Schwestern begannen zu kreischen, denn die Braut drehte sich, um Schwung zu bekommen. Dann spürte Rieke einen Schlag im Gesicht, es wurde dunkel, und auf ihrer Wange brannte ein scharfer Schmerz. Der Strauß fiel zu Boden und hatte eine Schramme in ihrem Gesicht hinterlassen.

Die Schwestern schauten neidisch, aber Sarah klatschte vor Freude in die Hände. »Mitten ins Gesicht! Siehst du, verstecken nützt nichts. Wenn man die nächste ist, ist man die nächste. Du mußt ihn trocknen und bis zu deiner Hochzeit aufheben«, rief sie Rieke zu.

Rieke nahm schnell den Strauß auf und hielt ihn vor das brennende Gesicht, weil ihr die Tränen immer noch in den Augen standen. Sie ging zu Sarah und Karl, küßte beide hastig auf die Wange und lief davon, ohne sich umzudrehen. Unterwegs hielt sie die Blumen fest an sich gepreßt und weinte, als würde ihr das Herz zerrissen.

Bruno war fassungslos. Stumm verharrte er, bis die Hochzeitsgesellschaft sich auflöste. Benjamin und er beschlossen, am Alten Markt noch ein Bier zu trinken.

Sie gingen an der Wupper entlang, in der sich der Mond spiegelte.

»Vielleicht hat sie jemand anderen kennengelernt«, sagte Bruno schließlich. »Hältst du das für möglich?«

»Ich weiß es nicht, sie macht nicht den Eindruck. Ich glaube eher, daß alles zu viel für sie ist. Sie hat in kurzer Zeit Bruder und Vater verloren, dazu der Mord und die ganze schreckliche Situation in der Villa.«

»Aber ich könnte ihr doch beistehen und helfen, das würde es doch leichter machen.«

»Verstehe einer die Frauen. Du bist nicht der erste, der sich an einer Frau die Zähne ausbeißt.« Benjamin war stehengeblieben und deklamierte den Mond an.

»Sie liebten sich beide, doch keiner
Wollt es dem andern gestehn;
Sie sahen sich an so feindlich,
Und wollten vor Liebe vergehn.«

Bruno sprach mit leiser Stimme die zweite Strophe des Heine-Gedichtes:

»Sie trennten sich endlich und sahn sich
Nur noch zuweilen im Traum;
Sie waren längst gestorben,
Und wußten es selber kaum.«

»Noch leben wir, und sterben tut hier so schnell keiner!« Benjamin nahm Bruno entschlossen am Arm und zog ihn mit sich. »Ich werde mit ihr reden«, sagte er, »vielleicht kriege ich raus, was los ist.«

Bruno trank Bier an diesem Abend, bis ihm schlecht war. Auf dem Heimweg mußte er sich immer wieder übergeben, vor Elend und Kummer war er ganz grün im Gesicht.

***

Als Rieke bei der vom Bruch'schen Villa ankam, wollte sie nicht gleich hineingehen, weil Margret ihr verweintes Gesicht mit der angeschwollenen Schramme nicht sehen und neugierige Fragen stellen sollte. Sie lief über den Hof zum Wupperufer, um sich zu beruhigen.

Hinter einem Felsbrocken hörte sie unterdrücktes Stöhnen und Wimmern. Voller Angst schlich sie näher und fand Ida, die im feuchten Gras lag. Ihr rotes Kleid war schmutzig, die Spitzenunterwäsche hing in grauen Fetzen hervor. Sie wand sich und hielt die Arme über dem Leib zusammengepreßt.

»Ida, was ist mit dir?«

Rieke sah, daß das Kleid und die Unterwäsche voller dunkler Flecken waren. Ida war kaum bei Besinnung, ihre Augen waren halb geschlossen, ihr Gesicht glänzte vor Schweiß.

Rieke hockte sich neben sie und flüsterte beruhigend. Fieberhaft überlegte sie, was zu tun sei.

»Ich verliere es«, flüsterte Ida schließlich, als sie Rieke erkannte, »er hat es gegeben, jetzt nimmt er es wieder. Aber es ist meins, mein Königskind«, schrie sie plötzlich und versuchte, sich aufzusetzen. Eine neue Schmerzwelle ließ sie wimmernd wieder hinuntersinken.

»Warte, ich hole Hilfe!« Rieke wollte ins Haus laufen und Margret holen, aber Ida umklammerte ihre Hand. Sie zitterte, und ihre Zähne schlugen aufeinander. Dann begann sie zu schreien, scharf und durchdringend. Rieke riß schnell einen Fetzen ihres Unterrockes ab und steckte ihn Ida zwischen die Zähne.

»Beiß drauf! Wenn du schreist, finden sie uns!«

Ida biß auf den Stoff, keuchte und verdrehte die Augen. Die Flecken in ihrem Kleid wurden immer größer, und Rieke schlug den Rock hoch. Zwischen Idas Schenkeln klebten bräunlich-blutige Gewebefetzen, immer mehr Blut quoll hervor. Rieke riß große Stücke aus ihrem eigenen Unterrock, um das Blut zu stillen.

Schließlich ließen Idas Schmerzen nach, sie richtete sich halb auf und versuchte, zwischen ihre Beine zu sehen.

»Er ist tot, mein kleiner Prinz, sie haben ihn umgebracht. Mord«, keuchte sie halb von Sinnen, »sie haben ihn ermordet.«

»Wer, wer hat dir das angetan?«

»Kleine Prinzessin, schöne Prinzessin, *petite belle princesse*. Mit einer Stricknadel ist sie reingefahren, sie hat ihn ins Herz gestochen, meinen schönen Königssohn mit seinen schwarzen Locken.«

Ida warf sich hin und her, und Rieke wußte, daß sie Schnaps brauchte, dringender als alles andere. Sie nahm die Fehlgeburt mit einem Stoffetzen auf und warf sie in die Wupper.

Dann lief sie ins Haus und alarmierte Margret und Hermann, der sofort mit ihr zum Wupperufer kam und Ida in Riekes Kammer trug, während Margret im Flur Wache stand. Glücklicherweise lagen die Kammern des Gesindes nicht über den vom Bruch'schen Schlafräumen, so daß die Gefahr einer Entdeckung nicht so groß war.

Margret holte ein altes Laken und riß es in Stücke, die sie Ida wie eine Windel umwickelte, um die Blutung zu stillen. Sie flößten ihr Branntwein ein, bis sie in einen unruhigen Schlaf fiel.

Auch Rieke legte sich ins Bett, aber sie konnte nicht einschlafen, die Ereignisse des Tages stürmten auf sie ein. Die Schramme auf ihrer Wange brannte wie Feuer, sie sah Brunos trauriges Gesicht vor sich, das Herz pochte ihr bis in die Ohren. Ida wälzte sich unruhig.

Wer war der Vater des Kindes? War sie bei einer Engelmacherin gewesen? Aber warum sprach sie dann von Mord?

Riekes Herz klopfte immer stärker. *Petite belle princesse*. Warum hatte Ida plötzlich Französisch gesprochen?

Petite somnambule. Mein Königssohn mit schwarzen Locken.

Die Andacht bei Monsieur Frédéric fiel ihr ein, das Klopfen und die Schreie hinter dem Fenster. Wie von der Tarantel gestochen war Celeste aufgesprungen und hinausgelaufen.

Mein schöner, schöner Prinz, ich habe einen Märchenkönig, ich bin seine Prinzessin! Idas Stimme, als sie sie nachts an der Wupper getroffen hatte und das türkischrote Kleid noch neu war, nicht voller Blut.

Rieke fürchtete, die Brust würde ihr zerspringen, sie setzte sich auf und zündete das Talglicht an. Auch Ida schreckte hoch. »Ein bißchen Schnaps, nur ein bißchen«, flüsterte sie. Rieke gab ihr etwas, wickelte sich in ihr Umschlagtuch und setzte sich zu ihr.

»Wer war das, Ida, wer hat dir das Kind gemacht? Und wer hat es weggemacht, du mußt es mir sagen!«

»Er war's, er hat's gemacht, und sie hat es weggemacht. *Petite princesse*, ich werde dir Nähen beibringen, dann kannst du selber ein Geschäft aufmachen.« Sie äffte Celeste Chamiers französischen Akzent nach. »Komm, meine Kleine, er gibt dir Einzelstunde. Das wird dir bei deinem Kummer helfen, mein Kind.«

Ida griff nach der Branntweinflasche. »Einzelstunde! Erst ein bißchen Schnaps und ein warmes Bad, schön mit duftenden Kräutern, und dann Einzelstunde. Und dann die Stricknadel. Da hat sie nicht mehr *princesse* gesagt, da hat sie einfach reingestochen, meinem kleinen Prinzen mitten ins Herz.«

Sie ließ sich zurücksinken. »Er hat nicht so schlecht gerochen wie die anderen, aber er hat pausenlos geredet dabei. Ununterbrochen, dreckiges Zeug. Ein schöner Mann, schöne Augen, aber sonst wie die anderen, einfach drüber, und nicht rechtzeitig runtergegangen. Und hinterher sofort weg, jedes Mal. Meine Gemeinde wartet auf mich. Pahh! Und als er wußte, daß das Kind in mir wächst, nichts mehr. Keine Einzelstunde, kein Schnaps. Ich durfte gar nicht mehr ins Haus!«

Idas Worte waren wie Keulenschläge. Rieke hielt sich den Mund zu, um nicht zu schreien.

»Woher kanntest du ihn?«

»Ich hab immer die Briefe hingebracht von der alten Schlampe. Sie hat gesagt, wenn du Kummer hast, *ma petite*, dann komm zu mir. Und dann bin ich hin, als Samuel verhaftet war. Da hatte ich Kummer, weiß Gott. Sie hat ihn mir vorgestellt, und er war so charmant, so freundlich. Ich war ganz weg, weil er so schön ist. Aber er ist ein ganz Dreckiger. Er wollte es immer, immerzu. Manchmal dreimal hintereinander. Meine kleine, süße Puppe, mein Froschschenkelchen. Samuel hat immer gesagt, hüte dich vor denen. Wenn einer im feinen Rock was von dir will, ist er ein Perverser. Und er hat recht, mein Samuel, in allem hat er recht.«

Eine Weile war sie still. »Was ist mit ihm«, flüsterte sie, »lebt er noch? Ich habe ihn so lange nicht gesehen.«

»Er lebt, er ist im Gefängnis.«

»Und, muß er unter das Fallbeil? Obwohl er's nicht war? Ich weiß es doch, ich war doch bei ihm. Oh, mein armer Samuel.« Ida weinte.

»Aber wer, Ida, wer war es?« Rieke faßte sich allmählich. Ida nahm einen weiteren Schluck.

»Samuel hätte Grund gehabt, diesen Schindern was anzutun. Wie haben sie uns gequält, die Schweine. Aber er war's nicht, er war's einfach nicht. Aber noch jemand anderes hatte Grund, der Schickse was anzutun.«

»Wer?«

»Na, er. Sie hat doch immer nur hinter dem Perversen hergesabbert, ich glaube, sie hat ihn bezahlt, damit er's mit ihr macht. Den Alten hat sie nur fertiggemacht. Ich glaub, den hat sie überhaupt nicht mehr rangelassen. Sie hat immer nur die Augen verdreht, als wäre sie wer weiß wie verliebt, und Briefe geschrieben, die ich hinbringen mußte. Vielleicht hat er einen davon gefunden.«

Rieke sah Alma vor sich, wie sie mit verzerrtem Gesicht den Fuß auf ein Papier setzte, und dann den verzweifelten Caspar vom Bruch nachts im Salon. Ida sprach aus, was seit einiger Zeit in ihrem eigenen Kopf schlummerte. Es war mehr ein lauerndes Gefühl als ein richtiger Gedanke.

»Bevor du kamst, war es ganz schlimm«, fuhr Ida fort. »Sie rannte den ganzen Tag im Haus herum und machte uns alle verrückt. Sie schmückte sich und trank Likör und schrieb einen Brief nach dem anderen. Einmal hat der Alte auf den Tisch gehauen. Da hättest du sie hören sollen, stinkender Holzklotz, hat sie zu ihm gesagt. Als du kamst, war sie nicht mehr so in Ekstase, anscheinend hatte der Perverse die Nase voll von ihr.«

»Nichts davon kann man beweisen«, flüsterte Rieke, »nie und nimmer kann man es beweisen.«

»Aber er war's, bestimmt. Der Alte hat sie gehaßt. Und Samuel muß dafür sterben. Ich will nicht, daß er stirbt, hörst du? Ich will es nicht!«

Ida begann zu wimmern, und Rieke befürchtete einen Schreikrampf. Schnell gab sie ihr die Branntweinflasche. »Hier, trink, und dann schlaf, damit du gesund wirst«, flüsterte sie. »Niemand darf merken, daß du hier bist, sonst sind wir alle verloren.«

Ida sank halb ohnmächtig zurück, und Rieke erneuerte ihren Verband. Dabei sah sie, daß die Blutung schwächer wurde.

Von der Gemarker Kirche schlug es Mitternacht. Rieke ließ das Talglicht brennen und legte sich wieder ins Bett. Der Gedanke, den Ida ausgesprochen hatte, wurde immer größer in ihrem Kopf. Hermann verbarrikadierte das Haus jede Nacht, damit kein Mörder hineinkam, dabei war er womöglich schon drin, und sie schliefen mit ihm unter einem Dach. Angst stieg in Rieke auf und breitete sich in ihrem Herzen und in jedem Winkel ihres Körpers aus. Sie hatte das Gefühl, gleich in Stücke zu springen, und sehnte sich geradezu danach, damit das Grauen ein Ende hatte.

Und dann das andere. Rieke schämte sich so entsetzlich, daß sie die Gedanken kaum zulassen konnte. Fing Celeste Chamier junge Mädchen ein und lockte sie mit Schmeicheleien und dem Angebot, nähen zu lernen, um sie ihm zuzuführen? War auch er einer von denen, die halbe Kinder bevorzugten, junges Fleisch, wie Bruno einmal gesagt hatte? Sollte sie das nächste Opfer werden, sollte auch ihre Einzelstunde so enden wie die von Ida?

Niemals, niemals konnte sie Bruno wieder unter die Augen treten. Sie hatte sich blenden lassen von Monsieur Frédérics schönen Augen, Celestes angenehmem Äußeren, ihrem Geruch, den Schmeicheleien. *Petite somnambule*.

Rüschen und feine Wäschespitzen, alles leicht und sauber, das Leben ein Honigschlecken. Eitel und hoffärtig war sie gewesen, Mutter und alle Pfarrer hatten recht, es endete in der Hölle. Sie war Hochstaplern auf den Leim gegangen, fühlte sich bis auf die Knochen gedemütigt und hatte dazu noch Bruno verloren, den besten und liebsten Menschen in ihrem Leben.

Riekes Herz war ein harter, schmerzender Klumpen. Sie zog ihre Knie an den Leib, umfaßte sie mit beiden Armen und wiegte sich hin und her. August, hilf mir, dachte sie im Rhythmus des Schaukelns.

13. Kapitel

in dem Karl perfekt schauspielert, Hermann ein lebendes Paket transportiert und Sarah von Indianern träumt

Samuel lag rücklings auf der Pritsche und betastete seine Oberarme, deren Muskeln dünn und schwach geworden waren. Nach Elberfeld also, die Bestie am Pranger sehen.

Die Zeitungen waren voll von dem bevorstehenden Prozeß, die Gendarmen wurden nicht müde, laut und hämisch daraus vorzulesen. Zuerst den Pranger und dann das Schafott, forderten einige Schreiber für den Meuchelmörder von Barmen, dessen sensationeller Fall Aufsehen in der ganzen Welt erregte. Zu Tausenden würden sie gaffen und sich schaudern.

Blutet der Kopf, wenn er in den Korb fällt?

Zumindest wäre es dann mit den Schmerzen vorbei. Obwohl Karl ihm regelmäßig Schnaps gab, hörten sie nicht mehr auf.

Und danach?

Einmal noch Idas kleines Gesicht berühren, ihren warmen Leib an seinem fühlen.

Ein langer Schlaf? Das Himmelreich oder das Gericht?

Am schlimmsten war der Gedanke, daß danach überhaupt nichts kam.

Karl Thiemann kam herein, kniff ihm ein Auge zu und lächelte aufmunternd. Er legte ihm Handschellen an und stieß ihn mit groben Kommandos über den Hof, auf dem mehrere Gendarmen mit Säbeln und Pistolen standen. Ein Gewitter zog heran, der Himmel war bedeckt, die Luft schwül und elektrisch aufgeladen.

Karl zischte an Samuels Ohr: »Das wird nicht deine letzte Reise sein. An der Hardt kriegst du Durchfall.«

Fluchend stieß er ihn mit seinem Gewehrkolben in einen bereitstehenden schwarzen Pferdewagen der Barmer Polizei, in dem schon zwei Gendarmen und ein junger Sergeant warteten.

»Marsch Kienholz« brüllte er, »nicht so müde! Keine Mätzchen, wir sind scharf bewaffnet!« Er schubste Samuel auf die Holzbank.

Der junge Sergeant richtete sein Gewehr auf ihn, die Gendarmen zogen die Säbel und starrten den berüchtigten Häftling angespannt an.

Samuel sah zu Karl, der mit dem Augenlid zuckte, und verstand. Er lehnte sich zurück, lächelte die Gendarmen demütig an und schloß die Augen. Sie setzten sich auf die gegenüberliegende Bank und nahmen die Waffen herunter.

Das Gefährt rollte los in Richtung Elberfeld. Samuel hielt weiter die Augen geschlossen und atmete tief, als schlafe er.

»Er ist krank«, sagte Karl, »hat Durchfall. Kommt überhaupt nicht vom Abort herunter, das Schwein.«

Am Alten Markt holte er Spielkarten hervor, und die Gendarmen legten ihre Gewehre unter die Bank. Munter heizte Karl das Spiel an, machte ab und zu unflätige Bemerkungen über den Gefangenen und gab ihm einmal laut lachend einen Fußtritt.

In Samuels Kopf ratterte es. Er machte es geschickt, der Karl. Sollte er die Flucht riskieren? Würden sie ihn nicht sofort niederschießen? Aber lieber erschossen werden als vor einer gaffenden Menge geköpft, eigentlich gab es für ihn überhaupt kein Risiko mehr.

Auf der Höhe von Unterbarmen brach ein Gewitter los, als sei der Weltuntergang nahe. Der Himmel verdunkelte sich in Sekundenschnelle, ohrenbetäubende Donnerschläge entluden sich, Blitze färbten den niederrauschenden Regen gelb.

Die Gendarmen starrten durch die kleinen Fenster der Kutsche auf das Inferno, aber Karl spielte weiter und tat, als sei nichts Besonderes los. Der Kutscher rief, die Pferde würden es nicht schaffen, aber Karl bellte: »Höchste Sicherheitsstufe, wir fahren durch!» Er knallte eine Karte auf die Bank und brüllte »Kontra!« Die Polizisten sahen ihn ehrfürchtig an und warfen ebenfalls ihre Karten ab.

»Wir kommen zur Hardt«, sagte Karl dann, »da haben sie früher solche wie den da aufgeknüpft, ohne viel Federlesen. Das waren bessere Zeiten!«

Samuel krümmte sich zusammen und fing an zu stöhnen. »Schnell«, röchelte er, »schnell, ich halt's nicht, ich halt's nicht!«

»Das Schwein versaut uns den Wagen, er muß raus. Anhalten!« rief Karl dem Kutscher zu. »Ich mach das schon, kein Problem.«

Er versetzte Samuel einen Tritt und stieß ihn vor sich her in den Regen, der wie eine Wand vor der Wagentür stand. Die Gendarmen griffen nach ihren Gewehren und sahen unschlüssig nach draußen.

Karl zog den Gefangenen ein Stück fort, schloß ihm in Windeseile die Handschellen auf, drückte sie ihm in die Hand und zischte: »In die Höhle, da findest du alles.«

Die Wasserwand verschluckte Samuel. Karl zählte langsam bis zehn, dann rief er: »Halt, stehenbleiben«, schoß ein paarmal in die Luft und dann, nach einem kurzen Augenblick der Überwindung, sich selbst in den Fuß. Er humpelte zum Wagen zurück und brüllte außer sich: »Die Bestie! Er hat mir das Gewehr entwunden und mich bedroht, aber ich habe es ihm wieder entrissen. Dabei hat er mich getroffen!«

Die Gendarmen schrien durcheinander, sprangen aus dem Wagen und liefen einige Meter durch die vom Himmel stürzenden Fluten, aber eine Verfolgung war aussichtslos. Bis auf die Haut durchnäßt stolperten sie zum Wagen zurück.

»Mit den Handschellen kommt er nicht weit«, sagte Karl, »bis zum Abend haben wir das Schwein.« Stöhnend zog er den durchschossenen Stiefel aus und untersuchte die Wunde, aus der Blut sickerte.

Der Kutscher holte das letzte aus den Pferden heraus und peitschte sie bis zum Turmhof, wo der Oberprokurator auf den Gefangenen wartete. Als er hörte, was geschehen war, schickte er umgehend Depeschen an alle Landratsämter, setzte einen Steckbrief auf und schickte ihn in die Redaktionen der Barmer und Elberfelder Zeitungen.

Der Wundarzt kam, und während Karl verbunden wurde, gab er eine blumige Schilderung von der Flucht und schimpfte immer wieder auf Samuel.

»Den knalle ich eigenhändig ab«, stieß er ein paarmal hervor, »der kommt mir nicht noch mal davon!«

Aus den Augenwinkeln beobachtete er die Gendarmen, die darum bemüht waren, ihr Versagen zu bemänteln. »Er hat uns hinters Licht geführt«, sagte einer kleinlaut, »wir dachten wirklich, er sei todkrank. Und dann bei dem Wetter, da rechnet man doch nicht mit Flucht.«

»Allerdings.« Köster von Kösteritz sah nachdenklich zuerst zum Fenster hinaus, vor dem der Regen schwächer wurde, und dann zu Karl hinüber. »Es kommt einem in der Tat so vor, als hätte er es bestellt«, murmelte er.

***

Die Nachricht von Samuels Flucht verbreitete sich in Windeseile im ganzen Tal. Im Elberfelder Rathaus bildete sich ein Krisenstab, aus Remscheid, Solingen und Velbert wurden Polizeikräfte zusammengezogen, die die Hardt und die umliegenden Wälder durchkämmten. Vor der Türkischrotfärberei vom Bruch postierten sich Wachen.

Rieke erfuhr am Nachmittag, als das Gewitter abgezogen war und sie am Alten Markt Besorgungen machte, daß Samuel entkommen war. Die Bäckersfrau flüsterte ihr mit schreckgeweiteten Augen zu, man dürfe sich auf keinen Fall mehr allein auf die Straße wagen.

Rieke wußte nicht, ob sie sich freuen sollte. Es war also gelungen. Hoffentlich bekam Karl keine Schwierigkeiten und Samuel schaffte es bis Amerika. In Handschellen, hatte es geheißen, da käme er nicht weit.

Über den Platz, der von dem Gewitterguß voller Pfützen stand, patrouillierten Polizisten, und überall standen tuschelnde Grüppchen zusammen.

Rieke steuerte auf die Redaktion der »Barmer Zeitung« zu, denn sie hatte sich am Morgen, als sie nach wenigen Stunden Schlaf völlig zerschlagen und mit Kopfschmerzen aufgewacht war, vorgenommen, Bruno um ein Gespräch zu bitten. Sie wollte ihm alles erzählen, die Sache mit Ida und all die entsetzlichen Vermutungen, die ihren

Kopf fast zu sprengen drohten. Außerdem wollte sie ihm beichten, daß sie sich von dem Prediger und Celeste Chamier hatte blenden und mit schönen Versprechungen einlullen lassen.

In der Redaktion erfuhr sie, daß Bruno auf dem Weg nach Elberfeld war, um Informationen über Samuels Flucht einzuholen. Sie bat Herrn Staats, ihm auszurichten, daß sie dagewesen sei.

Auf dem Heimweg überlegte sie, was mit Ida werden sollte. Sie mußte aus dem Haus, die Gefahr wurde immer größer. Aber wohin, zumal jetzt, wo alles voller Militär und Polizei war?

Vor der Türkischrotfärberei standen die Arbeiter in Gruppen zusammen. Rieke wunderte sich, daß sie nicht in der Halle waren, aber dann sah sie, wie Alfred Bremkamp hoch aufgerichtet aus dem Kontor kam und ohne die Arbeiter zu beachten vom Hof ging.

Caspar vom Bruch kam ebenfalls heraus und stellte sich in die geöffnete Tür. Die Arbeiter kehrten nur zögernd in die Halle zurück, einige blieben vor dem Färbereiherrn stehen und sahen ihn provozierend an. Rieke knickste, und das Herz klopfte ihr bis zum Hals, als sie an vom Bruch vorbei durch den Hintereingang in die Villa ging. Er stand reglos wie ein Stein und schaute durch sie hindurch.

In der Küche berichtete sie Margret von Samuels Flucht. Die Köchin rang die Hände und jammerte, er werde kommen und sie alle umbringen.

»Unsinn, er ist froh, wenn er sein Leben behält. Außerdem ist er kein Mörder!« sagte Rieke barsch.

Dann lief sie zu Ida, die fest schlief, weckte sie und flüsterte ihr die Neuigkeit ins Ohr. Ida griff zuerst nach der Flasche neben dem Bett, dann begriff sie, was Rieke da sagte.

»Ich weiß, wo er hin ist. Da ist er sicher!« Sie lächelte. »Da findet ihn keiner, auch nicht tausend Soldaten.«

Sie wollte sofort aus dem Bett springen, aber Rieke überredete sie, bis zum Einbruch der Dunkelheit zu warten. »Wir müssen zuerst überlegen, wie wir dich hier rauskriegen. Es wimmelt nur so vor Polizei. Ruh dich aus bis dahin, ich besorge Kleidung und Branntwein«, flüsterte sie.

Ida rollte sich zusammen und sah Rieke glücklich an. »Heute

abend sehe ich ihn, meinen Samuel!« Sie wiegte sich hin und her und begann zu summen. Rieke legte ihr die Hand auf den Arm. »Sei ganz leise, hörst du? Wenn sie dich hier entdecken, siehst du ihn niemals wieder.«

Von unten klingelte es ungeduldig, und Rieke lief, um den Tisch zu decken. Auf der Treppe fuhr ein stechender Schmerz durch ihr Herz, einen Augenblick wurde ihr schwarz vor Augen, und sie befürchtete, die Beine könnten ihr versagen.

***

»Ich verstehe nicht, warum du nicht auf der Stelle zu Wilkhaus gehst, Vater, du mußt in aller Schärfe protestieren. Das müssen wir uns wirklich nicht gefallen lassen. Ich werde sofort Schwiegerpapa bitten zu intervenieren, am besten gleich in Berlin!«

Regine löffelte ihre Brühe mit Appetit und merkte nicht, daß ihr Vater wie erstarrt am Tisch saß und nicht auf ihre Worte reagierte.

»Wenn sie ihn gleich aufgehängt hätten, wäre das nicht passiert. Unsere arme Mutter würde sich im Grabe herumdrehen, wenn sie das wüßte. O Vater, du mußt wirklich etwas tun gegen diesen Skandal!«

Alma saß stiernackig vor ihrem Teller und sah die Schwester streng an.

»Du siehst doch wohl, daß Vater jetzt nicht in der Lage ist. Bitte laß ihn in Ruhe und respektiere seine Trauer. Ob er protestiert oder nicht, davon wird unsere Mutter auch nicht wieder lebendig.«

Als Rieke den Tisch abräumte, sah sie, daß der Hausherr und Alma so gut wie nichts angerührt hatten. Regine redete ununterbrochen und ließ sich darüber aus, daß ihr Schwiegervater in spe, der Geheime Oberregierungsrat von Beauvais, beim Innenminister auf der Stelle eine Sonderuntersuchung darüber erwirken werde, wie einer so gemeingefährlichen Bestie die Flucht habe gelingen können.

»Direkt an den Galgen hätte der gehört, am besten gleich hier auf dem Alten Markt. Ich habe mich mit Schwiegerpapa schon darum gestritten, warum man einem solchen Scheusal überhaupt den Prozeß machen muß.« Sie warf die dunklen Locken zurück und sah Alma triumphierend an. »Ich habe ihm gesagt, man kann es auch übertreiben mit dem Rechtsstaat. Das kostet Unsummen, die schließlich wir Unternehmer mit unseren Steuern bezahlen müssen. Robert kam zu unserem Gespräch dazu. Er legte den Arm um meine Schulter und sagte: ›Mein wunderschöner kleiner Finanzminister!‹«

Regine beobachtete Almas Reaktion und war zufrieden. »Ich werde sofort eine Depesche an Robert schicken, er wird uns gleich zu Hilfe eilen.« Mit erhobenem Kopf verließ sie den Salon und sprang polternd die Treppe hinauf.

Alma blieb bei ihrem Vater sitzen. Nach einer Weile sagte er heiser: »Du mußt fort, und deine Schwester auch. Er kann gefährlich für euch werden.«

»Ich bleibe bei dir, Vater, ich laß dich doch jetzt nicht allein.«

***

»Um uns herum ist alles voller Polizei, was machen wir bloß mit Ida!« Rieke aß mit Margret und Hermann zu Mittag und sah verzweifelt zum Küchenfenster, vor dem zwei Gendarmen patrouillierten. »Da kommt sie nie durch.«

Margret rang die Hände. »Halten können wir sie nicht, sie rennt sowieso davon, in ihr sicheres Verderben. Oh, dieses unvernünftige Ding. Sie wird uns noch alle ans Messer liefern!«

»Ich bringe sie weg, heute abend«, sagte Hermann leise, »ich habe eine Idee, laßt mich nur machen.«

Dann erzählte er, daß in der Färberei alles drunter und drüber gehe. Vom Bruch sitze den ganzen Tag im Kontor, Bremkamp lasse sich kaum noch blicken, und wenn, dann nur, um eigene Geschäfte abzuwickeln. Die Färber seien weitgehend sich selbst überlassen und würden mehr trinken als arbeiten.

»Das wird schlimm enden, der ganze Laden geht den Bach runter, wenn der Gnädige das nicht bald in den Griff kriegt und Bremkamp rausschmeißt«, prophezeite Hermann.

»Warum läßt er ihn, warum haut er nicht auf den Tisch?« Rieke zitterte innerlich wie Espenlaub.

»Das wissen nur der liebe Gott und die beiden, und ich werde den Teufel tun, das rausfinden zu wollen. Hab keine Lust, auch in der roten Suppe zu schwimmen.«

Margret purzelten fast die Augen aus dem Kopf. »Jesus, steh uns bei«, murmelte sie ein ums andere Mal, »und vergib uns unsere Sünden.«

Während Rieke das Abendessen servierte, stand Margret im Hausflur Wache. Hermann lief, so leise er konnte, mit einem großen Sack über der Schulter die Treppe hinunter und trug ihn hinaus auf den Hof, wo die Kutsche mit angeschirrten Pferden bereitstand. Unter der Gaslaterne an der Hallentür wartete Josua mit einem Haufen Pakete, die nach Elberfeld expediert werden sollten.

Hermann bettete den Sack vorsichtig auf die Bank in der Kutsche, dann häuften er und Josua die Pakete darüber. Einer der patrouillierenden Gendarmen kam mißtrauisch heran.

»Was habt ihr da?«

»Farbmuster, die müssen alle zur Bahn, hier.« Hermann riß ein Stück Packpapier auf, unter dem rote Baumwolle hervorquoll. »Wann kriegt ihr endlich das Vieh?« polterte er den Soldaten an, »der gehört aufs Schafott, wo er doch unsere Herrin auf dem Gewissen hat.«

»Er ist wie vom Erdboden verschluckt, wir haben alles durchsucht.«

»Vielleicht ist er Richtung Schwelm, da hatte er mal eine Liebste, damit hat er immer angegeben, hab ich selbst gehört«, sagte Hermann.

Der Gendarm stand stramm. »Warum haben Sie das nicht gleich zu Protokoll gegeben? Ich werde es sofort melden!«

»Es hat mich keiner gefragt. Außerdem weiß ich nicht, wo sie wohnt und ob es sie überhaupt noch gibt.«

Josua stand der Mund offen. Der Soldat lief eilig davon, um den Wachposten am Alten Markt Meldung zu machen, und Hermann kniff dem Lehrling ein Auge zu. »So was nennt man taktische Kriegsführung.«

Die Kutsche rumpelte die Carlstraße hinunter über den Alten Markt und bog in den Neuen Weg ein. Hermann sah, wie sich ein Trupp berittener Polizisten sammelte und in die entgegengesetzte Richtung davonsprengte. Zufrieden lächelte er vor sich hin. »Das mit Schwelm war natürlich eine Lüge«, sagte er halblaut in Richtung des Paketberges, unter dem sich der Sack unmerklich bewegte.

***

Sarah schrie auf und brach in Tränen aus, als Karl gegen zehn Uhr abends auf einen Stock gestützt und mit verbundenem Fuß hereinhumpelte. Sie legte beide Hände auf den Bauch und sah ihn voller Furcht an.

»Oh, Karl, wenn du wüßtest, welche Angst ich ausgestanden habe! Du lebst und bist noch auf den Beinen. Und ich dachte, mein Kind wird ohne Vater aufwachsen.«

»Dein Kind wird mit dem besten Schauspielervater aller Zeiten aufwachsen!« Karl faßte sie um die Taille und hob sie hoch. »Ich habe es geschafft. Ich, Karl Thiemann, habe sie an der Nase herumgeführt, und zwar alle. Oberprokurator, Polizeiinspektor und Oberbürgermeister Wilkhaus. Sie haben es mir geglaubt!«

»Was? Erzähle, Karl, ich halt's nicht aus!«

Er legte sich auf die schäbige Chaiselongue. Während Sarah seinen Verband untersuchte, erzählte er leise, wie er Samuel zur Flucht verholfen hatte.

»Ich war mir bis zum Schluß nicht sicher, ob ich es tun sollte. Aber als dann das Gewitter kam, dachte ich, es soll sein, so eine Gelegenheit kommt nicht noch einmal. Natürlich hatte ich große Angst, daß sie etwas merken. Deshalb habe ich Samuel schlecht behandelt und nachher, als er weg war, fürchterlich auf ihn geschimpft. Nachmittags kam Bürgermeister Wilkhaus aus Barmen, er hat mir sogar zu meiner Tapferkeit gratuliert. Der Oberprokurator wollte mich eigentlich nach Hause schicken, wegen des Fußes, aber ich habe so getan, als sei es mir das Allerwichtigste auf der Welt, daß sie Samuel fassen. Ich bin mit ihnen zur Hardt und habe vorgemacht, wie er sich befreit hat. Dann habe ich sie auf einen Weg entgegengesetzt zu der Höhle, in der Samuel jetzt ist, geführt und gesagt, ich glaube, daß er in diese Richtung geflohen sei. Dabei habe ich kräftig weitergeschimpft. Sie haben dort Wachen postiert, und ich hoffe nur, daß Samuel es so lange in dem Versteck aushält, bis sie sich zurückziehen.«

Sarah sah ihn stolz und voller Bewunderung an.

»Und wie lange kann das dauern?«

»Ich weiß es nicht, vier oder fünf Tage vielleicht. So lange müßte er eigentlich durchhalten mit den Vorräten.«

Sie legte ein Kissen unter seinen Fuß. »Du hast dich in Gefahr gebracht, wer weiß, ob der Fuß wieder in Ordnung kommt.«

»Lieber ein kaputter Fuß als ein toter Samuel. Der Arzt sagt, ein glatter Durchschuß, der Knochen ist nicht verletzt. Es mußte sein, sonst hätten sie mir nicht geglaubt. Es hat sich gelohnt, Sarah, er ist frei, und niemand hat Verdacht geschöpft. Der Oberprokurator hat mich dann auch noch mal gelobt, ich hätte vorbildliche Vaterlandstreue bewiesen, wie findest du das? Jetzt darf ich zu Hause bleiben, bis der Fuß geheilt ist.«

Sarah legte ein paar Holzscheite in den eisernen Ofen und wärmte in einer Blechschüssel Wasser an. Sie half Karl beim Auskleiden und wusch ihn, dann legten sie sich in das breite Bett und kuschelten sich aneinander.

»Und wie soll es weitergehen, Karl?« fragte Sarah. »Du kannst deine Einstellung doch nicht immer verleugnen. Du bist doch gar nicht vaterlandstreu, so wie sie es verlangen.«

Karl legte seine Hände auf ihren runden Bauch. »Und mein Sohn soll es auch nicht werden, jedenfalls soll er keinem Vaterland treu sein müssen, in dem so viel Ungerechtigkeit herrscht.«

»Meine Tochter aber auch nicht«, rief Sarah, »auch sie wird für Gerechtigkeit kämpfen. Was sollen wir bloß tun?«

»Benjamin hat mir gesagt, daß er mit Bruno überlegt, nach Amerika zu gehen.«

Sarah erschrak. Karl hatte schon häufiger davon gesprochen, aber sie wollte vom Auswandern nichts wissen. Der Gedanke, auf Nimmerwiedersehen so weit fortzugehen, machte ihr Angst. Sie hatte von blutrünstigen Indianern und schrecklichen Fieberepidemien in Amerika gehört, außerdem konnte sie sich nicht vorstellen, ihre Geschwister und das Wuppertal für immer zu verlassen.

»Es wäre ja möglich, daß Rieke auch mitgeht.« Karl hegte die Hoffnung, daß Sarah sich dann mit dem Gedanken anfreundete.

»Wenn Bruno geht, nimmt er sie mit. Die beiden sind füreinander bestimmt, das weiß ich.« Sarah wußte zwar von Rieke, daß das Verhältnis zu Bruno getrübt war, aber sie war überzeugt, daß es sich wieder einrenken würde.

»Ich habe so schreckliche Angst, daß ich Heimweh kriege«, flüsterte sie, »wenn ich nie mehr unsere schönen grünen Hügel sehe. Außerdem könnte ich mich doch gar nicht verständigen. Man kommt doch nicht zurecht in Amerika, wenn man kein Englisch spricht?«

»Grüne Hügel gibt es dort mehr als genug, da kannst du sicher sein. Und es leben so viele Deutsche dort, daß du dir mit dem Englischen Zeit lassen kannst.«

»Aber die Indianer. Man hört, daß sie die Leute skalpieren und stehlen und morden.«

Karl griff zur Seite unter das Bett und zog ein braun eingebundenes Buch hervor. »I.T. Irving's Indianische Skizzen« stand auf dem Umschlag. »Soll ich dir mal etwas vorlesen über einen Indianer? Von jemandem geschrieben, der sie selbst gesehen hat?«

»Woher hast du das Buch?«

»Von Bruno«, sagte Karl, »es ist sehr spannend und lehrreich. Hör mal zu, dann kannst du sie dir vorstellen.« Dann las er: »Eine große Decke, hier und da scharlachen gestreift und mit Schellen besetzt, hatte er so über seine ineinandergeschlungenen Arme gelegt, daß sie seine schön gebaute Schulter und die Hälfte seines hohen muskulösen Nackens unbedeckt ließ. Eine breite, vorn mit Eisen beschlagene Tomahawk blickte aus den Falten der Decke hervor, und ein Köcher mit Pfeilen hing aus seinem Rücken. Er trug Hosen von zugerichtetem Hirschleder, woran die einzelnen Stücke in groben Säumen zusammengefügt waren, ebenso ein paar Schuhe von Büffelfell. Sein Kopf war gänzlich geschoren und mit scharlachroter Farbe bemalt; im Gesicht trug er aber durchaus keine Malerei außer einen schwarzen Ring, der sorgfältig um jedes Auge gezogen war. Als wir ihm ziemlich nahe waren, richtete er sich in die Höhe und warf seinen Kopf etwas rückwärts, und zwar mit einem Stolze, der zu seinen edlen Gesichtszügen sehr gut stand. Er schien wie ein stolzes, aber verlassenes Wesen zu fühlen. Auf seinem Kopfe hatte er eine Adlersfeder befestigt, die aber mit der Zeit zerdrückt und zerbrochen war.«[22]

Sarah sah im Halbschlaf den Mann mit der geknickten Feder und dem stolzen Blick vor sich. Sie spürte Karls Atem an ihrem Rücken und glitt in einen Traum, in dem geschmückte Indianer auf weißen Pferden über die grünen Hügel von Amerika ritten.

22 I.T. Irving, Indianische Skizzen, Bernhard Tauchnitz Verlag, Leipzig 1838, S. 21-22

14. Kapitel

in dem alle viel zu tun haben, Rieke träumt, Bruno ein Stein vom Herzen fällt und ein Streit sich zuspitzt

Bruno kam am Vormittag an die Hintertür der vom Bruch'schen Villa, um sich mit Rieke für den Abend zu verabreden. Er hielt unter dem Arm einen dicken Stapel Extrablätter der »Barmer Zeitung« und sah müde aus.

»Frisch aus der Druckerei, bis heute morgen um vier haben wir daran gearbeitet«, sagte er und drückte ihr ein Exemplar in die Hand.

> »Frauenmörder auf der Flucht
> Gendarm von Färber schwer verletzt
>
> Heute morgen konnte der des Mordes an der Frau eines Türkischrotfärbers angeklagte Färber Samuel Kienholz in Unterbarmen in der Nähe des Hardtberges seinen Bewachern entkommen. Er schoß auf einen Gendarmen und verletzte diesen schwer. Kienholz befand sich auf dem Transport nach Elberfeld, wo ihm ab nächster Woche vor dem Landgericht der Prozeß gemacht werden sollte. Der Flüchtige ist blond, mittelgroß, sehr gefährlich und skrupellos. Die Polizei warnt dringend davor, auf eigene Faust etwas gegen ihn zu unternehmen. Jeder, der Angaben zu seinem Aufenthalt machen kann oder Ungewöhnliches beobachtet, soll sich an die nächste Polizeiwache oder eine der Fußpatrouillen wenden, die zur Zeit im Stadtgebiet von Elberfeld und Barmen Tag und Nacht unterwegs sind.«

Es folgten mehrere Artikel, in denen es um die Tat und den bevorstehenden Prozeß ging.

»Hast du das mit dem Frauenmörder geschrieben? Und was ist mit Karl?« Rieke war entsetzt.

»Die Überschrift hat Herr Staats gemacht, er sagt, es verkauft sich besser, wenn so etwas da steht«, sagte Bruno. »Soweit ich gehört habe, wurde Karl in den Fuß geschossen, ist aber sonst wohlauf. Wir dürfen erst mal keinen Kontakt zu ihm aufnehmen, niemand von der Polizei darf ihn mit uns in Verbindung bringen.«

Dann sahen sie sich verlegen an und wußten nicht mehr, was sie sagen sollten. Rieke starb tausend Tode bei dem Gedanken, daß sie ihm am Abend Idas Geschichte mit Celeste Chamier und Monsieur Frédéric berichten mußte.

»Heute um neun beim Kuhstall?« Sie sah ihn fragend an, und er nickte beklommen.

»Ich muß schnell in die Redaktion. Bis heute abend.«

Auch Rieke mußte sich sputen, denn Regine hatte beschlossen, mit dem Nachmittagszug nach Erkrath zur Großmutter zu fahren. Schon am frühen Morgen hatte sie einen riesigen Berg Kleidung und Wäsche aus ihrem Schrank gezerrt und Rieke befohlen, die Sachen auszubürsten und in Kisten zu verstauen. Rieke rannte treppauf und treppab, und gegen Mittag packte Hermann drei große Reisekisten in die Kutsche. Regine putzte und puderte sich stundenlang, und Rieke erinnerte sich mit Schaudern an die Zeremonien, mit denen Henriette vom Bruch sich auf ihre Dienstags- und Donnerstagsausflüge vorbereitet hatte.

Alma wollte nicht mit zur Großmutter, ihr sei nicht wohl, sagte sie, und sie wolle auch den Vater nicht allein lassen. Sie blieb auf ihrem Zimmer und ließ sich die Mahlzeiten dort servieren.

Kurz vor neun war Rieke mit der Küche fertig und lief mit mulmigem Gefühl zum Wupperufer. Wie konnte sie die richtigen Worte finden für das, was geschehen war?

Der Abend war warm, sie setzte sich ins Gras, lehnte sich an die Wand des Kuhstalls und betastete die Schramme von Sarahs Brautstrauß auf ihrer Wange. Auf der anderen Wupperseite hatten die Bleicher weiße Leintücher auf einer Wiese ausgelegt, im Wuppertal ein untrügliches Zeichen dafür, daß der Frühling eingezogen war. In der Abenddämmerung schimmerten die Stoffbahnen herüber wie Schnee.

Ob Ida jetzt bei Samuel war? Ob sie es schafften, aus der Stadt herauszukommen? Hoffentlich hatten sie sich getroffen und konnten zusammensein.

»Gott ist bei ihnen«, hörte sie Augusts helle Stimme. Neben ihr raschelte es im Gras, eine Maus huschte in Richtung Ufer, und sie sah den kleinen Bruder vor sich, wie er im vergangenen Sommer von einem Jungen aus der Nachbarschaft eine weiße Maus geschenkt bekommen hatte. Er hatte sich unbändig gefreut, sie Mimi getauft und unter dem Bett in einer Schachtel verstaut. Mittags, wenn Mutter das Essen vorbereitete, lief er schnell in den Kothener Busch, um Samen und Körner für die Maus zu suchen. Abends im Bett flüsterte er mit ihr, bis Mimis Ohren vibrierten und ihre rosa Schnauze zitterte. Eines Tages war ein mehrstimmiges Zirpen aus dem Karton gekommen, sechs nackte Mäusejunge hatten das Licht der Welt erblickt. Das blieb der Mutter nicht lange verborgen, und sie befahl ihrem Mann, die Brut auf der Stelle zu töten. Er nahm die Schippe und verlangte die Schnapsflasche, die sie ihm ohne das übliche Zetern gab. Dann kippte sie die nackten, graurosa Wesen aus der Schachtel auf den Gartenboden, wo sie auf zitternden Beinchen orientierungslos auf der Erde herumkrochen. August stand reglos in der Tür und sah zu, wie sein Vater auf die taumelnden Däumlinge einschlug, bis sie sich nicht mehr bewegten. Dann warf Erwin Blum die Schippe zur Seite, preßte die Arme um den Leib und erbrach sich neben dem Birnbaum. Rieke nahm die kleinen Körper mit einem Stück Rinde auf und bedeckte sie mit Gras. August lief ins Haus und holte die Schachtel, in der die Mäusemutter hockte. Zusammen gingen sie in den Kothener Busch, wo Rieke ein Loch in die modrige Erde grub und die Rinde hineinbettete. Mit den Füßen scharrten sie das kleine Grab zu, rissen einige Zweige von den Sträuchern und steckten sie in die Erde. August nahm den Deckel von der Schachtel und sagte zu der Maus: »Jetzt gehe in den Wald. Wenn du bei mir bleibst, bist du in Gefahr. Gott wird dich beschützen.« Er hockte sich auf den Boden, neigte die Schachtel zur Seite und ließ die zögernde Mimi auf den Boden gleiten. Mit zitternden Barthaaren witterte sie in die Luft und saß eine ganze Weile auf der Stelle, bis August sie mit dem Finger anstupste. »Geh«, sagte er, »dann kann dir niemand etwas tun.« Im Zickzack lief sie davon, und eine Weile raschelte noch das Laub in der Nähe. »Sie schafft es, Gott ist bei ihr«, sagte er immer wieder, als sie zum Haus zurückgingen.

Es raschelte wieder, und Bruno stand neben ihr.

»Bist du eingeschlafen?«

»Fast.« Rieke sprang schnell auf. »Ich glaube, ich habe vor mich hingeträumt.«

»Sollen wir einen Spaziergang machen?«

»Ja«, sagte Rieke, »aber nicht in die Stadt. Ich kann die ganzen Polizisten nicht mehr sehen. Jeden Augenblick denke ich, sie fassen ihn und bringen ihn um.«

»Noch haben sie ihn nicht. Vielleicht schaffen wir es und bringen ihn auf ein Schiff, wenn die Lage sich beruhigt hat.«

Sie gingen nach Osten, bis die Häuser aufhörten, und bogen in einen Feldweg ein, der hügelaufwärts führte. Der Himmel war voller Sterne und spannte sich wie eine diamantgeschmückte Kuppel über das Wuppertal.

Eine ganze Weile schwiegen sie, dann brach aus Rieke die ganze Geschichte heraus. Sie erzählte Bruno, in welchem Zustand sie Ida gefunden hatte, von wem sie schwanger gewesen war und was Ida über das Verhältnis Henriette vom Bruchs zu dem Prediger und über die schon lange schwelende Ehekrise der vom Bruchs berichtet hatte. Bruno fragte nach, und Stück für Stück offenbarte sie ihm alles, die Lockungen und die Faszination, die Celeste, Monsieur Frédéric und sein goldenes Licht auf sie ausgeübt hatten.

»Ich schäme mich so entsetzlich, daß ich auf diese Menschen hereingefallen bin«, flüsterte sie, »ich kann dir gar nicht sagen, wie ich es bereue. Ich habe gedacht, er könnte mir ganz leicht meinen Kummer wegnehmen. Er und auch diese Celeste waren so freundlich, so vertrauenerweckend. Ich verstehe nicht, daß ich ihren wahren Charakter nicht bemerkt habe.«

»So etwas nennt man Januskopf, Menschen mit zwei Gesichtern«, sagte Bruno, »das gibt es, du bist nicht die erste, die darauf reinfällt. Ich glaube, daß hier im Wuppertal eine ganze Menge solcher Seelenfänger herumläuft. Vielleicht sind sie nicht alle so brutal, und vielleicht haben auch nicht alle so schöne Augen wie dieser Frédéric.«

Er sah sie von der Seite an, sie hielt den Kopf tief gesenkt und litt Höllenqualen.

»Ich habe gedacht, das Leben könnte einmal leicht und schön sein, man müßte nicht so viel und so hart arbeiten, um gut zu leben. Plötzlich hatte ich das Gefühl, alles geht ganz einfach. Man braucht nur das goldene Licht zu rufen, und alles ist gut. Aber das ist ein Irrtum. Es blendet nur, es macht, daß man hoffärtig und egoistisch wird.«

Bruno wollte den Arm um ihre Schulter legen, aber Rieke machte sich steif und rückte von ihm ab. »Ich habe nicht recht gehandelt«, sagte sie, »so leicht kann das nicht wieder gut werden. Ich war nicht nur verblendet, sondern ich habe auch meinen besten Freund verraten und bin einfach fortgelaufen, statt dich ins Vertrauen zu ziehen. Das finde ich am schlimmsten.«

Bruno fiel ein Stein vom Herzen. Es war also noch nicht alles verloren. Dieser verdammte Pietismus, dachte er, er redet den Menschen ein, sie seien Sünder, sobald sie ein gutes, leichtes Leben anstrebten, und es sei nur richtig und gottgefällig, daß sie darbten und litten.

»Das Leben kann leicht und schön sein«, sagte er, »vielleicht braucht es dazu etwas mehr als ein goldenes Licht. Man ist kein schlechter Mensch, wenn man sich das wünscht. Da spielen die Pietisten den Kapitalisten in die Hände. Wenn das Volk keine Ansprüche stellt und nicht nach etwas Besserem strebt, kann man es wunderbar ausbeuten. Du solltest nicht so denken, Rieke, es ist nicht richtig und auch nicht gut für dich.«

»Aber man sieht doch, wohin das führt. Ich habe mich versündigt, und Ida wurde so schrecklich verletzt und in die Gosse gestoßen, wie es schlimmer kaum sein könnte.«

»Ihr seid gewissenlosen Menschen in die Hände gefallen, die eure Gutgläubigkeit und eure Not ausgenutzt haben. Daran lag es, und nicht daran, daß ihr ein besseres Leben wolltet. Ihr habt das Recht, es zu wollen. Jeder Mensch hat dieses Recht.«

Eine Weile gingen sie schweigend, Rieke mit zusammengezogenen Schultern und einem halben Meter Abstand zu Bruno. Sie näherten sich wieder den Barmer Häusern.

»Ida glaubt also, daß vom Bruch der Mörder ist? Wenn ich es recht überlege, erscheint es plausibel. Er war mit ihr im Haus und hatte die Gelegenheit, die Briefe verschwinden zu lassen.«

Rieke nickte stumm. Wenn sie nicht gerade mit ihrer Schuld beschäftigt war, dachte sie an nichts anderes, und jedes Mal breitete sich blankes Entsetzen in ihr aus.

»Du kannst nicht in diesem Haus bleiben«, sagte Bruno, »es ist ein unerträglicher Gedanke, daß du vielleicht mit einem Mörder unter einem Dach lebst.«

»Ich kann Hermann und Margret jetzt nicht allein lassen. Außerdem müssen wir alle zusammen aufpassen, ich habe das Gefühl, daß etwas Schreckliches bevorsteht.«

Und außerdem, wo sollte ich auch hin, dachte Rieke. Zu Mutter zurück an den Böckmannsbusch, das konnte sie sich nicht vorstellen. Sie hatte das Gefühl, in einer Falle zu sitzen, aus der es kein Entrinnen gab.

»Ich war am Samstag mit Benjamin in Düsseldorf«, sagte Bruno. »Wir haben uns erkundigt, wie es mit Amerika ist. Zur Zeit verläßt fast täglich ein Auswandererschiff Rotterdam. Es sind viele, die gehen.«

Rieke wurde ganz heiß. Sie hatten schon einige Male über Amerika gesprochen, und jedes Mal war ihr die Vorstellung, fortzugehen und neu anzufangen in einem Land, wo jeder eine Chance hatte und die Unterschiede zwischen arm und reich nicht so groß waren, zwar beängstigend, aber auch ungeheuer spannend und aufregend erschienen. Seit Augusts Tod vor acht Wochen hatte sie ihren Lohn

Mutter nicht mehr gegeben, sondern es in ein Kästchen unter ihrer Matratze gelegt.

»Was kostet denn so eine Überfahrt?«

»Ungefähr dreiunddreißig Taler, alles zusammengerechnet. Natürlich braucht man dann auch noch Geld für den Anfang dort.«

»Ah ja.« Rieke schwieg. Da konnte sie lange sparen, nie und nimmer würde sie so viel zusammenbekommen.

Sie waren an der Carlstraße angekommen und blieben ein Stück von dem vom Bruch'schen Haus entfernt stehen, weil sich dort zwei Wachen postiert hatten. Bruno wollte seine Hände auf ihre Schultern legen, aber sie trat einen Schritt zurück. Er sah sie beschwörend an.

»Ich kann es kaum ertragen, daß du da wieder hineingehst. Es ist ein schlechtes Haus, und du hast dich lange genug gequält.«

»Du hast gut reden, Bruno«, sagte Rieke heftig, »was bleibt mir denn übrig. Woanders ist es auch nicht besser, alle diese Häuser sind so. Ich kenne kaum ein Dienstmädchen, dem es besser geht, außer vielleicht Sarah bei den Engels.«

»Ich sage dir jetzt etwas«, erwiderte Bruno und sah ihr fest in die Augen, »etwas, das ich sehr, sehr ernst meine. Ich möchte dich heiraten, Rieke. Ich möchte, daß du meine Frau wirst, und zwar nicht, weil ich Mitleid mit dir habe und dich da rausholen möchte, sondern weil ich dich liebe. Ich möchte, daß wir zusammenbleiben und nach Amerika gehen als Mann und Frau. Ich habe genug Geld, um für uns beide die Überfahrt zu bezahlen. Und ich wünsche mir nichts sehnlicher, als daß du auch diesen Wunsch hast.«

Rieke starrte ihn an wie vom Donner gerührt. Dann preßte sie ihre Hand vor den Mund, stürzte mit hochrotem Kopf an Bruno und den Wachposten vorbei auf die vom Bruch'sche Villa zu und ließ die Hintertür ins Schloß fallen, ohne sich noch einmal umzudrehen.

***

Samuel lag halbwach unter den Wolldecken, eingehüllt in einen Nebel aus Branntwein, der die Schmerzen kaum dämpfte, und er war sich immer noch nicht sicher, ob das alles, die Flucht am Vormittag und die Höhle, die er mit Decken, Licht und einem Wochenvorrat an Brot, Käse und Branntwein ausgestattet vorgefunden hatte, nicht ein Trugbild seiner Phantasie war. Jeden Augenblick befürchtete er, in seiner stinkenden Zelle im Barmer Gefängnis aufzuwachen.

Plötzlich hörte er ein Zischen, das ihm bis ins Herz fuhr. Es mischte sich in das stetige Tropfen aus den Felsspalten über ihm.

»Samuel, bist du da?«

Er hätte ihre Stimme unter Tausenden erkannt.

»Ida! He, hier! Ida?« Er erschrak vor dem Klang seiner Stimme und setzte sich auf. Jetzt hörte er ihren Atem und wie sie sich an sein Lager herantastete.

»Ida, hier!«

Sie suchte mit den Händen, bis sie ihn gefunden hatte, und legte sich neben ihn. Samuel umschlang sie und wagte kaum, sich zu bewegen, aus Angst, sie könnte sich in Luft auflösen.

»Nie, nie wieder gehe ich weg von dir«, flüsterte sie.

***

Josua sah hinaus in das helle Sonnenlicht, das durch den Schmutz auf den Fensterscheiben der Färbehalle gedämpft wurde. Alles war so anders, man wußte überhaupt nicht mehr, was man denken sollte. Auf der einen Seite hatten die Färber ein gutes Leben, seitdem der Streit zwischen Bremkamp und vom Bruch ausgebrochen war. Niemand beaufsichtigte sie, und sie arbeiteten in gemächlichem Tempo. Vom Bruch zahlte regelmäßig den Lohn aus und hatte sogar noch einen halben Taler pro Woche draufgelegt. Andererseits war die Luft zum Schneiden dick. Zwischen den beiden Männern schwelte ein Haß, der sich irgendwann entzünden mußte. Auch die Färber waren in gereizter Stimmung, sie tranken mehr als sonst und wurden immer unberechenbarer.

Durch die Dampfschwaden sah Josua Caspar vom Bruch hereinkommen. In die herumstehenden Männer geriet Bewegung; sie griffen nach ihren Stangen und stocherten in den Bottichen herum oder nahmen nasse Garnstränge aus den Fässern und wrangen sie aus. Alfred Bremkamp erschien hinter vom Bruch, und die Arbeiter sahen sich vielsagend an, denn Bremkamp kam nur noch alle paar Tage, um Wollballen einpacken und abtransportieren zu lassen. Ob in der Färberei gearbeitet wurde oder nicht, war ihm vollkommen gleichgültig.

Während der Meister den Raum durchquerte und auf das angrenzende Lager zusteuerte, stellte vom Bruch sich in die Mitte und rief: »Alle mal herhören, ich habe eine Mitteilung zu machen. Ich gebe bekannt, daß Färbermeister Bremkamp entlassen ist und ab heute Hausverbot hat. Er kann noch seine persönlichen Sachen abholen, aber danach ist er auf dem Gelände nicht mehr erwünscht. Ich werde unverzüglich einen neuen Meister einstellen, bis dahin gelten nur meine Anordnungen.«

Die Färber vibrierten. Bremkamp, der fast die Tür erreicht hatte, zischte verächtlich durch die Zähne und spuckte auf den Boden. Dann ging er ins Lager und kam kurz darauf mit einer Karre voller Baumwollballen zurück, die er nach draußen schieben wollte. Vom Bruch folgte ihm und versuchte, ihn von der Karre wegzudrängen. Bremkamp lachte laut auf und schob ihn so heftig zur Seite, daß vom Bruch fast gestürzt wäre.

»Hol doch den Gendarmen«, rief er höhnisch, »der kann mich ja festnehmen!«

Vom Bruch ließ die Arme sinken und verließ die Halle. Bremkamp spuckte wieder aus und folgte ihm mit der vollgeladenen Karre.

Die Färber holten die Schnapsflaschen hervor und standen trinkend neben den Bottichen. »Wenn das mal nicht bald eine Explosion gibt«, sagte ein älterer Mann, »so was hat doch wohl die Welt noch nicht gesehen.«

***

Lieber Bruno,
ich wollte eigentlich persönlich mit Dir sprechen, aber hier in der Färberei und im Hause geschehen so merkwürdige Dinge, daß ich mich gar nicht fortwage. Bremkamp wurde vor allen Arbeitern entlassen, und danach

hat er den gnädigen Herrn vor aller Augen geschlagen und wieder Baumwolle mitgenommen. Es passierte heute nachmittag, Josua kam eben zu uns in die Küche und hat es berichtet. Er sagt, wenn man zwischen die beiden eine Lunte gehalten hätte, hätte es eine Explosion gegeben. Der gnädige Herr ist jetzt auf seinem Zimmer und will nicht gestört werden, auch Alma läßt sich nicht blicken, so daß das Abendessen heute ausfällt und ich Dir schnell diese Zeilen schreiben kann. Josua erzählte mir auch, daß es Max sehr schlecht geht. Er hat eine Lungenentzündung und liegt allein in seiner Kammer. Gibt es wohl die Möglichkeit, ihm etwas zu essen und einen Arzt zu schicken?

O Bruno, was soll ich Dir nur sagen. Zuerst muß ich mich entschuldigen, daß ich zum zweiten Mal davongerannt bin und Dich einfach stehengelassen habe. Ich weiß nicht mehr, wo mir der Kopf steht, vielleicht werde ich langsam verrückt. Das, was Du zu mir gesagt hast, ist das Schönste, das jemals ein Mensch zu mir gesagt hat, und eigentlich sollte ich einen Luftsprung tun vor lauter Freude. Der Gedanke, nach Amerika zu gehen, fort aus diesem Jammertal, ist so aufregend, daß ich ihn kaum zu träumen wage, und dann noch mit dem Menschen, der mir so teuer ist wie niemand sonst auf der Welt. Aber zur Zeit kann ich nicht darüber nachdenken. Auch zweifle ich daran, ob ich jemals wieder Deines Vertrauens würdig bin und ob ich überhaupt die notwendige Kraft und Reife habe, um Dir eine ebenbürtige Frau zu sein. Du hast die beste verdient, die es gibt, Bruno, eine, die Dir an Treue und Aufrichtigkeit gleichkommt.

Ich fürchte wirklich, daß sich hier bald ein großes Unheil entladen wird. Wenn es vorbei ist, werden wir alle hoffentlich aus einem bösen Traum erwachen. Ich grüße Dich und denke an Dich!

Deine Rieke

15. Kapitel

in dem Samuel sich frei fühlt, Rieke im Löf hockt und die verschwundenen Briefe wieder auftauchen

Warum war sie gegangen? Es war doch noch genug Schnaps da. Wahrscheinlich hatte sie die Dunkelheit und das Eingesperrtsein nicht mehr aushalten können.

Samuel quetschte sich durch die Felsspalte. Zum ersten Mal seit drei Tagen atmete er wieder frische Luft ein, die ihm süßer und reiner erschien als alles, was er bisher gerochen hatte. Über den Baumkronen wölbte sich blaßblau der Himmel. Vorsichtig bewegte er sich über das felsige Gelände, bis er den Pfad erreichte, der von der Hardt hinunter in die Stadt führte. Alle paar Schritte hielt er inne und horchte, aber es waren nur das Rauschen der Bäume und das Klopfen seines Herzens zu hören. Der Weg führte steil nach unten, schließlich war er am Fuß des Felsmassivs angelangt.

Hier hatte er schon einmal gestanden und überlegt, in welcher Richtung er Ida suchen sollte. Wie lange war es her? Er wußte nicht, ob es Wochen oder Jahre waren, jedes Zeitgefühl war ihm abhanden gekommen.

Er lief im Schatten der Felswand in Richtung Barmen und hoffte inständig, Idas Zischen zu hören, das Zeichen ihrer Rückkehr. Niemand konnte sich so lautlos anschleichen und so schnell und spurlos verschwinden wie sie.

Er lief über ein Feld, die ersten Häuser von Unterbarmen kamen in Sicht. Das mußte die Farbmühle sein. Die Sonne stand tief am Horizont und färbte den Himmel orangerot. Genußvoll setzte Samuel einen Fuß vor den anderen und atmete die Luft, die in jede Zelle seines Körpers drang.

»Halt! Stehenbleiben!«

Tief sog er den Duft der blühenden Linden am Straßenrand ein.

»Stehenbleiben, oder ich schieße!«

Seltsam, daß es nicht weh tat. Er sah sich zusammengekrümmt auf der Erde liegen, während er zu dem Licht hinaufschwebte, das hinter dem roten Himmel auf ihn wartete.

***

»Da drüben geht alles drunter und drüber. Lange wird das nicht mehr gutgehen.«

Hermann sah aus dem Küchenfenster in den Hof. Es war halb acht, die Färber machten jetzt schon Feierabend, obwohl ihre Arbeitszeit eigentlich erst um neun endete. Die meisten von ihnen waren betrunken.

Rieke nahm seufzend einen Korb mit nasser Wäsche auf, die sie vor der Dunkelheit noch ausspülen wollte, und ging über den Hof zum Wupperufer. Die Abenddämmerung hatte eingesetzt, an der Ecke der Färbehalle lauerten Flammen, und sie sah Samuel vor sich mit weit aufgerissenem Mund. Schwäche kroch in ihr hoch und schnürte ihr die Brust zusammen.

Sie spülte die Wäsche und war froh, daß der Wasserspiegel gesunken und der Fluß nicht mehr so reißend und gefährlich war. Ihre Erschöpfung wurde stärker, als sie den schweren Korb zurücktrug. Am liebsten hätte sie alles fallengelassen und sich ins Gras gelegt.

Rieke schloß für kurze Zeit die Augen, lehnte sich gegen die Wand der Färbehalle und sah dann zur Eingangstür, vor der gestikulierend einige Färber standen. Plötzlich erstarrte sie.

Alfred Bremkamp trat aus dem Dunkel und ging geradewegs auf das Kontor zu. Rieke drückte sich schnell in die Löf zwischen Lager und Kontor.

Bremkamp ging hinein. Kaum hatte er die Tür geschlossen, begann ein Wortwechsel zwischen ihm und Caspar vom Bruch. Rieke kniete sich vor das geöffnete Katzentürchen, und sie konnte jedes Wort verstehen.

»Was willst du noch? Ich habe genug geblutet!« stieß Caspar vom Bruch leise hervor.

»Noch mal fünftausend. Dann bist du mich auf immer und ewig los.« Alfred Bremkamp bemühte sich kaum, seine Stimme zu senken.

»Du hast fünftausend bekommen, außerdem jede Menge Waren. Einmal muß es ein Ende haben. Ich kann nicht ewig büßen!«

»Was sind schon zehntausend gegen das Schafott. Das wird sich ein Türkischrotfärber aus Barmen doch wohl leisten können.«

Rieke erstarrte. Was redete Bremkamp da?

»Ich habe nicht so viel flüssig, außerdem will meine Tochter heiraten. Du bist ein elender Blutsauger. Wer garantiert mir überdies, daß dann Schluß ist?«

»Das schöne Fräulein Tochter, das der Frau Mama so ähnlich ist? Wer hat es denn auf ihre Mitgift abgesehen?« höhnte Bremkamp. »Fünftausend ist mein letztes Wort. Ich kann natürlich auch dem Oberprokurator einen Hinweis geben. Noch ist der Färber nicht verurteilt. Das gäbe eine schöne Sensation! Das ganze Tal würde sich das Maul zerreißen.«

Riekes Gedanken überschlugen sich. Ida hatte recht gehabt, er war es also gewesen, vom Bruch hatte seine Frau getötet! Und Bremkamp hatte es die ganze Zeit gewußt! Sie biß auf ihre Fingerknöchel, um einen Aufschrei zu unterdrücken.

Eine Zeitlang war es still, Rieke hörte nur Schritte hin und her gehen. Sie zitterte vor Kälte und Aufregung.

»Du weißt genau, daß ich es nicht wollte! Ich wollte sie nicht töten!« Vom Bruch schrie es fast heraus. »Sie hat mich gereizt, bis aufs Blut, du weißt es genau!«

Bremkamp lachte auf.

»Ja, das konnte sie, deine Frau Gemahlin, reizen konnte sie. Keiner, der Hosen anhatte, war vor ihr sicher. Sie war eine Schlampe, deine Henriette, deshalb hast du sie umgebracht.«

Rieke hörte ein Geräusch, als würde eine Schublade aufgezogen.

»Das tust du nicht, leg sie weg!« rief Bremkamp.

»Es ist mir egal«, keuchte vom Bruch, »jetzt ist mir alles egal. Eine Leiche oder eine zweite, was macht das schon!«

Die Tür wurde aufgerissen, und Bremkamp stürzte hinaus. Vom Bruch kam mit gezogener Pistole hinterher.

»Bleib stehen, du Hund!« Caspar vom Bruchs Stimme war plötzlich schneidend.

Die beiden Männer standen genau vor der Löf, in der Rieke sich mit angehaltenem Atem gegen die Wand des Kontors preßte.

»Du bist mit dran«, sagte vom Bruch. »Die Idee mit dem Farbbottich war von dir. Und du hast auch den Verdacht auf den Färber gelenkt!«

»Die Idee mit dem Färber war genial. Niemand hat jemals an seiner Schuld gezweifelt. Das ist viel mehr wert als zehntausend Taler.«

Ich muß hier weg! dachte Rieke und versuchte, sich tiefer in die Löf zu schieben.

In diesem Augenblick stürzte eine Gestalt aus dem Dunkel. Ida! Rieke wollte ihr eine Warnung zurufen, aber sie brachte nur ein Krächzen hervor.

Die Männer hielten inne. Gleichzeitig wandten sie ihren Blick in Riekes Richtung. Rieke hatte das Gefühl, ihr Herz würde zerspringen. Keiner sagte ein Wort, die Zeit stand still.

Ida rannte auf vom Bruch zu. »Er ist der Mörder! Hier ist der wahre Mörder! Eifersüchtig war er, weil sie in den Perversen verliebt war! Deshalb hat er es getan!« schrie sie, »Samuel ist unschuldig!« Ihre Stimme überschlug sich, und sie prügelte wie von Sinnen auf den Mann ein.

In vom Bruchs Hand blitzte ein Feuerschein, und es knallte ohrenbetäubend. Er schleuderte Ida so heftig von sich, daß sie zu Boden fiel.

Bremkamp hielt sich stöhnend den Oberschenkel. »Verdammtes Schwein!« brüllte er und richtete sich mit schmerzverzerrtem Gesicht auf.

Rieke sprang aus der Löf und kauerte sich neben Ida, deren Arm blutete. Inzwischen waren einige Arbeiter herangekommen. Sie drängten sich zwischen vom Bruch und Bremkamp.

»Jawohl, er war's!« rief Bremkamp. »Er hat seine Frau erschlagen! Vom Bruch ist der Mörder!«

Auf einmal ging alles sehr schnell. Vom Bruch stürzte über den

Hof an der Färbehalle vorbei zur Wupper. Kurze Zeit später ertönte ein weiterer Schuß.

Hermann, der zusammen mit Margret vom Küchenfenster aus alles beobachtet hatte, kam aus der Villa und lief zur Straße. Fast stieß er mit Bruno zusammen, der auf den Hof hastete.

»Ich hole die Polizei, die Frauen brauchen Hilfe!« rief er ihm zu. »Bremkamp ist verletzt, und ich glaube, vom Bruch hat sich erschossen!«

Ohne ein Wort rannte Bruno in den Hof auf Rieke und Ida zu. Da sah er Alma, die kreidebleich auf der Treppe stand.

Ohne von ihm Notiz zu nehmen, ging sie Richtung Wupperufer.

»Vater!«

Sie hörten ihren Schrei bis auf den Hof. Bruno rannte zum Ufer, wo der Vollmond sich gerade über die Hügel schob. Ein Stück flußabwärts, kurz vor der nächsten Biegung, trieb ein Körper im schwarzblau schimmernden Wasser.

Bruno nahm Almas Arm, und sie ließ sich zum Haus zurückführen, ohne eine weitere Regung zu zeigen.

Ida lag auf dem Boden, ein Stück von dem stöhnenden Bremkamp entfernt, und flüsterte immer wieder: »Jetzt kommt er frei, jetzt haben sie den Mörder. Samuel, du bist frei!«

Rieke hockte neben ihr und streichelte ihre Hand. Bruno ließ sich ebenfalls nieder und legte den Arm um sie. Sie lehnte sich an ihn und begann zu schluchzen.

Nach einer Weile kam Alma wieder aus dem Haus. Sie hielt ein Bündel Briefe in der Hand.

»Das sind Briefe meiner Mutter«, sagte sie tonlos, »jedenfalls die, die sie nicht abgeschickt hat. Es sind Zeugnisse tiefster Unmoral. Es hat meinen Vater schrecklich geschmerzt, als er von ihrem Tun erfuhr. Meine Schwester hat mit ihr unter einer Decke gesteckt.«

»Geben Sie die Briefe besser der Polizei«, sagte Bruno, »ich denke, sie wird jeden Augenblick hier sein.«

***

Kutschen mit Sergeanten und Gendarmen kamen auf den Hof gerollt, dann traf ein Kommissar ein und nahm die Aussagen zu Protokoll. Alfred Bremkamp und Ida wurden in die Barmer Krankenanstalten gebracht. Die Polizisten sicherten Spuren und suchten das Wupperufer nach Caspar vom Bruch ab.

Margret, Hermann, Bruno und Rieke blieben in der Küche und kochten Kaffee für die Suchmannschaften.

Im Morgengrauen wurde die Leiche des Färbereibesitzers flußabwärts inmitten von angeschwemmtem Unrat gefunden; ein Bein hatte sich im Ufergestrüpp verfangen.

Der Wasserspiegel war weiter gesunken, träge, dunkel und stinkend schwappte der Fluß in seinem Bett.

Epilog

In den Pausen zwischen den Schmerzwellen dachte Rieke an die Weidenkätzchen, die jetzt im Kothener Busch blühten, und an ihre Mutter, die sicher immer noch von morgens bis abends in die Pedalen des Webstuhls trat. Sie dachte auch an den Prozeß gegen Alfred Bremkamp vor dem Elberfelder Landgericht, in dem sie als Zeugin vernommen worden war. Wie ein stummer Koloß hatte der Meister auf der Anklagebank gesessen und die Aussage verweigert; schließlich wurde er wegen Beihilfe zum Mord und Falschaussage zu lebenslänglich Zuchthaus verurteilt.

Monsieur Frédéric und Celeste Chamier hatte sie noch einmal flüchtig gesehen, wie sie zusammen mit einem jungen Mädchen in einem türkischroten Kleid über den Alten Markt gegangen und in eine Droschke gestiegen waren.

Der Abschied von Sarah und Karl, die schon vor einem halben Jahr gegangen waren und in New York auf sie warteten, zog an ihr vorüber, und dann ihr eigener Abschied aus dem Wuppertal im kalten Dezember, als sie und Bruno mit ihrem Gepäck am Steinbecker Bahnhof in den Zug nach Düsseldorf gestiegen waren, von wo aus sie ein Rheindampfer hinunter nach Rotterdam gebracht hatte. Die Überfahrtszeit auf der »Queen of New York« sollte gut vier Wochen dauern, und Riekes Berechnungen zufolge hätte das Kind erst in der Neuen Welt geboren werden sollen. Aber dann gab es eine Flaute, die die Fahrt verzögerte, und im nachfolgenden Sturm setzten die Wehen ein.

Das Schiff rollte in dem Rhythmus, in dem die Schmerzen wie Messerstiche durch ihren Leib fuhren. Seit Stunden ging es schon so, sie schrie, biß auf den Lappen, den Bruno ihr zwischen die Zähne gesteckt hatte, und klammerte sich an ihn. Eine Frau, die mit ihnen im Unterdeck reiste, stand ihr bei.

Jetzt kam ein starker Druck nach unten. »Die Preßwehen!« rief die Frau. »Gleich ist es geschafft!«

Bruno griff ihr unter die Arme und feuerte sie an, während sie schreiend das Kind aus sich herauspreßte.

Die Frau nahm vorsichtig das glitschige Menschlein, legte es auf Riekes Bauch, band die Nabelschnur ab und schnitt sie durch. Dann hob sie das Kind hoch und untersuchte es. »Ein kleiner Junge«, sagte sie, »alles dran und ganz gesund.« Sie rieb den Säugling ab, wickelte ihn in ein Tuch und legte ihn Rieke in den Arm.

Sein Köpfchen pendelte ein wenig auf seinem dünnen Hals, er hatte große blaue und ganz wache Augen, und es kam Rieke vor, als schaue die Ewigkeit sie an. Ihr war, als habe sie ihn schon immer gekannt und etwas Kostbares wiedergefunden.

Ende

Die Personen dieser Geschichte sind frei erfunden, bis auf:

Friedrich Engels (1820-1895), Fabrikantensohn, Sozialist und Publizist

Friedrich Engels sen. (1796-1860), Fabrikant, Vater von Friedrich Engels

Heinrich Heine (1797-1856), Dichter, lebte in Paris im Exil

Moses Hess (1812-1875), sozialistischer Philosoph und Publizist, zusammen mit Friedrich Engels Herausgeber des »Gesellschaftsspiegel«

Gustav Adolph Koettgen (1805-1882), Maler, zusammen mit Friedrich Engels und Moses Hess Organisator der Elberfelder sozialistischen Versammlungen

Karl Marx (1818-1883), sozialistischer Philosoph und zusammen mit Friedrich Engels Begründer des dialektischen und historischen Materialismus

Witwe Obermeyer, Besitzerin des »Zweibrücker Hofs« am Wall in Elberfeld, in dem am 8., 15. und 22. Februar 1845 drei sozialistische Versammlungen durchgeführt wurden

Hermann Püttmann (1811-1874), Elberfelder Dichter und utopischer Sozialist

Richard Seel (1819-1875), Porträtmaler und Karikaturist, Schöpfer des Deutschen Michel, Kommunist, lebte zeitweilig in Paris im Exil

Freiherr Spiegel von Börlinghausen, Regierungspräsident in Düsseldorf

Friedrich Staats (1798-1848) Verleger und Herausgeber der »Barmer Zeitung«

Köster von Kösteritz, von April 1844 bis November 1848 Oberprokurator (Oberstaatsanwalt) in Elberfeld, Abgeordneter der Nationalversammlung in Frankfurt, später Oberprokurator in Düsseldorf

Carl Wilhelm Wilkhaus, 1830-1848 Bürgermeister von Barmen, Zensor der »Barmer Zeitung«

Friedrich Engels
Briefe aus dem Wuppertal

I

Bekanntlich begreift man unter diesem bei den Freunden des Lichtes[1] sehr verrufenen Namen die beiden Städte Elberfeld und Barmen, die das Tal in einer Länge von fast drei Stunden einnehmen. Der schmale Fluß ergießt bald rasch, bald stockend seine purpurnen Wogen zwischen rauchigen Fabrikgebäuden und garnbedeckten Bleichen hindurch; aber seine hochrote Farbe rührt nicht von einer blutigen Schlacht her, denn hier streiten nur theologische Federn und wortreiche alte Weiber, gewöhnlich um des Kaisers Bart; auch nicht von Scham über das Treiben der Menschen, obwohl dazu wahrlich Grund genug vorhanden ist, sondern einzig und allein von den vielen Türkischrot-Färbereien. Kommt man von Düsseldorf her, so tritt man bei Sonnborn in das heilige Gebiet; die Wupper kriecht träg und verschlammt vorbei und spannt durch ihre jämmerliche Erscheinung, dem eben verlassenen Rheine gegenüber, die Erwartungen bedeutend herab. Die Gegend ist ziemlich anmutig; die nicht sehr hohen, bald sanft steigenden, bald schroffen Berge, über und über waldig, treten keck in die grünen Wiesen hinein, und bei schönem Wetter läßt der blaue, in der Wupper sich spiegelnde Himmel ihre rote Farbe ganz verschwinden. Nach einer Biegung um einen Abhang sieht man die verschrobenen Türme Elberfelds (die demütigen Häuser verstecken sich hinter den Gärten) dicht vor sich und in wenigen Minuten ist das Zion der Obskuranten[2] erreicht. Fast noch außerhalb der Stadt stößt man auf die katholische Kirche[3]; sie steht da, als wäre sie verbannt aus den heiligen Mauern. Sie ist im byzantinischen Stil nach einem sehr guten Plan[4] von einem sehr unerfahrenen Baumeister[5] sehr schlecht ausgeführt; die alte katholische Kirche ist abgebrochen, um dem linken, noch nicht gebauten Flügel des Rathauses[6] Platz zu machen; nur der Turm ist stehengeblieben und dient dem allgemeinen Wohl auf seine Art, nämlich als Gefängnis.

Gleich darauf kommt man an ein großes Gebäude – auf Säulen ruht sein Dach, aber diese Säulen sind von ganz merkwürdiger Beschaffenheit; ihrer Dicke nach sind sie unten ägyptisch, in der Mitte dorisch und oben ionisch, und außerdem verachten sie alles überflüssige Beiwerk aus sehr nötigen Gründen. Dieses Gebäude hieß früher das Museum[7]; die Musen aber blieben weg und eine große Schuldenlast blieb da, so daß vor einiger Zeit das Gebäude verauktioniert wurde und den Namen Casino[8] annahm, der auch, um alle Erinnerungen an den ehemaligen poetischen Namen zu entfernen, auf das leere Frontispiz gesetzt wurde. Übrigens ist das Gebäude so plump in allen Dimensionen, daß man es abends für ein Kamel hält.

Von nun an beginnen die langweiligen, charakterlosen Straßen; das schöne neue Rathaus, erst halb vollendet, ist aus Mangel an Raum so verkehrt gesetzt, daß die Fronte nach einer engen, häßlichen Gasse geht. Endlich gelangt man wieder an die Wupper, und eine schöne Brücke[9] zeigt, daß man nach Barmen kommt, wo wenigstens auf architektonische Schönheit mehr gegeben wird. So wie die Brücke passiert ist, nimmt alles einen freundlicheren Charakter an; große, massive Häuser in geschmackvoller, moderner Bauart vertreten die Stelle jener mittelmäßigen Elberfelder Gebäude, die weder altmodisch noch modern, weder schön noch karikiert sind; überall entstehen neue, steinerne Häuser, das Pflaster hört auf, und ein gerader, chaussierter Weg, an beiden Seiten bebaut, setzt die Straße fort. Zwischen den Häusern sieht man auf die grünen Bleichen, die hier noch klare Wupper und die sich dicht herandrängenden Berge, welche durch leicht geschwungene Umrisse und durch mannigfaltige Abwechslung von Wäldern, Wiesen und Gärten, aus denen überall rote Dächer hervorschauen, die Gegend immer anmutiger machen, je weiter man kommt. Halbweg der Allee[10] sieht man gegen die Fronte der etwas zurückliegenden Unterbarmer Kirche[11], sie ist das schönste Gebäude des Tals, im edelsten byzantinischen Stil sehr gut ausgeführt.

Bald aber tritt das Pflaster wieder ein, die grauen Schieferhäuser drängen sich eins an das andre; doch herrscht hier weit mehr Abwechslung als in Elberfeld, indem bald eine frische Bleiche, bald ein modernes Haus, bald ein Stückchen vom Fluß, bald eine Reihe Gärten dicht an der Straße das ewige Einerlei unterbrechen. Dadurch bleibt man im Zweifel, ob man Barmen für eine Stadt oder für ein bloßes Konglomerat von allerlei Gebäuden halten soll; auch ist es nur eine Vereinigung vieler Ortschaften, die durch das Band städtischer Institutionen zusammengehalten werden. Die bedeutendsten dieser Ortschaften sind: Gemarke, von jeher der Mittelpunkt reformierter Konfession; Unterbarmen, nach Elberfeld zu, unweit Wupperfeld, oberhalb Gemarke, und noch weiter Rittershausen, welches links Wichlinghausen, und rechts Heckinghausen mit dem wunderschönen Rauental[12] neben sich hat, alle lutherisch in zwei Kirchen; die Katholiken, zwei- bis dreitausend höchstens, sind im ganzen Tal zerstreut. Nachdem der Durchreisende nun Rittershausen passiert hat, verläßt er am Ende der Welt[13] das Bergische und tritt durch den Schlagbaum in das altpreußische, westfälische Gebiet ein.

Das ist die äußere Erscheinung des Tals, die im allgemeinen, mit Ausnahme der trübseligen Straßen Elberfelds, einen sehr freundlichen Eindruck macht; daß dieser aber für die Bewohner verlorengegangen ist, zeigt die Erfahrung. Ein frisches, tüchtiges Volksleben, wie es fast überall in Deutschland existiert, ist hier gar nicht zu spüren; auf den ersten Anblick scheint es freilich anders, denn man hört jeden Abend die lustigen Gesellen durch die Straßen ziehen und ihre Lieder singen, aber es sind die gemeinsten Zotenlieder, die je über branntweinentflammte Lippen gekommen sind; nie hört man eins jener Volkslieder, die sonst in ganz Deutschland bekannt sind und auf die wir wohl stolz sein dürfen. Alle Kneipen sind, besonders Sonnabend und Sonntag, überfüllt, und abends um elf Uhr, wenn sie geschlossen werden, entströmen ihnen die Betrunkenen und schlafen ihren Rausch meistens im Chausseegraben aus. Die gemeinsten unter diesen sind die sogenannten Karrenbinder[14], ein gänzlich demoralisiertes Volk, ohne Obdach und sicheren Erwerb, die mit Tagesanbruch aus ihren Schlupfwinkeln, Heuböden, Ställen etc. hervorkriechen, wenn sie nicht auf Düngerhaufen oder den Treppen der Häuser die Nacht überstanden hatten. Durch Beschränkung ihrer früher unbestimmten Zahl ist diesem Wesen von der Obrigkeit jetzt einigermaßen ein Ziel gesetzt worden.

Die Gründe dieses Treibens liegen auf der Hand. Zuvörderst trägt das Fabrikarbeiten sehr viel dazu bei. Das Arbeiten in den niedrigen Räumen, wo die Leute mehr Kohlendampf und Staub einatmen als Sauerstoff, und das meistens schon von ihrem sechsten Jahre an, ist gerade dazu gemacht, ihnen alle Kraft und Lebenslust zu rauben. Die Weber, die einzelne Stühle in ihren Häusern haben, sitzen vom Morgen bis in die Nacht gebückt dabei und lassen sich vom heißen Ofen das Rückenmark ausdörren. Was von diesen Leuten dem Mystizismus nicht in die Hände gerät, verfällt ins Branntweintrinken. Dieser Mystizismus muß in der frechen und widerwärtigen Gestalt, wie er dort herrscht, notwendig das entgegengesetzte Extrem hervorrufen, und daher kommt es hauptsächlich, daß das *Volk* dort nur aus »Feinen« (so heißen die Mystiker) und liederlichem Gesindel besteht. Schon diese Spaltung in zwei feindselige Parteien wäre, abgesehn von der Beschaffenheit derselben, allein im Stande, die Entwicklung allen Volksgeistes zu zerstören, und was ist da zu hoffen, wo auch das Verschwinden der einen Partei nichts helfen würde, weil beide gleich schwindsüchtig sind? Die wenigen kräftigen Gestalten, die man dort sieht, sind fast nur Schreiner oder andre Handwerker, die alle aus fremden Gegenden her sind; unter den eingeborenen Gerbern[15] sieht man auch kräftige Leute, aber drei Jahre ihres Lebens reichen hin, sie körperlich und geistig zu vernichten; von fünf Menschen sterben drei an der Schwindsucht, und alles das kommt vom Branntweintrinken. Dies aber hätte wahrlich nicht auf eine so furchtbare Weise überhandgenommen, wenn nicht der Betrieb der Fabriken auf eine so unsinnige Weise von den Inhabern gehandhabt wurde und wenn der Mystizismus nicht in der Art bestände, wie er besteht und wie er immer mehr um sich zu greifen droht. Aber es herrscht ein schreckliches Elend unter den niederen Klassen, besonders den Fabrikarbeitern im Wuppertal; syphilitische und Brustkrankheiten herrschen in einer Ausdehnung, die kaum zu glauben ist; in Elberfeld allein werden von 2500 schulpflichtigen Kindern 1200 dem Unterricht entzogen und wachsen in den Fabriken auf, bloß damit der Fabrikherr nicht einem Erwachsenen, dessen Stelle sie vertreten, das doppelte des Lohnes zu geben nötig hat, das er einem Kinde gibt. Die reichen Fabrikanten aber haben ein weites Gewissen, und ein Kind mehr oder weniger verkommen zu lassen bringt keine Pietistenseele in die Hölle, besonders wenn sie alle Sonntage zwei Mal in die Kirche geht. Denn das ist ausgemacht, daß unter den Fabrikanten die Pietisten am schlechtesten mit ihren Arbeitern umgehen, ihnen den Lohn auf alle mögliche Weise verringern, unter dem Vorwande, ihnen Gelegenheit zum Trinken zu nehmen, ja bei Predigerwahlen immer die ersten sind, die ihre Leute bestechen.

In den niederen Ständen herrscht der Mystizismus am meisten unter den Handwerkern (zu denen ich die Fabrikanten nicht rechne). Es ist ein trauriger Anblick, wenn man solch einen Menschen gebückten Ganges, in einem langen, langen Rock, das Haar auf Pietistenart gescheitelt, über die Straßen gehen sieht. Aber wer dies Geschlecht wahrhaft kennen will, der muß in eine pietistische Schmiede- oder Schusterwerkstatt eintreten. Da sitzt der Meister, rechts neben ihm die Bibel, links, wenigstens sehr häufig – der Branntwein. Von Arbeiten ist da nicht viel zu sehen; der Meister liest fast immer in der Bibel, trinkt mitunter eins, und stimmt zuweilen mit dem Chore der Gesellen ein geistlich Lied an; aber die Hauptsache ist immer das Verdammen des lieben Nächsten. Man sieht, diese Richtung ist hier dieselbe wie überall. Ihre Bekehrungswut bleibt auch nicht ohne Früchte. Besonders werden viele gottlose Säufer bekehrt, meist auf wunderbare Weise. Aber das hat sich wohl; diese Proselyten[16] sind alle entnervte, geistlose Menschen, die zu überzeugen eine Kleinigkeit ist; diese bekehren sich, lassen sich jede Woche mehrere Male zu Tränen rühren und treiben ihr ehemaliges Leben im geheimen fort. Vor mehreren Jahren kam diese Wirtschaft einmal ans Tageslicht, zum Schrecken aller Mucker. Es fand sich nämlich ein amerikanischer Spekulant unter dem Namen Pastor Jürgens ein; er predigte mehrere Male und hatte sehr viel Zulauf, weil die meisten Leute glaubten, er müsse als Amerikaner notwendig braun oder gar schwarz sein. Aber wie erstaunten sie, als er nicht nur ein Weißer war, sondern auch dergestalt predigte, daß die ganze Kirche in Tränen zerfloß; das hatte übrigens seinen Grund darin, daß er selbst, wenn alle Mittel der Rührung fehlschlugen, zu wimmern anfing. Nun war eine Stimme des Staunens unter den Gläubigen; zwar opponierten einige Vernünftige, aber da wurden sie recht als Gottlose verschrien; bald hielt Jürgens Konventikel, bekam reiche Geschenke von seinen angesehenen Freunden und lebte herrlich und in Freuden. Seine Predigten wurden so stark besucht wie keine anderen; seine Konventikel waren überfüllt, jedes seiner Worte ließ Männer und Weiber weinen. Jetzt glaubten alle, er sei zum wenigsten ein halber Prophet und werde das neue Jerusalem bauen, aber auf einmal war der Spaß vorbei. Es wird plötzlich offenbar, was für Dinge in seinen Konventikeln getrieben werden; Herr Jürgens wird festgesetzt und hat ein paar Jahre in Hamm auf dem Inquisitoriat Buße getan für seine Frömmigkeit. Nachher ist er mit dem Versprechen der Besserung entlassen und wieder nach Amerika spediert worden. Auch erfuhr man, daß er seine Künste schon in Amerika angewandt, deshalb von da weitergeschickt, in Westfalen schon, um nicht aus der Übung zu kommen, eine Repetition angestellt, wo er aus Gnade oder vielmehr Schwachheit der Behörden ohne weitere Nachforschungen entlassen, und sodann in Elberfeld seinem liederlichen Leben durch nochmalige Wiederholung die Krone aufgesetzt hatte. Als nun offenbar wurde, was da in den Versammlungen dieses Edlen geschehen war, siehe, da erhob sich wider ihn alles Volk, und war keiner, der etwas von ihm wissen wollte; sie sind alle von ihm abgefallen, vom Libanon bis an das Salzmeer, das heißt vom Rittershauser Berg bis an das Wehr zu Sonnborn in der Wupper.

Der eigentliche Mittelpunkt alles Pietismus und Mystizismus ist aber die reformierte Gemeinde in Elberfeld. Von jeher zeichnete sie sich durch streng calvinistischen Geist aus, der in den letzten Jahren durch die Anstellung der bigottesten Prediger – jetzt wirtschaften ihrer viere zugleich dort – zur schroffsten Intoleranz geworden ist und dem papistischen Sinn wenig nachsteht. Da werden komplette Ketzergerichte in den Versammlungen gehalten; da wird der Wandel eines jeden, der diese nicht besucht, rezensiert, da heißt es: der und der liest Romane, auf dem Titel steht zwar christlicher Roman, aber der Pastor Krummacher hat gesagt, Romanbücher seien gottlose Bücher; oder der und der schiene doch auch vor dem Herrn zu wandeln, aber er ist vorgestern im Konzert gesehen – und sie schlagen die Hände über dem Kopf zusammen vor Schreck über die greuliche Sünde. Und nun erst ein Prediger im Ruf eines Rationalisten (darunter verstehen sie jeden, der nicht mit ihrer Ansicht aufs Haar übereinstimmt), so wird der hergenommen, und sie sehen genau zu, ob sein Rock auch ganz schwarz und die Hose recht von orthodoxer Farbe war; und wehe ihm, wo er sich in einem etwas ins Blaue fallenden Rock oder mit einer nationalistischen Weste betreten läßt! Kommt nun gar einer, der die Prädestination[17] nicht glaubt, so heißt's gleich: der ist beinahe so schlimm als ein Lutheraner, ein Lutheraner ist nicht viel besser als ein Katholik, ein Katholik und ein Götzenanbeter aber ist von Natur verdammt. Und was sind das für Leute, die so reden? Unwissendes Volk, die kaum wissen, ob die Bibel chinesisch oder hebräisch oder griechisch geschrieben, und nach den Worten eines einmal als orthodox anerkannten Predigers alles beurteilen, es mag dahin gehören oder nicht.

Dieser Geist war vorhanden, seit die Reformation hier die Oberhand bekam, blieb aber unbeachtet, bis der vor einigen Jahren verstorbene Prediger G. D. Krummacher an eben dieser Gemeinde anfing, ihn recht zu hegen und zu pflegen; bald war der Mystizismus in der schönsten Blüte, aber K. starb, ehe die Frucht reif wurde; dies ist erst geschehen, seit sein Brudersohn, Dr. Friedrich Wilhelm Krummacher[18], die Lehre so scharf ausgebildet und bestimmt hat, daß man nicht weiß, ob man das Ganze für Unsinn oder für Blasphemie halten soll. Nun, die Frucht ist reif; es wird sich keiner verstehen, sie zu pflücken, und so wird sie wohl mit der Zeit elendiglich faul abfallen müssen.

Gottfried Daniel Krummacher, Bruder des durch seine Parabeln bekannten Dr. F. A. Krummacher in Bremen, starb vor etwa drei Jahren in Elberfeld nach einer sehr langen Amtstätigkeit. Als vor mehr als zwanzig Jahren in Barmen ein Prediger die Prädestination nicht ganz so scharf wie er von der Kanzel lehrte, fingen sie, unter dem Vorwand, solch eine ungläubige Predigt sei gar keine, an, in der Kirche zu rauchen, Lärm zu machen, ihn am Predigen zu hindern, so daß die Obrigkeit sich genötigt sah, einzuschreiten. Da schrieb Krummacher einen entsetzlich groben Brief an den Barmer Magistrat, wie Gregor VII. an Heinrich IV. geschrieben haben würde, und befahl, die Mucker ungeschoren zu lassen, da sie nur ihr teures Evangelium verteidigten; auch predigte er davon. Er wurde aber nur verlacht. Dies bezeichnet seinen Geist, den er bis an sein Ende bewahrt hat. Übrigens war er von so merkwürdigen Sitten, daß tausend Anekdoten von ihm zirkulieren, nach denen man ihn entweder für einen kuriosen Sonderling oder einen herzlich groben Menschen halten muß.

Dr. Friedrich Wilhelm Krummacher, ein Mann von ungefähr vierzig Jahren, groß, stark, von imposanter Gestalt, doch nimmt er, seitdem er in Elberfeld ist, einen nicht unbedeutenden körperlichen Umfang an. Sein Haar trägt er auf ganz absonderliche Weise, worin ihm alle seine Anhänger nachahmen, wer weiß, vielleicht wird es noch einmal Mode, die Haare à la Krummacher zu tragen; doch würde diese Mode *alle* früheren, sogar die der Puderperücken, an Abgeschmacktheit übertreffen. – Als Student war er Mitarbeiter an der turnenden Demagogie, schrieb Freiheitslieder, trug auf dem Wartburgfeste eine Fahne und hielt eine Rede, die großen Eindruck gemacht haben soll. Dieser flotten Jahre gedenkt er noch häufig auf der Kanzel mit den Worten: als ich noch unter den Hethitern und Kananitern war. Später wurde er in Barmen von der reformierten Gemeinde zum Pfarrer gewählt, und seine eigentliche Reputation datiert sich erst von dieser Zeit. Kaum war er da, so rief er schon durch seine Lehre der strengen Prädestination eine Spaltung, nicht nur zwischen Lutheranern und Reformierten, sondern auch unter letzteren zwischen strengen und gelinden Prädestinatianern hervor. Einmal kam ein alter, steifer Lutheraner ein wenig angetrunken aus einer Gesellschaft und mußte über eine baufällige Brücke gehen. Das mochte ihm in seinem Zustande doch etwas gefährlich dünken, und so begann er zu reflektieren: Gehst du hinüber, und es geht gut, so ist's gut, geht es aber nicht gut, dann fällst du in die Wupper, und dann sagen die Reformierten, es hätte so sein sollen; nun soll es aber nicht so sein. Er kehrte also um, suchte eine seichte Stelle, und an dieser watete er, bis an den Leib im Wasser, hindurch mit dem seligen Gefühl, die Reformierten eines Triumphes beraubt zu haben.

Als in Elberfeld eine Stelle vakant wurde, wählte man Krummacher dahin, und in Barmen schwand alsbald aller Zwist, während er in Elberfeld noch weit stärker erregt wurde. Schon Krummachers Antrittspredigt erzürnte die einen und begeisterte die anderen; der Zwist steigerte sich immer mehr, besonders da bald jeder Prediger, wenn auch alle dieselben Ansichten hatten, eine eigene Partei bekam, die sein einziges Auditorium ausmachte. Später wurde man der Sache überdrüssig und das ewige Schreien: ich bin krummacherisch, ich bin kohlisch etc. fiel weg, nicht aus Liebe zum Frieden, sondern weil die Parteien sich immer bestimmter schieden.

Krummacher ist unleugbar ein Mann von ausgezeichnetem rhetorischen, auch poetischem Talent; seine Predigten sind nie langweilig, ihr Zusammenhang ist sicher und natürlich; vorzüglich stark ist er in dunkelschattigen Schilderungen – seine Schilderung der Hölle ist stets neu und kühn, wie oft sie auch vorkommt – und in Antithesen. Dagegen hält er sich wieder sehr an die biblische Phraseologie und an die darin gegebenen Bilder, die, wenn auch ihre Anwendung meistens geistreich ist, zuletzt doch sich wiederholen müssen; dazwischen trifft man denn wieder ein höchst prosaisches Bild aus dem gewöhnlichen Leben oder eine Erzählung aus seinen Schicksalen und seinen unbedeutendsten Erfahrungen. Alles bringt er auf die Kanzel, es mag passen oder nicht; eine Reise nach Württemberg und der Schweiz hat er neulich in zwei Predigten seinen andächtigen Zuhörern zum besten gegeben, darin sprach er von seinen siegreichen vier Disputationen mit Paulus in Heidelberg und Strauß in Tübingen[19], freilich ganz anders, als Strauß sich in einem Briefe darüber ausdrückt. – Seine Deklamation ist stellenweise sehr gut und seine gewaltsame, handgreifliche Gestikulation oft ganz passend angebracht; zuweilen aber über alle Begriffe maniriert und abgeschmackt. Dann rennt er in allen Richtungen auf der Kanzel umher, beugt sich nach allen Seiten, schlägt auf den Rand, stampft wie ein Schlachtroß und schreit dazu, daß die Fenster klirren und die Leute auf der Straße zusammenfahren. Da beginnen denn die Zuhörer zu schluchzen; zuerst weinen die jungen Mädchen, die alten Weiber fallen mit einem herzzerschneidenden Sopran ein, die entnervten Branntweinpietisten, denen seine Worte durch Mark und Bein gehen würden, wenn sie noch Mark in den Knochen hätten, vollenden die Dissonanz mit ihren Jammertönen, und dazwischen tönt seine gewaltige Stimme durch all das Heulen hin, mit der er der ganzen Versammlung unzählige Verdammungsurteile oder diabolische Szenen vormalt.

Und nun gar seine Lehre! Man begreift nicht, wie ein Mensch dergleichen, was mit der Vernunft und der Bibel im direktesten Widerspruch steht, glauben kann. Demungeachtet hat Krummacher die Doktrin so scharf ausgeprägt und in allen Konsequenzen verfolgt und festgehalten, daß man nichts verwerfen kann, sobald die Grundlage zugegeben ist, nämlich die Unfähigkeit des Menschen, aus eigner Kraft das Gute zu wollen, geschweige zu tun. Daraus folgt die Notwendigkeit einer Befähigung von außen, und da der Mensch das Gute nicht einmal wollen kann, so muß ihm Gott diese Befähigung aufdringen. Aus dem freien Willen Gottes folgt nun die willkürliche Verleihung derselben, die sich auch, wenigstens scheinbar, auf die Schrift stützt. – Auf solcher Konsequenzmacherei beruht die ganze Lehre; die wenigen Erwählten werden nolentes, volentes selig, die andern werden also verdammt, auf ewig. »Auf ewig? – Ja, auf ewig!« (Krummacher) Ferner steht geschrieben: Niemand kommt zum Vater, denn durch mich; die Heiden können aber nicht durch Christum zum Vater kommen, weil sie Christum nicht kennen, also sind sie alle bloß da, um die Hölle zu füllen. – Unter den Christen sind viele berufen und wenige auserwählt; die vielen Berufenen sind aber nur zum Schein berufen, und Gott hütete sich wohl, sie so stark zu berufen, daß sie Folge leisteten. Alles zur Ehre Gottes, und auf daß sie keine Entschuldigung haben. Dann steht auch geschrieben: Die Weisheit Gottes ist den Klugen dieser Welt eine Torheit; dies ist für die Mystiker ein Befehl, ihren Glauben recht unsinnig auszubilden, damit doch ja dieser Spruch in Erfüllung gehe. Wie das alles mit der

Lehre der Apostel stimmt, die vom vernünftigen Gottesdienst und vernünftiger Milch des Evangeliums sprechen, das ist ein Geheimnis, das der Vernunft zu hoch ist.

Solche Lehren verderben alle Krummacherschen Predigten; die einzigen, in denen sie nicht so stark hervortreten, sind die Stellen, wo er von dem Gegensatz der irdischen Üppigkeit und der Niedrigkeit Christi oder des Stolzes der weltlichen Fürsten und Gottes spricht. Da bricht sehr häufig noch ein Strahl von seiner früheren Demagogie durch, und redete er dann nicht so allgemein, so würde die Regierung nicht dazu schweigen.

Der ästhetische Wert seiner Predigten wird nur von sehr wenigen in Elberfeld gewürdigt; denn wenn man seine drei Kollegen, die fast alle ein gleich starkes Auditorium haben, gegen ihn hält, so erscheint er als Eins, die andern als lauter Nullen dahinter, die nur dazu dienen, seinen Wert zu erhöhen. Die älteste dieser Nullen heißt Kohl, dessen Name zugleich seine Predigten bezeichnet; die zweite Hermann – kein Nachkomme dessen, dem sie jetzt ein Denkmal setzen, das die Geschichte und den Tacitus überleben soll[20], die dritte Ball – nämlich Krummachers Spielball; alle drei höchst orthodox und in den Predigten Nachtreter der schlechten Seiten Krummachers. Lutherische Pfarrer in Elberfeld sind: Sander und Hülsmann, die früher, als ersterer noch in Wichlinghausen stand und in den bekannten Streit mit Hülsmann in Dahle, jetzt in Lennep, dem Bruder von Sanders jetzigem Kollegen, verwickelt war, sich wütend in den Haaren lagen. In ihrer jetzigen Stellung benehmen sich beide würdig gegeneinander, die Pietisten aber suchen die Zwietracht wieder hervorzulocken, indem sie Hülsmann immer allerlei Vergehen gegen Sander vorzuwerfen haben. Der dritte im Bunde ist Döring, dessen Zerstreutheit sehr originell ist; er kann keine drei Sätze im Zusammenhang sprechen, dagegen aus drei Teilen einer Predigt vier machen, indem er einen wörtlich wiederholt, ohne das Geringste zu merken. Probatum est. Von seinen Gedichten wird später die Rede sein.

Unter den Barmer Predigern ist nicht viel Unterschied; alle streng orthodox, mit mehr oder weniger pietistischer Beimischung. Nur *Stier* in Wichlinghausen ist einigermaßen bemerkenswert. Jean Paul soll ihn als Knaben gekannt und ausgezeichnete Anlagen in ihm entdeckt haben. Er war als Pfarrer in Frankleben bei Halle angestellt und gab in dieser Zeit mehrere poetische und prosaische Schriften heraus, eine Verbesserung des lutherschen Katechismus, ein Surrogat für denselben, und ein Hilfsbüchlein dazu für stupide Lehrer, nicht weniger auch ein Werklein über die Gesangbuchsnot in der Provinz Sachsen, welches von der evangelischen Kirchenzeitung ausnehmend belobt wurde und wenigstens vernünftigere Ansichten über Kirchenlieder enthielt, als man im gesegneten Wuppertal vernimmt, wenn auch noch mancher unbegründete Machtspruch darin vorkommt. Seine Gedichte sind höchst langweilig, auch hat er sich das Verdienst erworben, einige heidnische Gedichte Schillers für die Orthodoxen genießbar zu machen, z.B. aus den Göttern Griechenlands:

> Da ihr noch die eitle Welt regiertet,
> An der Sünde trügerischem Band,
> Lange Zeit manch Menschenalter führtet,
> Leere Wesen aus dem Fabelland!
> Ach, da euer Sünderdienst noch glänzte,
> Wie ganz anders, anders war es da!
> Da man deine Tempel noch bekränzte,
> *Venus Amathusia!*

Wirklich sehr geistreich, ja wahrhaft mystisch! Seit einem halben Jahre ist Stier in Wichlinghausen an Sanders Stelle, hat die Barmer Literatur indes noch nicht bereichert.

Ein Ort bei Elberfeld, Langenberg,[21] gehört seinem ganzen Wesen nach noch zum Wuppertal. Dieselbe Industrie wie dort, derselbe pietistische Geist. Dort steht Emil Krummacher, Bruder des Friedrich Wilhelm; er ist nicht so schroffer Prädestinatianer wie dieser, ahmt ihn aber sehr nach, wie diese Stelle seiner letzten Weihnachtspredigt zeigt: »Mit den irdischen Leibern sitzen wir hier zwar noch auf den hölzernen Bänken, aber unsre Geister schwingen sich mit Millionen Gläubigen auf den heiligen Berg, und nachdem sie dort das Jauchzen der himmlischen Heerscharen vernommen, gehen sie hinab in das arme Bethlehem. Und was erblicken sie da? Zuerst einen armen Stall, und in dem armen, armen Stall eine arme Krippe, und in der armen Krippe armes, armes Heu und Stroh, und auf dem armen, armen Heu und Stroh liegt wie das arme Kind eines Bettlers in armen Windeln der reiche Herr der Welt.«

Nun wäre wohl das Missionshaus[22] noch zu besprechen, aber die in diesen Blättern schon früher erwähnten Harfenklänge eines Exmissionärs geben genügend Zeugnis davon, was für ein Geist dort herrscht. Der Inspektor desselben, Dr. Richter, ist übrigens ein gelehrter Mann, bedeutender Orientalist und Naturforscher, er gibt auch eine »erklärte Hausbibel« heraus.

Das ist das Treiben der Pietisten im Wuppertal; man begreift nicht, daß zu unsrer Zeit dergleichen noch aufkommen kann; aber es scheint doch, als könne auch dieser Fels des alten Obskurantismus dem rauschenden Strom der Zeit nicht mehr widerstehen; der Sand wird weggespült, der Fels stürzt und tut einen großen Fall.

II

In einer Gegend, die so von Pietisterei erfüllt ist, versteht es sich von selbst, daß diese, nach allen Seiten sich ausdehnend, jede einzelne Richtung des Lebens durchdringt und verdirbt. Ihre Hauptgewalt übt sie aus auf das Unterrichtswesen, vor allem auf die Volksschulen. Der eine Teil von diesen liegt ganz in ihren Händen; es sind dies die kirchlichen Schulen, deren jede Gemeinde eine hat. Freier schon, doch auch noch immer unter Aufsicht des kirchlichen Scholarchats, stehen die übrigen Volksschulen da, auf die die Zivilverwaltung einen bedeutenderen Einfluß hat. Und da liegen die hindernden Einwirkungen des Mystizismus auf der Hand; denn während die kirchlichen Schulen noch immer, wie weiland unter dem hochseligen Kurfürsten Karl Theodor, außer Lesen, Schreiben und Rechnen nur den Katechismus ihren Schülern einprägen, werden auf den anderen doch die Anfangsgründe einiger Wissenschaften, auch etwas Französisch gelehrt, und viele der Schüler, dadurch angeregt, suchen sich, auch wenn sie die Schule schon verlassen, weiter fortzubilden. Diese Schulen sind in einem starken Fortschreiten begriffen und haben seit dem Eintritte des Preußischen Gouvernements die kirchlichen, hinter denen sie damals sehr zurückstanden, weit überholt. Die kirchlichen Schulen werden aber viel stärker besucht, da sie weit weniger Kosten machen und viele Eltern ihre Kinder teils aus Anhänglichkeit, teils, weil sie in dem Fortschreiten der Kinder ein Überhandnehmen des weltlichen Sinnes sehen, immer noch dahin schicken.

Von höheren Lehranstalten ernährt das Wuppertal drei: die Stadtschule in Barmen, die Realschule in Elberfeld und das Gymnasium daselbst.

Die Barmer Stadtschule, sehr schwach dotiert und deshalb sehr schlecht mit Lehrern besetzt, tut indes alles, was in ihren Kräften steht. Sie liegt ganz in den Händen eines beschränkten, knickerigen Kuratoriums, das meist auch nur Pietisten zu Lehrern wählt. Der Direktor, dem diese Richtung auch nicht fremd ist, versieht sein Amt indes nach festen Prinzipien und weiß sehr geschickt jedem Lehrer seine Stelle anzuweisen. Auf ihn folgt Herr Johann Jakob Ewich, der nach einem guten Lehrbuche gut unterrichten kann und im Geschichtsunterricht eifriger Anhänger des Nösseltschen Anekdotensystems ist. Er ist Verfasser vieler pädagogischer Schriften, deren größte, d. h. dem Umfange nach, den Titel führt: Human, Wesel bei Bagel, zwei Bände, 40 Bogen, Preis 1 Rthlr. Alle sind voll hoher Ideen, frommer Wünsche und unausführbarer Vorschläge. Man sagt, seine pädagogische Praxis solle hinter der schönen Theorie weit zurückstehen.

Dr. Philipp Schifflin, zweiter Oberlehrer, ist der tüchtigste Lehrer der Schule. Vielleicht ist keiner in Deutschland so tief in die grammatische Struktur des modernen Französischen eingedrungen wie er. Er ging nicht vom Altromanischen aus, sondern faßte die klassische Sprache des vorigen Jahrhunderts, besonders Voltaires, auf, und ging von dieser zum Stil der neuesten Autoren über. Die Resultate seiner Forschungen liegen in seiner ›Anleitung zur Erlernung der

Französischen Sprache, in drei Kursen‹, vor, von denen der erste und zweite schon in mehreren Auflagen erschienen ist und der dritte jetzt zu Ostern herauskommt. Dies ist ohne Zweifel neben der Knebelschen die beste französische Sprachlehre, die wir besitzen; sie fand gleich beim Auftreten des ersten Kursus ungemessenen Beifall und erfreut sich schon jetzt einer fast beispiellosen Verbreitung durch ganz Deutschland, nach Ungarn und den Russischen Ostseeprovinzen[23] hin.

Die übrigen Lehrer sind junge Seminaristen, von denen sich einige tüchtig herangebildet haben, andre aber mit einem Chaos von allerlei Wissenschaften schwanger gehen. Der beste von diesen jungen Lehrern war Herr Köster, Freiligraths[24] Freund, von dem ein Abriß der Poetik in einem Programme steht, worin er die Didaktische Poesie ganz ausschloß und die ihr gewöhnlich zugeteilten Gattungen der Epik oder Lyrik unterordnete; der Aufsatz zeugte von Einsicht und Klarheit. Er wurde nach Düsseldorf berufen, und da die Herren vom Kuratorium ihn als Gegner aller Pietisterei kannten, ließen sie ihn sehr gerne ziehen. Den Gegensatz zu ihm bildet ein anderer Lehrer, der auf die Frage eines Quartaners, wer Goethe gewesen sei, antwortete: »Ein gottloser Mann.«

Die Elberfelder Realschule ist sehr gut fundiert und kann deshalb tüchtigere Lehrer wählen und einen vollständigeren Kursus einrichten. Dagegen herrscht auf ihr jene fürchterliche Heftschreiberei, die einen Schüler in einem halben Jahre stumpf machen kann. Nebenbei ist von Direktion wenig zu spüren; der Direktor[25] ist die Hälfte des Jahres verreist und betätigt seine Anwesenheit nur durch übertriebene Strenge. Mit der Realschule ist eine Gewerbeschule verbunden, auf der die Schüler ihr halbes Leben verzeichnen. Von den Lehrern ist Herr Dr. Kruse bemerkenswert, der sechs Wochen in England war und ein Werklein über die englische Aussprache schrieb, welches sich durch seine ausgezeichnete Unbrauchbarkeit bemerklich macht; die Schüler stehen in einem sehr schlechten Rufe und sind die Veranlassung zu Diesterwegs[26] Klagen über die Jugend Elberfelds.

Das Gymnasium in Elberfeld ist in sehr bedrängten Verhältnissen, aber anerkannt eins der besten im Preußischen Staat. Es ist Eigentum der reformierten Gemeinde, hat von ihrem Mystizismus wenig zu leiden, weil die Prediger sich nicht darum bekümmern und die Scholarchen nichts von Gymnasialsachen verstehen; desto mehr aber von ihrer Knauserei. Diese Herren haben nicht die geringste Idee von der Vorzüglichkeit der Preußischen Gymnasialbildung, suchen der Realschule alles, Geld wie Schüler, zuzuwenden und werfen doch dem Gymnasium vor, daß es durch Schulgeld seine Auslagen nicht einmal decken könne. Es wird jetzt unterhandelt, daß die Regierung, der es sehr darum zu tun ist, das Gymnasium übernimmt; käme es nicht dazu, so müßte es in wenigen Jahren aus Mangel an Mitteln suspendiert werden. Die Lehrerwahlen liegen jetzt auch in den Händen der Scholarchen, Leute, die zwar einen Posten sehr korrekt ins Hauptbuch übertragen können, aber von Griechisch, Latein oder Mathematik keine Idee haben. Das Hauptprinzip ihrer Wahl ist: lieber einen reformierten Stümper, als einen tüchtigen Lutheraner oder gar Katholiken zu wählen. Da aber unter den Preußischen Philologen weit mehr Lutheraner als Reformierte sind, haben sie diesem Prinzip fast nie recht folgen können.

Dr. Hantschke, königlicher Professor und provisorischer Direktor, ist aus Luckau in der Lausitz, schreibt ein ciceronianisches Latein in Versen und Prosa, ist auch Verfasser mehrerer Predigten, pädagogischer Schriften und eines hebräischen Übungsbuches. Er wäre längst fester Direktor geworden, wenn er nicht lutherisch und das Scholarchat weniger geizig wäre.

Dr. Eichhoff, zweiter Oberlehrer, schrieb mit seinem jüngeren Kollegen, Dr. Beltz, eine lateinische Grammatik, die aber in der Allgemeinen Literatur-Zeitung von F. Haase nicht sehr günstig rezensiert wurde. Seine Hauptforce ist das Griechische.

Dr. Clausen, dritter Oberlehrer, ohne Zweifel der tüchtigste Mann in der ganzen Schule, in allen Fächern bewandert, in der Geschichte und Literatur ausgezeichnet. Sein Vortrag ist von seltener Anmut; er ist der einzige, der den Sinn der Poesie in den Schülern zu wecken weiß, den Sinn, der sonst elendiglich verkümmern müßte unter den Philistern des Wuppertales. Als Schriftsteller ist er meines

Wissens nur in einer Programm-Dissertation: »Pindaros der Lyriker« aufgetreten, die ihm einen großen Ruf unter den Gymnasiallehrern in und außerhalb Preußens gemacht haben soll. In den Buchhandel ist sie natürlich nicht gekommen.

Diese drei Schulen sind erst seit 1820 eingerichtet worden; früher bestand nur in Elberfeld und Barmen je eine Rektorat-Schule[27] und eine Menge von Privatinstituten, die keine gediegene Bildung geben konnten. Ihre Nachwirkungen sind noch an den älteren Kaufleuten Barmens zu spüren. Von Bildung – keine Idee; wer Whist und Billard spielen, etwas politisieren, ein gewandtes Kompliment machen kann, das ist in Barmen und Elberfeld ein gebildeter Mann. Es ist ein schreckliches Leben, was diese Menschen führen, und sie sind doch so vergnügt dabei; den Tag über versenken sie sich in die Zahlen ihrer Konti, und das mit einer Wut, mit einem Interesse, daß man es kaum glauben möchte; abends zur bestimmten Stunde zieht alles in die Gesellschaften, wo sie Karten spielen, politisieren und rauchen, um mit dem Schlage neun nach Hause zurückzukehren. So geht es alle Tage, ohne Veränderung, und wehe dem, der ihnen dazwischen kommt; er kann der ungnädigsten Ungnade aller ersten Häuser gewiß sein. – Die jungen Leute werden brav von ihren Vätern in die Schule genommen; sie lassen sich auch sehr gut an, ebenso zu werden. Ihre Unterhaltungsgegenstände sind ziemlich einförmig; die Barmer sprechen mehr von Pferden, die Elberfelder von Hunden; wenn's hoch kommt, werden auch Schönheiten rezensiert, oder es wird von Geschäftssachen geplappert, das ist alles. Alle halbe Jahrhundert sprechen sie auch von Literatur, unter welchem Namen sie Paul de Kock, Marryat, Tromlitz, Nestroy und Konsorten verstehen. In der Politik sind sie als sehr gute Preußen, weil sie unter Preußischer Herrschaft stehen, a priori allem Liberalismus gar sehr zuwider, alles, solange es Seiner Majestät gefällt, ihnen den Code Napoleon[28] zu lassen; denn mit ihm würde aller Patriotismus schwinden.

Das junge Deutschland kennt niemand in seiner literarischen Bedeutung; es gilt für eine geheime Verbindung, etwa wie die Demagogie, unter dem Vorsitze der Herren Heine, Gutzkow und Mundt.

Einige der edlen Jünglinge haben wohl etwas von Heine gelesen, vielleicht die Reisebilder mit Übergehung der Gedichte darin oder den Denunzianten, aber von den übrigen herrschen nur dunkle Begriffe aus dem Munde der Pfarrer oder Beamten. Freiligrath ist den meisten persönlich bekannt und steht im Rufe eines guten Kameraden. Als er nach Barmen kam wurde er von diesem grünen Adel (so nennt er das junge Kaufmannsvolk) mit Besuchen überhäuft; bald aber hatte er ihren Geist erkannt und zog sich zurück: aber sie verfolgten ihn, lobten seine Gedichte und seinen Wein und strebten mit aller Gewalt danach, mit einem Brüderschaft zu trinken, der etwas hatte drucken lassen; denn diesen Menschen ist ein Dichter nichts, aber ein Schriftsteller alles. Nach und nach brach Freiligrath allen Umgang mit diesen Menschen ab und verkehrt jetzt nur mit wenigen, nachdem Köster Barmen verlassen hat. Seine Prinzipale haben sich in ihrer prekären Stellung immer sehr anständig und freundlich gegen ihn benommen; merkwürdigerweise ist er ein höchst exakter und fleißiger Komptoirarbeiter. Über seine dichterischen Leistungen zu sprechen wäre sehr überflüssig, nachdem Dingelstedt in dem Jahrbuch der Literatur und Carrière in den Berliner Jahrbüchern ihn so genau beurteilt haben. Indes scheinen mir beide nicht genug beachtet zu haben, wie er bei allem Schweifen in die Ferne doch so sehr an der Heimat hängt. Darauf deuten die häufigen Anspielungen auf Deutsche Volksmärchen, dann die Auswanderer, und vor allen sein unübertrefflicher Prinz Eugen. Auf diese wenigen Momente muß man desto mehr achten, je mehr Freiligrath in die entgegengesetzte Richtung sich verliert. Einen tiefen Blick in sein Gemüt eröffnet auch der ausgewanderte Dichter, besonders die Fragmente, die im Morgenblatt abgedruckt sind; darin fühlt' er schon, wie er in der Ferne nicht heimisch werden kann, wenn er nicht in echt deutscher Dichtkunst wurzelt.

In der eigentlichen Wuppertaler Literatur nimmt die Journalistik die wichtigste Stelle ein. Oben an steht die Elberfelder Zeitung, redigiert von Dr. Martin Runkel, die sich unter seiner einsichtsvollen Leitung einen bedeutenden und wohlverdienten Ruf erworben hat. Er übernahm die Redaktion, als zwei Zeitungen, die Allgemeine und Provinzialzeitung, zu einer verschmolzen wurden; unter nicht sehr günstigen Auspizien entstand das Blatt; die Barmer Zeitung trat konkurrierend auf, aber Runkel hat es nach und nach durch Streben nach eigner Korrespondenz und durch seine leitenden Artikel zu einer der ersten Zeitungen des Preußischen Staates gemacht. Sie fand zwar in Elberfeld, wo die leitenden Artikel nur von wenigen gelesen werden, wenig, auswärts aber desto mehr Anerkennung, wozu der Verfall der Preußischen Staatszeitung[29] auch das seinige beigetragen haben mag. Die belletristische Beilage, Intelligenzblatt, erhebt sich nicht über das Gewöhnliche. Die Barmer Zeitung, deren Verleger, Redaktoren und Zensoren häufig wechselten, steht jetzt unter der Leitung von H. Püttmann, der zuweilen in der Abendzeitung rezensierend auftritt. Er möchte die Zeitung wohl gerne heben, aber durch des Verlegers wohlbegründete Kargheit sind ihm die Hände gebunden. Das Feuilleton, mit einigen seiner Gedichte, Rezensionen oder Auszügen aus größeren Schriften angefüllt, tut's auch nicht. Der sie begleitende »Wuppertaler Lesekreis« nährt sich fast nur von Lewalds Europa.[30] Außer diesen erscheint noch der Elberfelder tägliche Anzeiger nebst Fremdenblatt, ein Kind der Dorfzeitung, unübertrefflich in herzbrechenden Gedichten und schlechten Witzen, und das Barmer Wochenblatt, eine alte Nachtmütze, dem die pietistischen Eselsohren alle Augenblicke unter der belletristischen Löwenhaut hervorschauen.

Von der übrigen Literatur ist die Prosa gar nichts wert; nehme ich die theologischen oder vielmehr pietistischen Schriften, einige Werklein über Barmens und Elberfelds Geschichte, die sehr oberflächlich abgefaßt sind, weg, so bleibt nichts übrig. Aber die Poesie findet reichliche Pflege in dem »gesegneten Tale« und eine ziemliche Anzahl Poeten haben dort ihren Wohnsitz aufgeschlagen.

Wilhelm Langewiesche, Buchhändler zu Barmen und Iserlohn, schreibt unter dem Namen W. Jemand; sein Hauptwerk ist eine didaktische Tragödie, der ewige Jude, die freilich nicht an Mosens Bearbeitung desselben Gegenstandes reicht. Er ist als Verleger der bedeutendste seiner Wuppertaler Konkurrenten, was übrigens sehr leicht ist, da ihrer zwei, Hassel in Elberfeld, Steinhaus in Barmen, nur echten Pietismus verlegen. Freiligrath wohnt in seinem Hause.

Karl August Döring, Prediger in Elberfeld, ist Verfasser einer Menge von prosaischen und poetischen Schriften; von ihm gilt Platens Wort: Sie sind ein wasserreicher Strom, den niemand bis zu Ende schwimmt. In seinen Gedichten unterscheidet er zwischen geistlichen Liedern, Oden und lyrischen Gedichten. Zuweilen hat er schon auf der Mitte des Gedichts den Anfang vergessen und gerät dann in ganz eigentümliche Regionen; von den Südseeinseln und ihren Missionaren gerät er in die Hölle, und von den Seufzern der zerknirschten Seele nach dem Eise des Nordpols.

Lieth, Vorsteher einer Mädchenschule in Elberfeld, Verfasser von Kindergedichten, die meistens in einer schon veralteten Manier geschrieben sind und keinen Vergleich mit denen Rückerts, Gülls und Heys aushalten können; doch finden sich auch einzelne hübsche Sachen darunter.

Friedrich Ludwig Wülfing, unstreitig der größte Dichter des Wuppertals, ein Barmer von Geburt, ist ein Mann, in dem die Genialität gar nicht zu verkennen ist. Sieht man einen langen Menschen von etwa fünfundvierzig Jahren, in einen langen, rotbraunen Rock verhüllt, der halb so alt ist wie sein Herr, auf den Schultern ein unbeschreibliches Antlitz, auf der Nase eine Brille, in deren Gläsern sich die strahlenden Blicke der Augen brechen, das Haupt gekrönt mit einer grünen Mütze, im Munde eine Blume, in der Hand einen eben vom Rock gedrehten Knopf – das ist der Horaz Barmens. Tag für Tag ergeht er sich auf dem Hardtberge und wartet, ob ihm nicht ein neuer Reim oder eine neue Geliebte aufstoße. Bis in sein dreißigstes Jahr huldigte er Pallas Athenen als industriöser Mann; dann geriet er Aphroditen in die Hände, die ihm neun Dulcineen nacheinander zuführte; diese sind seine Musen. Man spreche nicht von Goethe, der allem eine poetische Seite abgewann, nicht von Petrarca, der jeden Blick, jedes Wort der Geliebten in ein Sonett brachte – an Wülfing reichen sie lange nicht. Wer zählt die Sandkörner, die der Geliebten Fuß zerknittert? Das tut der große Wülfing. Wer besingt Minchens (die Clio der neun

Musen) in einer sumpfigen Wiese beschmutzte Strümpfe? Nur Wülfing. – Seine Epigramme sind Meisterwerke der originellsten, volkstümlichsten Grobheit. Als seine erste Frau starb, schrieb er eine Todesanzeige, die alle Dienstmädchen zu Tränen rührte, und eine noch weit schönere Elegie: »Wilhelmine, schönster aller Namen!« Sechs Wochen später verlobte er sich schon wieder, und jetzt hat er die dritte Frau. Der geistreiche Mann hat alle Tage andere Pläne. Als er noch so recht in seiner poetischen Blütezeit stand, wollte er bald Knopfmacher, bald Landmann, bald Papierhändler werden; zuletzt ist er in den Hafen der Lichtzieherei[31] geraten, um sein Licht auf irgendeine Weise leuchten zu lassen. Seine Schriften sind wie der Sand am Meer.

Montanus Eremita[32], ein Solinger Anonymus, gehört als nachbarlicher Freund auch hierher. Er ist der poetischste Historiograph des Bergischen Landes; seine Verse sind weniger unsinnig als langweilig und prosaisch.

Ebenso Johann Pol, Pastor zu Heedfeld bei Iserlohn, der ein Bändlein Gedichte schrieb.

Könige kommen von Gott und Missionare desgleichen,
Aber der Goethe-Poet kommt von den Menschen allein.

Dies zeigt den Geist des ganzen Bandes. Aber er hat auch Witz, denn er sagt: Die Dichter sind Lichter, die Philosophen sind der Wahrheit Zofen. Und welche Phantasie liegt in den beiden Anfangszeilen seiner Ballade: Attila an der Marne:

Gleich Lawinen ungeheuer, schneidend hart wie Schwert und Kiesel,
Wälzt durch Schutt und Städteflammen sich nach Gallien Godegisel.

Auch hat er Psalme gedichtet oder vielmehr aus Davidschen Fragmenten komponiert. Sein Hauptwerk ist die Besingung des Streits zwischen Hülsmann und Sander, und zwar auf eine höchst originelle Weise, in Epigrammen. Da dreht sich alles um den Gedanken, die Rationalisten wagten –

Zu schmähen und zu lästern den Herrn Herrn.

Weder Voß noch Schlegel haben jemals einen so vollkommenen Spondeus am Schluß eines Hexameters gehabt. Er versteht die Einteilung seiner Gedichte noch besser als Döring, er teilt sie in: »Geistliche Gesänge und Lieder und vermischte Gedichte.«

F.W. Krug, Kandidat der Theologie, Verfasser von poetischen Erstlingen oder prosaischen Reliquien, Übersetzer mehrerer holländischer und französischer Predigten, schrieb auch eine rührende Novelle im Geschmack Stillings[33], worin er unter anderm einen neuen Beweis für die Wahrheit der mosaischen Schöpfungsgeschichte aufstellt. Das Buch ist ergötzlich.

Zum Schluß muß ich noch eines geistvollen jungen Mannes erwähnen, der die Idee hat, da Freiligrath Handlungsdiener und Dichter zugleich sei, müßte er es auch können. Hoffentlich wird die deutsche Literatur bald durch einige seiner Novellen vermehrt werden, die von den besten nicht übertroffen werden; die einzigen Fehler, die man ihnen vorwerfen kann, sind Abgedroschenheit der Handlung, übereilte Anlage und nachlässiger Stil. Sehr gern würde ich eine im Auszug mitteilen, wenn es die Dezenz nicht verböte; doch wird sich vielleicht bald ein Buchhändler des großen D.[34] (seinen ganzen Namen wage ich nicht zu nennen, weil ihn sonst seine verletzte Bescheidenheit zu einem Injurienprozeß gegen mich verleiten würde) erbarmen und seine Novellen verlegen. Auch *will* er ein sehr genauer Freund Freiligraths sein.

Dies sind so ziemlich die literarischen Erscheinungen des weltberühmten Tals, wozu vielleicht noch einige weinentflammte Kraftgenies zu zählen wären, die sich dann und wann reimend versuchen und die ich Herrn Duller[35] zur Portraitierung für einen neuen Roman sehr empfehlen kann. Die ganze Gegend liegt von einem Meer von Pietismus und Philisterei überschwemmt, und was daraus hervorragt, sind keine schönen, blumenreichen Eilande, nur dürre nackte Klippen oder lange Sandbänke, und Freiligrath irrt dazwischen umher wie ein verschlagener Schiffer[36].

Telegraph für Deutschland, März und April 1839
(Rechtschreibung und Interpunktion angeglichen)

Anmerkungen

1 Aufklärern, Rationalisten
2 Gleichsam die Hauptstadt der »Dunkelmänner«
3 Die jetzige Laurentiuskirche. Sie wurde 1835 fertiggestellt.
4 Der Plan wurde von Adolph von Vagedes gezeichnet.
5 Engelbert Kleinhanz, Baumeister (1756-1834)
6 Das heutige Von der Heydt-Museum
7 Eine Bürgergesellschaft
8 Casino-Gesellschaft, das Gebäude beherbergte auch die Freimaurerloge.
9 Am Haspel
10 Die heutige Bundes-Allee und Friedrich-Engels-Allee
11 Sie wurde durch Engels' Großvater gestiftet und von seinem Vater erbaut.
12 Reste des Rittersitzes standen damals noch.
13 Bei Langerfeld
14 Transportarbeiter
15 Offensichtlich ein Druckfehler, gemeint sind Färber
16 Bekehrte
17 Die göttliche Vorherbestimmung
18 Friedrich Wilhelm Krummacher (1796-1868), 22 Jahre wortgewaltiger und charismatischer Prediger der reformierten Kirche in Elberfeld
19 Heinrich Eberhard Gottlob Paulus (1761-1851), Theologe, Hauptvertreter des von Kant beeinflußten Rationalismus, und David Friedrich Strauß (1808-1874), Theologe und Philosoph. Seine historische Bibelkritik gab 1835 den Anstoß zur Entstehung des Junghegelianismus.
20 Das Hermannsdenkmal wurde 1838 begonnen und 1875 eingeweiht.
21 Heute Velbert-Langenberg
22 Sitz der Missionsgesellschaft
23 Lettland und Estland
24 Ferdinand Freiligrath (1810-1876), Dichter des Vormärz, lebte von 1837 bis 1839 in Barmen und schimpfte auf das »vertracte Tracthätleinstal«.
25 Peter Nicolaus Caspar Egen (1739-1849), seit 1830 Direktor der Real- und der Gewerbeschule
26 Der bekannte Pädagoge Friedrich Adolph Wilhelm Diesterweg (1790-1866) war in den 1830er Jahren Schulinspektor in Elberfeld.
27 In den preußischen Provinzen Rheinland und Westfalen die fünfklassige Grundschule, die auf den Besuch des Gymnasiums vorbereitete.

28 Preußen wagte nach 1815 nicht, das »Preußische Landrecht« im Rheinland einzuführen, so kam es, daß das fortschrittliche französische Recht weiterhin in Kraft blieb.

29 Königlich Preußische Staats-, Kriegs- und Friedenszeitung, erschien unter diesem Titel von 1752 bis 1850 in Königsberg, Sprachrohr der bürgerlich-demokratischen Opposition in Preußen. Die Schelte von Engels ist eigentlich nicht berechtigt, die Zeitung übernahm sogar Artikel von Marx und Engels.

30 Europa-Chronik der gebildeten Welt, 1835-1846 herausgegeben von August Lewald

31 Eine dem extremen Mystizismus anhängende Sekte im Wuppertal

32 Vincenz von Zuccalmaglio (1806-1876), Sagensammler und Dichter

33 Heinrich Jung-Stilling (1740-1817), zeitweise Augenarzt in Elberfeld. Seine dem Pietismus nahestehenden Romane fanden im Wuppertal wenig Anerkennung.

34 Ein Kontorist in Barmen namens Dürholt

35 Eduard Duller (1809-1853), Publizist und Schriftsteller, später Exponent des Deutschkatholizismus

36 Eine Ohrfeige für Freiligrath für sein Gedicht »Der Auswanderer«

Die »Briefe aus dem Wuppertal« waren die erste größere publizistische Arbeit des gerade der Schule entronnenen 18jährigen Friedrich Engels. Der »Telegraph für Deutschland«, in dem sie veröffentlicht wurden, war ein Organ des Jungen Deutschlands. Engels bediente sich der Form von »Reisebildern«, um neben der Landschaftsbeschreibung die politischen, sozialen und religiösen Schilderungen einflechten zu können.

Engels' Aufsatz erschien anonym. Seine Autorschaft ist durch mehrere briefliche Aussagen nachgewiesen. Aus inhaltlichen Kriterien ist zu schließen, daß Engels' Wissensstand bis ca. Sommer 1838 reicht, er also den Artikel vermutlich Anfang 1839 während seines Aufenthaltes in Bremen niedergeschrieben hat. Die Zensurvermerke des bereits gedruckten Artikels datieren vom 13. März 1839. Der Aufsatz war zweifellos durch Karl Gutzkow, den Herausgeber des »Telegraph für Deutschland«, vorher redigiert worden.

In Engels' »Briefen aus dem Wuppertal« werden die Auswüchse des Pietismus überscharf herausgearbeitet, neben allem journalistischen Können ist dieser Artikel als der Aufschrei eines 18jährigen zu verstehen, der seinem Protest über die sozialen, religiösen, kulturellen und ökonomischen Zustände seiner Heimatstadt Luft macht.

Fußnoten und Kommentar: Michael Knieriem

Dank an

die guten Geister im Wuppertal – lebende und tote –, die meine Figuren beflügelt haben:

Herrn Dr. Michael Knieriem, Leiter des Historischen Zentrums in Wuppertal, für viele Gespräche und ein engagiertes Lektorat. Ohne seine große Sachkenntnis hätte dieses Buch nicht geschrieben werden können;

Dr. Jutta Höfel und Nina Liesegang, Musen, Erstleserinnen und Ermutigerinnen, für ihre wertvollen Ratschläge und ihre Freundschaft;

Herrn Dr. Uwe Eckard, Leiter des Stadtarchivs in Wuppertal, Herrn Professor Dr. J. Brandt, Rechtswissenschaftler an der Bergischen Universität, Frau Richterin am Landgericht Katrin Jungclaus und meine Freundin Brigitte Jerger, Gewandmeisterin und Lehrbeauftragte an der HfBK Dresden, für ihre fachliche Unterstützung.